Alexandra P. König

The Decision I

Maliks Clique

Friedensstimme

Schriften, die Hoffnung geben

THE DECISION I – MALIKS CLIQUE
ERSCHEINUNGEN:
- **Maliks Clique**
- **Der Fehler**
- **Der Sieg**
- **Der Verdacht**
- **Die Rückkehr**
- **Der Plan**

Autorin: Alexandra P. König
Lektorat: Friedensstimme
Zeichnungen: Thamar König

1. Auflage 2014 bei Edition Nehemia, Steffisburg

© Missionswerk Friedensstimme, Gummersbach
2. Auflage 2019
Druck: CPI Books
Missionswerk Friedensstimme
der Vereinigung der ECB Deutschland e.V.
Verlag
Gimborner Str. 20
51709 Marienheide
www.friedensstimme.com
Bestellnummer: 503.247
ISBN:978-3-88503-247-2

INHALT

Hintergrund für die Geschichte „Maliks Clique"
bildet eine gewöhnliche Schule in Tadschikistan,
einem muslimischen Land in Zentralasien. Dort
lebte die Autorin 17 Jahre lang mit ihrer Familie und hatte durch ihre Kinder Einblicke in den
Schulalltag. Außerdem begleitete sie zusammen
mit ihrem Mann junge Menschen aus Tadschikistan auf ihren ersten Schritten im Leben als Christen.

Einerseits entführt uns das Buch in eine andere
Welt, andererseits stehen junge Menschen in der
Schweiz, in Deutschland oder anderswo vor ganz
ähnlichen Problemen und Entscheidungen.

Wenn auch viele Dinge tatsächlich geschehen
sind, so ist die Geschichte mit allen erwähnten
Personen und deren Namen frei erfunden.

Tadschikische Worte und Namen sind endbetont.
„J" wird „Dsch" ausgesprochen. Der Einfachheit
halber habe ich bei Namen, die ein stimmhaftes
„S" haben und im internationalen Gebrauch mit
„Z" wiedergegeben werden, ein gewöhnliches „S"
verwendet.

Weibliche Nachnamen erhalten am Ende des Wortes ein „A" (Bsp. Umed Rahimov, aber Maryam Ra-
himova). Für den deutschsprachigen Leser habe
ich dieses bewusst weggelassen.

Zeichnungen: Thamar König

6

VOR DEM LESEN...

Niemand kann mitentscheiden, wo er geboren wird oder wer seine Eltern sind. Auch kann keiner seine Körpergröße oder Hautfarbe bestimmen. Die Helden in „The Decision" (engl.: „Die Entscheidung") können dies auch nicht, doch müssen sie sich immer wieder entscheiden, entweder für das Gute oder für das Schlechte. Sie beeinflussen ihre Freunde, ihre Familien und ihr eigenes Leben mit ihren Entscheidungen.
Überlege dir, was richtig oder falsch an ihren Entscheidungen ist. Die Fragen am Ende der Kapitel helfen dir, darüber nachzudenken. Am Schluss des Buches findest du die Auflösungen.
Doch nicht nur sie, sondern auch du bist aufgefordert, dich zu entscheiden, was du aus deinem Leben machst.

Die Autorin

Dovud Sulaimonov

Salom! Ich bin Dovud und besuche die 9B. Mein Vater ist einer meiner Lehrer und der Stellvertreter des Schulleiters an unserer Schule.

Ich habe wohl etwas von seinen Genen abbekommen, denn lernen fällt mir sehr leicht. Ich habe auch immer eine Lösung parat. Allerdings stehe ich nicht gerne im Rampenlicht.

Malik Nasarov

Hi! Ich bin Malik, und ich bin mein eigener Boss. Mich kann keiner zu etwas zwingen, da reagiere ich ganz schön allergisch darauf. Meine Mutter weiß das und lässt mich in Ruhe. Wir wohnen zusammen in einer Mietwohnung.

Und mein Vater? Den kenne ich nicht. Das macht mir auch überhaupt nichts aus, … oder doch…?

9

Na, wie geht's? Ich bin Parwis. Ich wohne zusammen mit meinen Eltern und meinen Schwestern Nilufar und Lola in einer Blockwohnung. Lola ist seit bald zwei Jahren blind.
Dovud und Malik sind meine Klassenkameraden. Dovud, Malik und ich gehören zusammen mit Ismael zu einer Clique. Seit neuestem ist auch Scherdil mit dabei.

Ismael Saydov

Hallo Leute! Ich heiße Ismael und wohne bei meiner alleinerziehenden Mutter, einer bekannten Ärztin.

Mir fällt vor Langeweile oft die Decke auf den Kopf. Da sind Computerspiele und die 'Operationen' unserer Clique genau das Richtige für mich. Wüsste nicht, was daran so schlecht wäre …

Olam Aliev

Hallo! Ich bin Olam. Ich wohne bei meinen
Großeltern. Mein Großvater hat einen Ge-
mischtwarenladen, in welchem ich während
fast meiner ganzen Freizeit mithelfe.
Schule ist für mich der Ort des Schreckens
schlechthin, weniger der Lehrer wegen, als
mehr wegen den Mitschülern …

Jovid Rahimov

Hey! Mein Name ist Jovid. Umed Rahimov, der Klassenlehrer der 9B, ist mein Vater. Ich besuche die 10A.

Ich habe noch zwei Schwestern, Maryam und Sitora, und einen kleinen Bruder, Karim. Wir sind Christen und machen aktiv in der Gemeinde am Ort mit.

Scherdil Sobirov

Äh…tja, also ich bin Scherdil. Ich besuche zusammen mit Malik, Parwis, Olam, Dovud und Ismael die 9B. Über mich gibt es nicht so viel zu sagen… na ja, Schule fällt mir echt schwer, ist halt nicht so mein Ding. Dafür esse ich gern, am liebsten Süßes.

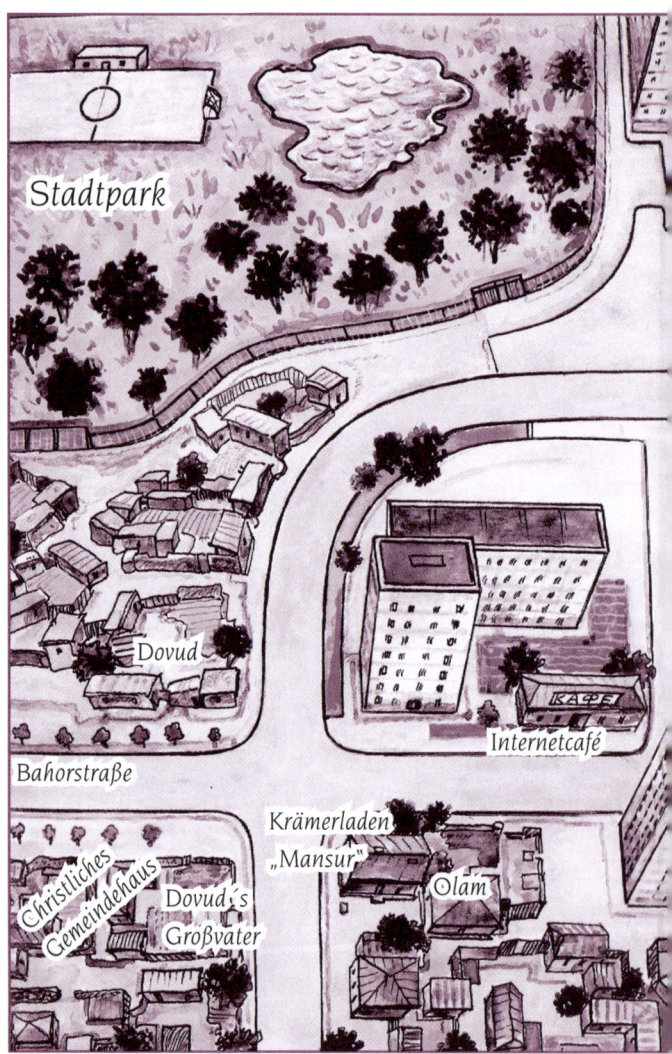

Stadtpark

Dovud

Bahorstraße

Internetcafé

KAFE

Krämerladen „Mansur"

Olam

Christliches Gemeindehaus

Dovud's Großvater

16

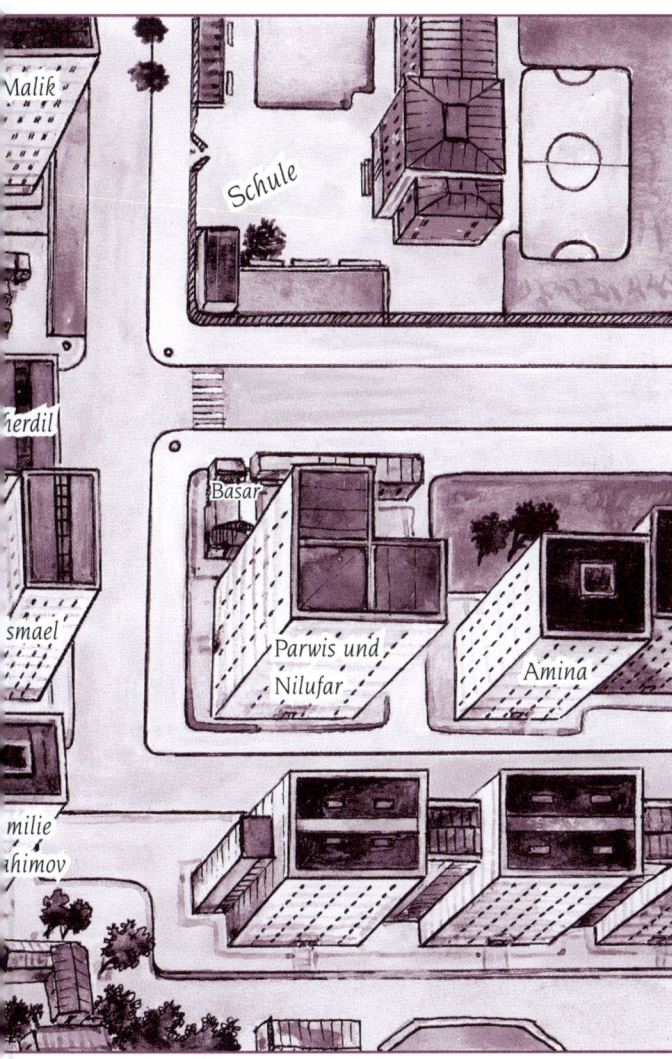

Malik

Schule

herdil

Basar

smael

Parwis und
Nilufar

Amina

milie
ahimov

17

1. OPERATION „SCHULTASCHE"

Ismael blickte sich vorsichtig um. Niemand war da. Die Pausenglocke hatte vor einigen Minuten geläutet, und die Schüler waren mit großem Lärm auf den weitläufigen Schulhof hinaus gestürmt.

Seine Augen gewöhnten sich an das Halbdunkel im Korridor. Er gab seinem Kameraden Parwis ein Zeichen, ihm zu folgen. Ihre Körper an die Wand gepresst, schlichen sie behutsam bis zum Klassenzimmer. Mit angehaltenem Atem spähte Ismael durch das Schlüsselloch. Das Schulzimmer war leer. Er öffnete die Tür einen Spalt und die beiden Jugendlichen schlüpften in den Raum. Vom Fenster her drangen die Stimmen der Kinder an ihr Ohr. Die Stille im Zimmer wirkte unwirklich, geradezu bedrohlich. „*Was für ein unerfahrener Lehrer*", dachte Ismael verächtlich, „*unser neuer Klassenlehrer weiß nicht, dass er die Tür nie offenstehen lassen darf!*"

Parwis gelangte schneller als sein Komplize zu Olams Sitzplatz. Der Stuhl war ordentlich unter die Schulbank geschoben, und alle seine Sachen waren sauber aufgeräumt. Kurzerhand zerrte Parwis den Reißverschluss von Olams Schultasche auf. Er holte Bleistift, Kugelschreiber, Hefte und Bücher heraus. Ungeduldig riss ihm Ismael die Tasche weg. Ein Ratschen war zu hören. Neugierig sah er sich den Inhalt des Rucksacks näher an. Er wollte genau wissen, was für eine Beute sie an Land gezogen hatten.

„Ich schaue zuerst nach", sagte Ismael und wühlte in der Tasche. Ohne lange suchen zu müssen, brachte er ein belegtes Brötchen zum Vorschein.

„Gut, dass wir zuerst nachgeschaut haben. Solche Brötchen muss man einfach retten. Es wäre doch zu schade, wenn es in der Tasche nass werden würde...", erklärte Ismael, ohne den Blick von seinem Schatz abzuwenden.

20

Parwis war zwar größer, doch hatte Ismael in mehreren Schlägereien bewiesen, dass er keine Chance gegen ihn hatte. Darum erwiderte Parwis nichts und blickte auf die Wanduhr.

„Komm, die Zeit ist um. Gehen wir!", sagte Parwis und stopfte die Sachen, die sie auf der Schulbank verstreut hatten, wieder in den Rucksack. Er schwang ihn auf seine Schulter und hechtete zur Tür. In seiner Hand hielt Ismael die Hälfte des Gebäcks, die andere Hälfte wurde bereits in seinem Magen verdaut. Als sie die Tür erreichten, wurde diese aufgerissen! Beide blieben wie angewurzelt stehen.

Sie hatten schon im Vorfeld überlegt, was sie sagen würden, falls jemand sie hier fände. Lügen war eine Kunst, die sie nur allzu gut beherrschten.

Die Lehrerin der Klasse 8G stand vor ihnen und fragte:„Wo ist Rahimov?"

Ismael hatte immer noch den Mund voll, doch Parwis antwortete mit bravem Blick und freundlicher Stimme: „Unser Klassenlehrer ist beim Direktor." Beide Schüler wussten jedoch, dass das nicht stimmte.

„Gut", erwiderte die Frau und ging wieder. Sie hatte den verschwörerischen Blick, den sich die Jungen zugeworfen hatten, nicht bemerkt. Parwis stürzte in den Korridor. Ismael stopfte sich den Rest des Brötchens in den Mund und holte seinen Kameraden auf halbem Wege ins Freie ein. Mit der Tasche in der Hand erreichten sie ihre Clique. Malik, der ohne Frage der Anführer der Gruppe war, wartete mit Dovud und Scherdil in der Ecke des Schulhofs auf sie.

„Na, endlich", stöhnte Malik und meinte hochmütig: „Ihr seid viel zu langsam." In der hohlen Hand hielt er Sonnenblumenkerne, die er ohne Unterbrechung einzeln in den Mund steckte und dann die Schale ausspie.

Ismael erklärte ungehalten: „Na, hör mal! Es wäre zu auffällig gewesen, wenn wir schneller gemacht hätten."

22

„Da, nimm die Tasche", sagte Parwis ohne jegliche Gemütsregung und reichte Malik die Beute. Mit seinem langen Gesicht, den blauschwarzen Haaren und seinen dichten Augenbrauen ähnelte er dem Cliquenanführer. Anders aber als Malik, der hartherzig und grob war, wirkte er ruhig und milder. Doch Malik hatte etwas an sich, das viele Gleichaltrige anzog, vielleicht war es seine Entschlossenheit, die den Jugendlichen gefiel.

Malik blickte mit abschätzigem Blick auf Olams Schultasche, als ob es ein stinkender Müllsack wäre.

„Los jetzt, legt sie in den Brunnen unter den Wasserhahn!", befahl er.

„Hast du sie noch alle?", mischte sich Dovud ein, „der Schulhof ist voller Schüler. Das würde jeder sehen. Ich schlage vor, dass wir die Tasche im Blumenbeet verstecken und den Schlauch in sie hineinlegen."

„Welchen Schlauch?", wollte Scherdil wissen, während er an seinem Wurstbrot kaute.

„Da, schaut", Dovud zeigte mit dem Finger auf das Blumenbeet nahe beim eisernen Haupttor , „zwischen den Blumen wird keiner etwas merken. Der Ort ist genau richtig."

„Ja, das stimmt", bestätigte Malik Dovuds Worte, wie immer, denn wenn Dovud auch nicht der Anführer der Clique war, so war er doch deren Kopf und lenkte im Hintergrund ihre Operationen.

Mit zusammengekniffenen Augen befahl Malik: „Scherdil, nimm die Tasche und geh! Lege sie unter den Schlauch, so wie Dovud es gesagt hat."

„Ich?" Scherdil machte erschrocken einen Schritt rückwärts. Die Brille flog ihm beinahe von der Stupsnase. Sein Mund war voll, und seine Augen wurden rund und groß.

„Du wolltest doch Mitglied der Clique werden, oder etwa nicht? Also, beweg dich, Dicker", erklärte Malik kalt und spuckte die Schale seiner Sonnenblumenkerne aus. Seine Augen blitzten unter seinen Brauen gefährlich auf. Scherdils Name bedeutet zwar „Löwenherz", aber er war alles andere als das, was man einem Löwen nachsagt. Es gab eine Zeit, da er hatte entscheiden müssen: Entweder würde er Maliks Clique beitreten, oder sie würden ihn wegen seiner etwas aus der Form geratenen Figur hänseln. So holte er tief Luft, packte den Rucksack am Riemen und ging entschlossen zum Blumenbeet. Nach einigen Metern linste er mit Bangen um sich und verlangsamte seinen Schritt. *Konnte es nicht sein, dass ein aufmerksamer Lehrer ihn in diesem Moment hinter einem der Fenster beobachtete?* Für ihn schienen die großen Scheiben plötzlich wie überdimensionale Augen. Und jedes von ihnen sagte: „Ich sehe dich, Scherdil. Ich sehe dich." Vielleicht lauerte ihm der Hausmeister hinter einem Baum auf... Das Blut pulsierte in seinen Schläfen, und sein Herz klopfte wild. Fünf Meter und er würde beim Schlauch sein. *Wenn jetzt jemand vom Schulhaus aus nach ihm Ausschau hielte* ... Auf seiner Stirn bildeten sich kleine Schweissperlen. Den süßlichen Duft der gelben und roten Blumen roch er nicht. Noch vier Meter... Er spürte genau, dass ihn jemand beobachtete. Drei Meter... Eigentlich fürchtete er sich zurückzuschauen, trotzdem wandte er sich einen Meter vor seinem Ziel unvermittelt um und sah zu seiner Gruppe. Malik lehnte sich mit verschränkten Armen, das Gewicht auf ein Bein gestützt, an den Stamm eines hochgewachsenen Baumes und verfolgte jede von Scherdils Bewegungen. Aus der Ferne konnten die Kameraden sein vor Aufregung rotes Gesicht und den Schweiß, der ihm neben den Ohren herunterlief, nicht sehen – und das war ihm sehr recht. Vorsichtig öffnete er Olams Rucksack und bückte sich. Mit einer Hand legte er den Schlauch mit dem

26

sprudelnden Wasser in das Innere der Tasche. Für eine kurze Sekunde fragte sich Scherdil, was er wohl an Olams Stelle tun würde. Er flüchtete so schnell es ihm möglich war aus der Blumenpracht auf den Weg, klopfte seine schwarze Schulhose sauber und rückte die Krawatte seiner Uniform wieder gerade. Einerseits war es ihm nun leicht ums Herz. Wenn er so überlegte, hatte ihn außer der Clique niemand beobachtet. Andererseits hatte er ein neues, seltsames Gefühl. Er wusste nicht, was es war, aber er wusste, dass es nichts Gutes sein konnte.

Im zweiten Stock hinter der Fensterfront stand Umed Rahimov, mit geöffnetem Jackett, die Hände über dem Gürtel in die Seiten gestützt, und starrte auf das Blumenbeet neben dem Schulhofportal. Einer seiner Schüler hatte etwas unter den Schlauch gelegt, sprang aus den Blumen auf den Weg und kehrte zu seiner Clique zurück.

Rahimov war seit dem 1. September Klassenlehrer der 9B. Man hatte ihm die schwierigste aller Klassen gegeben. Nach dem Tod des Vaters hatte Rahimovs Bruder das große Elternhaus verkauft und das Erbe aufgeteilt. Das Geld, das Umed Rahimov zufiel, hatte ausgereicht, um eine Drei-Zimmer-Wohnung in einem Wohnblock nahe der Schule zu kaufen. Er hatte eine Anstellung als Geschichtslehrer gefunden. So war er mit seiner Familie in diesen Stadtbezirk gezogen.

Die Schulglocke läutete. Malik und seine Kameraden gingen lachend ins Gebäude. Der Lehrer ließ seine Schultern hängen und zwang sich, hinunterzugehen. Im Erdgeschoss angekommen, ging er hinaus, quer über den Schulhof, direkt zum Blumenbeet. Er musste einfach wissen, was der mollige Junge dort gemacht hatte. Überrascht hob er Olams nasse Schultasche auf. *Warum hatte er das gemacht*? Er hielt die Tasche mit festem Griff am Riemen und trat auf den Asphalt. Mit zwei, drei ruckartigen Bewegungen streifte er die nasse Erde von den Schuhsohlen. Drei Minuten später trat der Klassenlehrer in die 9B. Rahimovs beeindruckende Statur verlieh ihm Autorität. Trotzdem brauchte es einen Augenblick, bis die Schüler zur Ruhe kamen. „Setzen", verlangte der großgewachsene Mann mit fester Stimme. Die Jugendlichen suchten ihre Plätze auf und legten, wie es die Schulordnung verlangte, die Unterarme verschränkt auf die Schulbank. Alle schauten gebannt auf Olams nassen Rucksack in der Hand des Lehrers. Als er sah, dass alle zum Hören bereit waren, hob er die tropfende Tasche für alle gut sichtbar in die Höhe.

„Wessen Schultasche ist das?", fragte Rahimov knapp.

Parwis und Malik warfen sich aus den Augenwinkeln einen verstohlenen Blick zu. *Wie konnte der Lehrer die Tasche so schnell gefunden haben?* Stille.

Die Sonne schien mit ihrer ganzen Kraft ins Klassenzimmer. Die Scheiben wirkten wie Linsen, und die Luft im Raum war stickig. Eine Fliege suchte an der großen Fensterscheibe einen Weg nach draußen.

Der Lehrer war gezwungen, seine Frage zu wiederholen. Beherrscht sagte er: „Ich habe gefragt, wessen Schultasche das ist."

Langsam ging Olams Hand in die Höhe. Der braunhaarige Junge stand auf und sagte heiser: „Sie... sie gehört mir."

Rahimov sah zur Klasse und fragte: „Wer hat sie unter den Schlauch gelegt?"

Keiner sagte etwas. Jene Schüler, die die Antwort wussten, würden das Geheimnis nicht verraten, und die, die sie nicht wussten, hatten nichts zu sagen. Der Kugelschreiber in

Scherdils Hand war nassgeschwitzt. Er machte den obersten Knopf seines weißen Hemdes auf. Die Sonne schien erstaunlich heiß heute. Die Fliege am Fenster hatte es fast bis zum offenstehenden Oberlicht geschafft, doch da verlor sie ihr Gleichgewicht und fiel nach unten. Wieder arbeitete sie sich hoch.

„Ich, Herr Rahimov", bekannte Olam. Der Klassenlehrer blickte ihn verblüfft an und fragte ungläubig: „Wie bitte? Willst du damit sagen, dass du deine eigene Schultasche unter den Schlauch gelegt hast, damit sie nass wird?"

„Ja", bestätigte Olam, ohne mit der Wimper zu zucken.

Die Fliege war beim Oberlicht angelangt und flog hinaus. Scherdil fiel ein Stein vom Herz.

Der Lehrer wusste nicht, was er sagen sollte, und reichte dem Jungen stumm die Tasche. Er hatte mit seinen eigenen Augen gesehen, dass Scherdil und seine Gruppe in Aktion waren.

Warum deckte Olam sie?

Scherdil hatte sich der Clique angeschlossen, um nicht von ihr gehänselt zu werden, und geriet so in eine schwierige Situation. War das eine gute Lösung?

2. EIN UNGUTES GEFÜHL

Scherdil kaufte einen Schokoriegel am kleinen Fenster des Schulladens und ging zu Dovud. Umständlich öffnete er das glänzende Papierchen und brachte einen braunen Stängel zum Vorschein. Dovud schulterte seine Schultasche. Sie überquerten den Pausenhof. Dovud sah seinen Freund mit seinen blauen Augen prüfend an: „Ist alles okay?"

Scherdils Unterkiefer bewegte sich rhythmisch und zerkleinerte die Schokolade. Äußerlich war Scherdil ruhig, doch Dovud kannte ihn besser und wusste, dass etwas nicht stimmte.

„Ich weiss nicht recht", erwiderte der mollige Junge langsam. Die Schokolade begann in seiner Hand zu schmelzen. Er leckte das dünne Rinnsal, das sich an seinem Handgelenk den Weg nach unten suchte, ab.

Damit konnte er sich gut ablenken. Jetzt bloß nicht nachdenken, dann würde alles gut werden. „Seit der letzten Schulstunde bist du ziemlich seltsam. Ist was passiert?", bohrte Dovud detektivisch nach.

In diesem Augenblick hob Scherdil seine Augen und sah Olam beim Eingang des Schulhauses, in der Hand die nasse Schultasche. Es war nicht zu übersehen, dass das Wasser sein Werk an dem Rucksack getan hatte. Als Olam die beiden erblickte, verschwand er umgehend im Innern des Gebäudes. Unwillkürlich legte Scherdil die Hand auf seine eigene Tasche. Er biss sich auf die Unterlippe und kratzte sich an der Stirn. Unsicher fragte er: „Dovud, was weißt du über Olam?"

„Über Olam? Ach, daher weht der Wind. Vergiss es, er ist es nicht wert, dass du über ihn auch nur einen Gedanken verlierst!", spuckte er abschätzig heraus.

34

Sie erreichten das eiserne Hoftor. „Aber was hat er getan, dass unsere Clique ihn nicht ausstehen kann?", wollte sein Freund aufrichtig wissen. Er blickte hinauf zu den Wipfeln der hohen Bäume. Das Sonnenlicht blendete ihn. Mit blinzelnden Augen fügte er hinzu: „Er hat sogar meine Schuld auf sich genommen."

Entschieden schüttelte Dovud den Kopf und kämmte seine kurzen schwarzen Haare mit den Fingern in den Nacken. „Es ist nicht wichtig, was er getan oder nicht getan hat. Weisst du, Scherdil, es gibt Dinge, die kannst du nicht verstehen."

Scherdil starrte dumpf vor sich hin. Er wusste, dass er in vielem einfacher geschaltet war, und in der Schule kam er oft nicht mit, deshalb war er mit Dovuds Erklärung zufrieden. Allen war schließlich klar, dass Dovud Klassenbester war, und natürlich gab es Dinge, die nur die ganz Schlauen

verstanden. So jedenfalls beruhigte Scherdil sein Gewissen.

Er schaute über seine Schulter zurück und
sah das rot-gelbe Blumenbeet.

Warum verschwand das ungute Gefühl nicht?

Der Schlüssel drehte sich im Schloss. Malik
kickte gegen die Tür der Blockwohnung. Er
trat in einen düsteren, schmalen Korridor.
Hier flog das schwarze Jackett, da seine
Schultasche. Beides landete irgendwo neben der kleinen Garderobe. Mit einer Hand
zupfte er die Krawatte seiner Schuluniform
aus der Hosentasche und warf diese auf
das Jackett.

Was für ein langweiliger Tag! In drei verschiede-
nen Fächern hatte er eine Drei, und beim
Appell hatte der Direktor ihn vor die ganze
Schule gestellt und ihn als ein Nichts be-

schimpft. *Was soll's?* Malik war es gewohnt. Einmal war er sogar der Anlass gewesen, dass die Polizei in die Schule gekommen war. Der Mann mit der übergroßen Dienstmütze hatte ihn gepackt und angeschrien *und das alles nur deshalb, weil er das Handy eines Mitschülers gestohlen hatte!*

Nein, nichts und niemand konnten Malik einschüchtern. Immer wieder warf ihm der Direktor vor, dass er keine Erziehung genossen habe. *Vielleicht hatte er recht, wer weiß?* Maliks Eltern waren seit Jahr und Tag geschieden. Malik hatte seinen Vater nie kennengelernt oder gar gesehen. Seine Mutter war gezwungen, ihr tägliches Brot auf dem Basar zu verdienen. So blieb für ihren Teenager-Sohn keine Zeit. Damit war Malik ganz zufrieden, und er genoss die Freiheit. *Woher sollte er wissen, dass ihn das Leben eines Besseren belehren würde?*

Er ging in die Küche und öffnete den Kühlschrank auf dem mit Fenstern verkleideten, winzigen Balkon.

Die Lampe des Kühlschranks leuchtete nicht. Sie war vor Jahren durchgebrannt.

Die Regale im Innern gähnten ihn an. Leer. Malik wandte sich um. Auf dem Gasherd stand ein kleiner Topf. Hungrig nahm er den Deckel ab. Sous[1]. Behände bediente er den Drehknopf und hielt ein Zündholz über das ausströmende Gas. Das Feuerchen flackerte und erwärmte langsam den Topf. Malik ging ins Wohnzimmer. Die ganze Wohnung war blitzsauber. *Wer hätte sie schon schmutzig machen können?* Seine Mutter war den ganzen Tag außer Haus, und er war entweder auf der Straße oder vor dem Fernseher.

Er setzte sich auf den Boden neben das Fernsehgerät und klickte die Kanäle durch. Keines der Programme sagte ihm zu. Ge-

---

1   Traditionelles Gericht, ähnlich einem fleischarmen Gulasch.

nervt schaltete er den Apparat aus und ging zurück in die Küche.

In dem weiß gekachelten Zimmer standen außer einem Waschbecken aus Keramik und einem schmalen Schrank mit Regalen ein weißer Tisch und zwei alte lehnenlose Stühle. Langsam verteilte sich der Duft von Lorbeerblättern und Tomatenpüree. Malik schöpfte sich gierig einen Teller voll und setzte sich auf einen der Hocker. Blicklos starrte er an die Wand. Er sah weder den Kalender einer Telefongesellschaft noch die Bilder eines indischen Stars vor sich. Während Kartoffel um Kartoffel in seinem Mund verschwand, wanderten seine Gedanken zu Olam. *Wie sehr er diesen Jungen hasste! Das Verrückte dabei war, dass er nicht einmal wusste, warum!* Er hatte ein normales Verhalten, durchschnittliches Aussehen und mittelmäßige Noten. Aber eines Tages hatte Malik sich ein Opfer ausgesucht. Jeman-

den, den er quälen konnte. Jemanden, an
dem er seine Wut abreagieren konnte, die
Wut auf seinen Vater, der ihn nicht wollte,
seine Mutter, die keine Zeit für ihn hatte,
die Lehrer und die Polizei, die ihn nicht
ausstehen konnten, und die ganze Welt.
Darum war es auch nicht erstaunlich, dass
er, als er zufällig auf Olams Geheimnis ge-
stoßen war, dieses Wissen schamlos
ausnutzte.

Eigentlich hatte er sich zuerst Scherdil als
Opfer ausgesucht, ein leichtgläubiger Junge. Man hätte ihn sogar „dumm" nennen
können. Mit seiner unvorteilhaften Figur
fiel er zwischen allen Gleichaltrigen auf
und wäre ein wunderbares Ziel für Maliks
Spott gewesen. Aber Scherdil war Dovuds
Freund, und Dovud hatte sich für ihn eingesetzt. Schließlich hatte er Malik dazu gebracht, Scherdil als Mitglied in ihre Clique
aufzunehmen. Manchmal ertappte sich

Malik dabei, dass er auf die Freundschaft der beiden eifersüchtig war. Ja, er war der unumstrittene Anführer der Gruppe und hatte sich unter den Schülern einen Namen damit gemacht, aber Dovud war sehr schlau. Wenn Dovud nicht wäre, hätte Malik seine Clique schon längst verloren. Dovud bewunderte Maliks Unverfrorenheit und Malik Dovuds Verstand. *Aber das Freundschaft zu nennen? Nein, niemals.* Sie sagten einander nicht, was sie im Innersten beschäftigte. *Wem konnte Malik das schon sagen?* Eine Welle der Frustration wollte ihn hinwegschwemmen. Ungeduldig pfropfte er sich die Kopfhörerstöpsel seines MP3-Geräts in die Ohren und zerstreute seine trüben Gedanken mit Rapmusik.

Olam! Olam sollte nochmals dran glauben! Heute hatten sie bereits einen neuen Plan geschmiedet. Morgen würde Olam vor allen fertiggemacht werden. Sein Handy plärrte.

Malik drückte auf das Hörer-Symbol des übergroßen Displays und sagte mit vollem Mund:

„Hallo?"

„Malik. Ich bin's, Parwis. Hör zu, ich kann morgen nicht zur Schule kommen."

„Wieso nicht?", verwunderte sich Malik, „wir wollten Olam doch..."

„Nein, ich kann nicht", erwiderte Parwis gequält. „Wir haben gesagt, dass wir alle dabei sein werden. Mensch, Parwis, stell dir vor, wie er sich blamiert!", ereiferte sich Malik und fügte dann abschätzig hinzu: „Oder bist du ein Feigling?"

Auf der anderen Seite stöhnte Parwis hörbar auf: „So versteh doch. Mein Vater wird morgen nach Russland abreisen. Ich werde ihn mit meiner Mutter zum Bahnhof begleiten."

„Kann das kein anderer machen?", murrte Malik.

„Malik, er ist mein Vater!", entgegnete Parwis empört.

Malik drückte ungeduldig auf das Zeichen mit dem roten Hörer und legte sein Telefon unsanft auf den Tisch. *Was soll's? Parwis soll doch machen, was er will. Ihm war es egal. Er brauchte niemanden. Er war frei. Er war nichts und niemandem verpflichtet, anders als Parwis.*

Aber tief in seinem Innern spürte er Neid aufkommen. Er war neidisch auf das warme Verhältnis seines Kameraden zu seinem Vater. Das machte ihn noch wütender.

Ismael blieb nach der Schule alleine zurück. Er musste seinen Auftrag ausführen. Die schwierigen Aufgaben wurden stets ihm aufgetragen, und das machte ihn stolz. Malik und Dovud vertrauten ihm hundertprozentig – und um sich dessen würdig zu erweisen, legte Ismael alles daran, seine Arbeit zur vollsten Zufriedenheit zu erledigen. Darum war es auch nicht verwunderlich, dass er den notwendigen Schlüssel sofort auftreiben konnte und ohne Schwierigkeiten in das Geografie-Zimmer gelangte.

Malik reagiert sich an Olam ab. Er war das Ventil, um seinen Frust loszuwerden. Wie hätte er seinen Frust richtig abbauen können?

3. OPERATION „WELTKARTE"

Wenn Olam im Allgemeinen schon nicht gerne zur Schule ging, so zog es ihn heute erst recht nicht dorthin.

Am Morgen, als der Wecker läutete, drehte er sich mindestens dreimal im Bett um und fragte sich, ob er überhaupt aufstehen solle. Zum Schluss kam seine Großmutter und zwang ihn dazu. Seufzend sammelte er die Schulbücher in eine Plastiktüte. Gestern hatte er seine aufgeweichten Bücher und nassen Hefte wie Wäsche an der Leine vor dem Fenster aufgehängt. Das hatte nicht viel gebracht – vier Bücher waren dem Wasser ganz und gar zum Opfer gefallen, dabei hatte das Schuljahr gerade erst begonnen! Das künstliche Leder der Tasche hatte auf so viel Nässe ebenfalls unkooperativ reagiert. Es war gerissen und hatte begonnen, sich in seine Einzelteile aufzulösen.

Olam verließ den Hof seines Großvaters. Vor ihm lag der Schulhof mit den beiden schmucklosen Gebäuden. Die Hälfte der Schüler der Oberstufe hatte sich zum Appell eingefunden. Der Junge verlangsamte seinen Gang und reihte sich in seiner Klasse ein. Es verging kaum eine Sekunde, da gebrauchte jemand seinen Kugelschreiber als Schießrohr und traf den Jungen mit feuchtgekauten Papierkügelchen. Der unerwartete Schmerz ließ Olam mit der Hand die rote Stelle am Hals reiben. Er sagte nichts, blickte nicht einmal zurück und versuchte, den Schützen zu ignorieren. Ein zweites Kügelchen traf sein linkes Ohr. Ein anderes Geschoß schlug an seinem Hinterkopf auf. Ismael legte zum vierten Mal Munition nach und blies durch den leeren Kugelschreiber. Zufrieden beobachtete er, wie Olam genervt seinen Platz mit einem anderen Jungen tauschte, um sich vor seinem Feind zu verstecken.

46

Der Direktor verlas die täglichen Bekanntma-
chungen und schloss seine Rede triumphierend: „...und so freuen wir uns darüber, dass
unsere Geografie-Lehrerin nun eine aktuelle
Weltkarte für ihren Unterricht erhalten hat.
Wir haben diese Karte für viel Geld gekauft
und hoffen, dass ihr das zu schätzen wisst.
Frau Usmonova, bringen sie doch bitte die
Karte heraus!" Usmonova verschwand in dem
großen Gebäude.
Ismael blickte verächtlich nach vorn und
grinste böse. Dovud zupfte Malik leicht am
Ärmel. Ja, sie wussten, dass man gestern eine
neue Weltkarte gekauft hatte – sie wussten
aber noch mehr.
Die Schüler standen ungeduldig in der Mor-
gensonne und der Direktor bemühte sich,
die Kinder ruhig in ihren Reihen zu halten.
Er nutzte die Gelegenheit und hielt seinen
groß gewordenen Küken eine Rede über das
korrekte Tragen der Schuluniform. Dazu er-

innerte er sie daran, wie die Haare zu tragen waren: 1,4 cm Haarlänge für Jungen, lange Zöpfe für Mädchen. Schmuck und Handys waren auf dem ganzen Gelände absolut verboten. Plötzlich ertönte ein Schrei aus dem Innern des Schulhauses. Der Direktor wirbelte herum und sah die aufgebrachte Geografie-Lehrerin zurückkommen.

„Jetzt sehen Sie sich das an, Herr Bahromov!", rief Frau Usmonova empört. Sie war vor Entsetzen gelähmt. Ihre Augen, die sie am Morgen umständlich und mit besonderer Hingabe mit schwarzem Kajal-Stift und viel Blau gefärbt hatte, blickten wild umher, und ihr Mund mit den rot gemalten Lippen stand offen. Sie hielt die neue Karte hoch. Von oben nach unten in unzählige Streifen geschnitten, baumelte über die Hälfte der Karte wie Fäden herunter. Nur der Pazifische Ozean auf der einen Seite war noch ganz. Es gab keinen Zweifel daran, dass ihr jemand mit der Schere zu Leibe gerückt war. Über Nordamerika und dem halben Atlantik stand mit grossen Buchstaben: „Die Welt – das bin nur ich!"

„Das ist unglaublich! Welcher...", unschöne Worte rutschten dem Direktor aus dem Mund, „wer hat das getan? Ich... ich bin sprachlos. Zerschnitten und mit Filzstift beschmiert! Das kann man niemals mehr reparieren!"

Jemand rief: „Da sehen Sie, Herr Bahromov!"

Der Direktor konnte sich nur mit Mühe beherrschen und las mit bebender Stimme: „‚Die Welt – das bin nur ich.' Was hat das zu bedeuten?", fragte der Schulleiter mit angespannten Nerven und sah die Kinder der achten, neunten, zehnten und elften Klasse an.

Die Klassensprecherin der 9B, ein schlankes Mädchen, trat aus der Reihe hervor und meinte mit geckenhaftem Gehabe : „An unserer Schule gibt es nur einen Schüler mit dem Namen Olam[2] ."

2   Arabisch, bedeutet Welt.

Alle blickten zu Olam Aliev, der auf den Boden starrte. Bahromov holte tief Luft und befahl wütend: „Rahimov, führen Sie Ihre Klasse ins Zimmer. Ich werde mir für Olam eine angemessene Strafe ausdenken. Nach der Schule bringen Sie ihn zu mir ins Besprechungszimmer."

Oh, wie wohl war es Malik ums Herz! Er hatte die Lage richtig eingeschätzt. Olam würde nicht bocken, und keiner würde merken, dass seine Clique etwas mit dem Fall zu tun hatte. Rahimov führte die Schüler ins Klassenzimmer. Für einen kurzen Augenblick sah er zu Olam und war über das seltsame Verhalten des Teenagers verwirrt. Er konnte nicht glauben, dass Olam die Karte so zugerichtet hatte. *Aber warum verteidigte sich dieser nicht?*

Alle setzten sich auf ihre Plätze. Der Lehrer ließ seinen Blick über die Klasse schweifen. Er war sich nicht ganz sicher, ob Malik und seine Clique die Hand im Spiel hatten oder nicht, doch auf jeden Fall standen sie unter Verdacht.

„Ich weiss nicht, wer die Karte zerstört hat, aber ich weiss eines: Olam war es nicht. Eines Tages werden wir wissen, wer es war, denn alles wird ans Licht kommen."

Ein Flüstern ging durch die Reihen. „Ruhe! Öffnet eure Bücher auf Seite 28!"

Während eine Schülerin den aufgeschlagenen Text laut vorlas, ließ der Lehrer seinen Blick zwei-, dreimal zu Olam wandern. Der Junge war verschlossen wie eine Muschel. Keine Blicke, keine Mimik, nichts hätte ihn verraten. Die Stunde ging vorüber, und als die Glocke läutete, standen die Schüler auf. Rahimov schrieb die Hausaufgaben an die Wandtafel und kam schließlich zu Olam. Er blätterte im Klassenbuch, blickte kurz auf und sagte: „Olam, du bleibst hier." Gleichmütig nickte jener und packte seinen Kugelschreiber und sein Heft in die Tüte. Malik konnte nicht anders; im Vorbeigehen musste er Olam einfach noch „zufällig" anrempeln, auch wenn ihn das zwang, sich zu bücken. Olams Kopf sank noch tiefer.

Das Schulzimmer leerte sich. Rahimov räumte das Klassenbuch in die oberste Schublade des Lehrertischs. Olam saß steif an seinem Platz. Rahimov blickte den Schüler ernst an. Zwischen ihnen beiden stand eine unsichtbare Wand.

„Olam, was denkst du?" fragte der Lehrer ohne Umschweife.

„Worüber?", ertönte Olams Stimme blechern.

„Ich meine die Sache mit der Karte. Du hast die Karte nicht zerstört. Wer war es?", wollte Rahimov mit seinem offenen Blick wissen.

„Ich war es. Ich habe die Karte so zugerichtet", antwortete der Junge.

Rahimov öffnete den Mund. Ohne einen Ton zu sagen, schloss er ihn wieder. „*Nehmen wir an, Olam hätte es tatsächlich getan*", dachte er,

„dann hätte er niemals so leicht die Schuld auf sich genommen. Das ergibt keinen Sinn."

„Hör zu, Olam, ich weiss nicht, warum du nicht die Wahrheit sagen willst. Aber denk doch mal nach! Wegen dieser Sache kann der Schulleiter dich von der Schule werfen! Es wäre besser für dich, du würdest mir die Wahrheit sagen, okay?"

„Ist okay", gab sich Olam einverstanden, aber in seiner Stimme war kein Hinweis, dass dem so war. Er stützte seine Unterarme auf seine Schulbank und spielte nervös mit den Fingern. Rahimov setzte sich an die Tischkante und ließ ein Bein in der Luft baumeln. Er atmete tief durch und sagte wohlwollend: „Tja, ich höre."

Olams Gesichtszüge wurden hart. Er blickte reglos vor sich hin. „Bitte, Herr Rahimov, lassen Sie mich." Vielleicht war es der flehende Unterton, der Rahimov dazu brachte, das Gespräch zu beenden.

„Gut, dann gehen wir zum Direktor." Sie standen auf. Der Schüler klemmte sich die Plastiktüte unter den Arm und folgte seinem Lehrer ins Besprechungszimmer des Direktors. Rahimovs Gang war so sicher und fest wie der eines Offiziers. Olam hatte beinahe Mühe, ihm zu folgen. Der Lehrer klopfte an die Tür, und mit Olam im Schlepptau trat er in das mit einem Teppich ausgelegte Zimmer. Der Raum war nicht groß, und die schmalen, hohen Fenster waren bis zur Hälfte mit einer weiß-geblümten Gardine verhängt. Üppige Grünpflanzen rankten an den Wänden hoch. Es schien gerade so, als ob sie seit der Vollendung des Schulhausbaus hier ihren Platz hätten. An einer Wand hing ein beeindruckendes Poster: das Bild des Präsidenten Emomali Rahmon. In einer Ecke befand sich ein Aktenschrank, und in der Mitte beherrschten zwei aus Eichenholz gebaute, wuchtige Schreibtische aus der Sowjetzeit den Raum. Hinter einem thronte Bahromov und regierte sein kleines Königreich. Seine Augen zu winzigen Schlitzen verzogen, begrüßte sie der Direktor mit den Beschimpfungen, die ihm am Morgen im Halse stecken geblieben waren.

„Olam, Olam Aliev! Ich schwöre, dass du nichts mehr zu lachen haben wirst! Du fliegst von dieser Schule, so wahr ich Bahromov heiße. Hier, deine Unterlagen! Ich...", mit einem Schwall von Worten streckte der Schulleiter dem Jungen seine Schulakte hin. Es fehlte nicht viel und er hätte den Schüler am Kragen gepackt. Rahimov zog Olam am Ärmel aus der Schusslinie des Direktors und trat einen Schritt vor. Er war einen Kopf grösser als der korpulente Schulleiter.

„Bitte, Herr Bahromov, hören Sie mich erst an", bat Rahimov. Bahromovs ganze Aufmerksamkeit galt allein Olam, deshalb blickte er nun irritiert zu dem Klassenlehrer.

„Was? Was ist denn? Nerven Sie nicht, Mann",
sagte er, so als ob er nicht bereits die Nerven
verloren hätte, dennoch ließ er Rahimov aus-
reden.

„Ich weiss nicht, wer die Karte so zugerichtet
hat. Aber Olam war es bestimmt nicht", erklärte Umed Rahimov ruhig, um einen freundlichen Ton bemüht.

„Ach, Rahimov", der Direktor wedelte mit seiner Hand in der Luft, so als ob er eine lästi-
ge Fliege wegscheuchen wollte, „Sie sind neu
an unserer Schule. Glauben Sie den Schülern
kein Wort. Ich bin nun schon zwanzig Jahre an
dieser Schule, davon fünfzehn als Schulleiter,
und ich kenne diese Sprüche. Natürlich wird
Olam seine Tat verleugnen, das ist ganz nor-
mal. Sowas nennt man ‚Psychologie',, erklärte der Direktor von oben herab.

„Aber Olam verleugnet es ja gar nicht. Im
Gegenteil, er behauptet, er hätte die Karte
so wüst zugerichtet", widersprach der Leh-

rer. Verwundert sah Bahromov zwischen dem Mann mit dem offenen Blick und dem Jungen mit dem gebeugten Kopf hin und her.

„Wie bitte...? Aber warum sagen Sie dann, dass der Junge unschuldig ist?"

„Weil er mit Sicherheit lügt", erwiderte Rahimov gelassen. Der Schulleiter wusste nicht, was er denken sollte.

„Jetzt verstehe ich überhaupt nichts mehr... Ach, bringen Sie mich nicht aus dem Konzept, Mann!" Rahimov brachte ihn durcheinander, und er musste schnell eine Lösung finden. „Also gut, hören Sie zu, Rahimov: Bis zum kommenden Quartalsschluss muss er eine neue Weltkarte besorgen – mehr habe ich dazu nicht zu sagen."

Rahimov ließ erleichtert die Schultern fallen und schob Olam aus dem Besprechungszimmer.

„Olam, du bist selber schuld. Hättest du mir gesagt, wen du verdächtigst, dann hätte ich sogar diese Schuld von dir nehmen können. Aber so...", sagte der Lehrer im dunklen Korridor zu seinem Schüler.

„Lassen Sie nur. Das ist schon in Ordnung. Ich werde das Geld für die Karte schon irgendwie auftreiben."

„Was arbeitet dein Vater?", wollte Rahimov mit hochgezogenen Augenbrauen wissen.

Olams Kopf schoss in die Höhe und schneller, als er es eigentlich wollte, fragte er: „Wozu wollen Sie das wissen?" Rahimov verwunderte sich über diese brüske Reaktion und hob abwehrend die Hände. „Ich wollte bloß wissen, ob er das Geld für die Karte aufbringen kann." Olam blieb verschlossen und starrte auf den Boden.

„Er ist in Russland. Er arbeitet dort auf dem Markt. Keine Angst, ich werde das Geld schon zusammenbringen." Olam drückte die Plastiktüte fester an seinen Körper, drehte sich um und ging davon. Rahimov hatte wahrgenommen, dass der Junge ihn nie direkt ansah. Aus einer Regung heraus rief er ihm nach: „Olam Aliev!"

Der Schüler wandte sich um und blieb stehen. „Ja?"

„Wenn du einmal Lust zum Reden hast, ich bin immer dazu bereit, okay?", schlug Rahimov ihm vor.

Olam nickte: „Okay, danke."

Der Klassenlehrer blieb im Gang stehen und sah dem seltsamen Schüler nach, bis dieser um die Ecke verschwand. Der Junge ließ nicht zu, dass man seine Gedanken auch nur erahnen konnte. Es würde Zeit brauchen, viel Zeit ...

Olam hatte sich verschlossen. Das war seine Art, sich zu schützen. Welche Gefahr läuft er mit diesem Verhalten?

4. DIE RACHE

Scherdil flog förmlich an seinen Platz in der Klasse und kramte sein Heft hervor, um die Hausaufgaben seinem Banknachbarn abzuschreiben. Die Pause war kurz, und bald sollte die Biostunde beginnen. Die meisten der Schüler waren direkt von der Russischlektion ins Biologiezimmer gekommen. Einige, genauer gesagt Ismael, Parwis, Malik und Dovud hatten einen Umweg über den nahen gelegenen Basar gemacht. Die Biologielehrerin war eine milde, zierliche Frau und hatte unmöglich die Autorität, einer 9B gerecht zu werden.

Nach einer halben Stunde erschienen die vier Jugendlichen wie Helden im Schulzimmer und gingen mit hochmütigen Blicken, jeder eine Getränkedose in der Hand, an ihre Plätze. Wie sie erwartet hatten, sagte die Lehrerin nichts und fuhr mit dem Unterricht fort. Doch als sie sahen, wie sich hinten im Klassenzimmer eine hünenhafte Gestalt vom Stuhl erhob, erschraken sie. Rahimov ging langsam zur Wandtafel und blickte zur Klasse. Die Lehrerin verstummte. Ihre Erleichterung war nur zu offensichtlich. Sie überließ das Feld gerne dem Klassenlehrer und setzte sich hinter ihren Schreibtisch. Trotzig hielten die Buben ihre Getränke in den Händen.

„Ismael. Parwis. Malik. Dovud." Der Lehrer würdigte jeden einzeln mit einem vielsagenden Blick und sagte streng: „Ihr seid zu spät, und es ist nicht das erste Mal. Ihr wisst, dass ich gezwungen bin, eure Eltern zu informieren."

Zwar verunsicherte der Lehrer Malik, trotzdem lehnte dieser sich nach hinten und verschränkte seine Hände hinter dem Kopf.

„Was jetzt? Wollen Sie uns das Grauen lehren?", spottete er, machte ein gruseliges Geräusch und schaukelte selbstzufrieden mit dem Stuhl. Wenn auch einige Schüler gerne gelacht hätten, blieb es still. Rahimov überlegte, bevor er erwiderte: „Du tätest gut daran, das Fürchten zu lernen, Malik."

„Ich will's aber nicht", sagte der Junge patzig.

„Wir fürchten uns vor nichts und niemandem, Herr Rahimov", ergänzte Ismael durch seinen Kameraden angestachelt und trank eigenwillig einen Schluck Cola.

„Unsere Haut ist dick", grölte Parwis und sah Beifall heischend in die Klasse.

Rahimov legte die Hände hinter seinen Rücken und sagte ruhig: „Gut. Dovud Sulaimonov, wie sieht's bei dir aus?"

Dovud dachte an seinen Vater und saß still auf seinem Platz. Nein, sein Vater war kein Schläger, und er fürchtete auch nicht, Prügel zu bekommen. Er war sogar kleiner als Dovud. Wenn aber irgendetwas nach oben drang, nach oben zu Dovuds Vater, dem Vizedirektor der Schule, dann würde es seiner

Ehre schaden. Herr Sulaimonov würde tagelang nicht mehr mit dem Jungen reden, und dann hing der Haussegen schief. Im Übrigen waren da noch seine beiden verheirateten Brüder im gleichen Haus, die eifrig dabei waren, ihn zu erziehen. *Aber dies vor den anderen zuzugeben? Nein, das war unmöglich.*

„Nun denn. Malik, Ismael und Parwis, ich gebe euch einen Rat. Wenn ihr nicht wollt, dass es eurem Freund schlecht geht, dann wird sich euer Verhalten nicht wiederholen. Dieses Mal sage ich dem Direktor nichts, und ich werde auch Sulaimonov nicht informieren. Aber bei einem Wiederholungsfall wird es Dovud nicht einfach haben. Bringt eure Getränke nach vorn. Nach der Stunde könnt ihr sie bei mir abholen."

Dovud war der Erste, der sich schwerfällig von der Schulbank löste und die Dose dem Lehrer reichte. Seine Augen waren auf den Fußboden gerichtet. Nach ihm stellte Parwis seine Cola auf den Lehrertisch und ging wieder an seinen Platz. Ismael wollte in einem Zug seine Büchse leeren, doch irgendetwas hielt ihn davon ab. Er blickte aus dem Fenster, stand dann unter widerwilligem Stöhnen auf und gab sein Getränk ab. Malik blieb reglos sitzen und starrte den Lehrer an.

„Und du, Malik?"

Es fiel Malik einfach nichts ein, was er hätte erwidern können. Er wollte aber auch nicht, dass der Lehrer das letzte Wort hatte, trotzdem blieb es dabei. Seufzend blickte der hochgewachsene Jugendliche zu Dovud. Mit einer kaum merklichen Kopfbewegung gab dieser ihm zu verstehen, dass er gehorchen solle. Malik erhob sich, streckte seine langen Beine und gab die halbvolle Dose seinem Lehrer. „Danke", sagte Rahimov. Die Schüler saßen still auf ihren Plätzen.

„Gut", Rahimov blickte zur Biologielehrerin, „schreiben Sie nichts ins Klassenbuch. Und wenn die Jungen nochmals zu spät kommen, lassen Sie es mich wissen."

Rahimov durchschritt wie ein Soldat das Schulzimmer und verließ den Raum.

„Das war fies. Ich kann nur sagen, dieser Rahmiov ist echt fies", verkündete Ismael genervt sein Urteil über den Lehrer. Die Clique hatte sich nach der Schule auf dem Pausenhof versammelt.

„Lächerlich. So einer will uns Druck machen!", bestätigte Parwis beleidigt. Dovud saß schlechtgelaunt auf der eisernen Bank und gab zu: „Alles wegen mir!"

„Ach, komm schon. Es ist ja nicht dein Fehler, dass dein Vater ausgerechnet der Vizedirektor ist", tröstete Malik ihn.

„Ich persönlich habe keine Angst. Mein Vater ist in Russland, und meine Mutter kann nichts machen", sagte Parwis und setzte sich neben Dovud.

„Wir müssen uns rächen", meinte Ismael entschieden. Er formte seine Augen zu Schlitzen und hob feierlich seine Faust.

„Richtig. Er hat uns vor der ganzen Klasse lächerlich gemacht. Eine Schande ist das!", warf Parwis empört ein.

„Er denkt nun, dass er gegen uns gewonnen hat. Wenn wir ihn nicht in die Schranken weisen, wird er tun und lassen, was er will", bestätigte Dovud.

„Aber was sollen wir tun?", fragte Malik, bereit jede Möglichkeit zur Rache zu nutzen. Scherdil blickte schweigend von einem zum anderen.

„Wisst ihr, dass unser Lehrer mit dem Fahrrad zur Schule kommt?", fragte Dovud. Nein, das wussten sie nicht, weil Rahimov sein Fahrrad immer in den Schulhauskeller einschloss. Hätte Dovuds Vater es ihm nicht erzählt, hätte er es auch nicht gewusst. „Ich glaube, du hast einen Plan. Was sollen wir tun?", fragte Malik tatendurstig.

„Es wäre doch schade, wenn das Fahrrad kaputtginge, oder nicht?", fragte Dovud mit gespielt besorgtem Blick. Scherdil kratzte sich am Kopf. *War dies wieder so eine Sache, die dumme Jungs nicht verstehen konnten?*

„Oh nein, und seine Reifen würden langsam platt werden", grinste Ismael.

Dovud fügte noch hinzu: „Die Drahtseile der Bremsen würden reißen."

Die Clique lachte laut. Malik stellte sich das Gesicht seines Lehrers vor.

„Ismael, weisst du, wo das kleine Oberlicht neben der Kellertreppe hinter dem Schulhaus ist? Es führt direkt in den Kellerraum", sagte Dovud und sah Ismael an. Sein Kamerad nickte bedeutungsvoll.

„Weil es noch heiß ist, steht es einen Spalt offen", erklärte Dovud, „was wäre, wenn du dir Rahimovs Fahrrad mal genauer anschautest?"

Ismael verstand sofort. Mit wissendem Blick antwortete er: „Genial. Das Ganze ist einfach. Dort wird mich keiner sehen und – schwups – bin ich im Keller."

„Er hat heute Nachmittag Unterricht. Also sollte das Fahrrad jetzt noch an seinem Platz sein. Du hast bis zum nächsten Läuten zwanzig Minuten Zeit. Dann wird es hier von Schülern wimmeln."

Dovuds Arbeit war getan, und Malik machte sich als Gruppenanführer wichtig.

„Ismael, beweg dich", befahl er selbstgefällig, „wir warten hier. Parwis, du gehst zur Schulhausecke. Wenn jemand kommt, pfeifst du." Parwis nickte und löste sich mit Ismael von der Gruppe. Malik nahm einen Grashalm vom Boden auf, hielt ihn wie eine Zigarrette im Mund und spähte zum Haupteingang.

Alles war still.

Parwis nahm seine Stellung ein, und Ismael verschwand behände wie ein Reh hinter dem großen Gebäude.

In Kürze erreichte Ismael den Keller. Zuerst ging er zur Tür und prüfte das Schloss. Es war verriegelt. Zwei Schritte daneben erreichte er das Oberlicht. Wie Dovud vermutet hatte, war das Fenster angekippt. Der Fensterrahmen war kleiner, als Ismael es erwartet hatte, und er überlegte, ob er in die Öffnung hineinpasste. Er krempelte die Ärmel seines weissen Schulhemdes hoch. Die schwarze Krawatte schwang er sich über die Schulter. Vorsichtig steckte er den rechten Arm zwischen Rahmen und Fenster. Er konnte mit einem Finger den Griff berühren, doch war es ihm nicht möglich, ihn hochzustemmen. Ärgerlich zog er den Arm zurück und versuchte es mit der linken Hand. Jetzt konnte er sogar mit zwei Fingern den Eisenstab fühlen, aber das war nicht genug. Ismael fluchte leise. Schweiß tropfte ihm von der Stirn. Er verlor wertvolle Zeit. Seine Oberarme schmerzten vom Strecken und Ziehen. Er atmete tief ein, zog sein Handy hervor und prüfte die Zeit. Noch fünfzehn Minuten bis zur Pause. Das sollte reichen.

Wenn die Glocke läutete, dann würde es auf dem Schulhof wie auf einem Ameisenhaufen wimmeln. Schüler und Lehrer würden von einem zum anderen Gebäude wechseln. Er musste bis zu diesem Zeitpunkt wieder aus dem Keller heraus und verschwunden sein! Er fragte sich, ob er die Fensterscheibe einschlagen sollte, aber das wäre zu laut und zu verdächtig. Nein, – er überlegte kurz und suchte dann am Boden ein längliches, flaches Holzstöckchen. Er fand ein abgebrochenes Metallplättchen. Vorsichtig nahm er es wie einen Schraubenzieher in die Hand und begann die Schrauben aus dem Fensterrahmen zu lösen. Sie waren verrostet. Es dauerte eine Weile, bis sie sich überhaupt bewegen ließen. Er erlaubte sich nicht, die Uhrzeit zu prüfen und so wertvolle Sekunden zu vergeuden. Nach der letzten Schraube lief ihm der Schweiß am ganzen Körper herunter.

Triumphierend hob er den Fensterflügel aus dem Rahmen und legte ihn vorsichtig auf den Boden. Er achtete nicht auf den schimmeligen Geruch im Raum, als er mit den Füßen voran, sich wie eine Schlange windend, in den Keller gelangte und dabei den Sprung mit den Handflächen auf dem Boden abfing. Langsam gewöhnten sich seine Augen an das Dämmerlicht. Er blickte zur Tür und sah, wie ein feiner Lichtstrahl durch ein Astloch der Holztür den Weg ins Innere

suchte. Ismael war kein Pfuscher. Behutsam schob er den Fensterflügel in den Rahmen.

Für den oberflächlichen Betrachter sah es gerade so aus, als säße das Fenster fest an seinem Platz. Der Junge drehte sich um. Der Raum war schmal und niedrig. Das Chaos hatte hier seine Oberherrschaft aufgerichtet. Auf der einen Seite lag Dekorationszubehör für den ersten Schultag, Plastikblumen und bunte Bänder. Auf der anderen Seite standen drei beschädigte Schulbänke, die nur wenig Hoffnung auf eine Wiederbelebung haben konnten. Unzählige Plakate und Poster lagen haufenweise auf dem Boden. Alles war verstaubt. Es schien Ismael, dass hier seit Jahrhunderten kein Mensch mehr gewesen war, aber da entdeckte er nahe bei der Tür die Utensilien der Putzhilfe und – dort, daneben stand das Fahrrad des Lehrers. Als Ismael es sah, pfiff er leise durch die Zähne. Was für ein Fahrrad, silberfarben und neu! Es schien hier ganz und gar fehl am Platz.

Ismael bückte sich zwischen das Gerümpel und öffnete das vordere Ventil. Dann suchte er nach den Bremsen. Ruckartig zog er am Drahtseil der Vorderbremse. Gerade wollte er das Kabel des hinteren Rades durchtrennen, als ein lauter Pfiff die Stille durchschnitt.

Parwis.

Jemand kam. Die Schulglocke läutete laut und schrill. Ismaels Herz begann zu rasen. Die Zeit würde nie ausreichen, um aus dem Keller flüchten zu können. Sofort ließ er sein halbfertiges Werk liegen und blickte panisch wie ein gefangenes Tier zum hinteren Teil des Raumes. Vielleicht konnten ihm die vier Stühle dort Schutz bieten. Er legte sich, ohne auf den Schmutz und Staub zu achten, auf den Boden und robbte sich rückwärts unter die Stühle. Als der Schlüssel von außen im Schloss drehte, hielt Ismael gebannt die Luft an. Sein Herz klopfte ihm bis zum Hals. Wenn man ihn hier finden würde ...

74

Draußen ging Dovud ungeduldig auf Parwis zu und flüsterte: „Ist die Putzfrau hineingegangen?" „Ja." Dovud bemühte sich, um die Ecke zu sehen, aber besann sich, es besser nicht zu tun.

„Schaffte es Ismael noch rechtzeitig hinaus?" Parwis schüttelte den Kopf. Er sah seinen Kameraden gefasst an. Nun wusste auch Dovud nicht, was er sagen sollte. Wenn sie Ismael auf frischer Tat erwischten, würde Rahimov sofort wissen, dass die ganze Gruppe dahinterstand und sich rächen wollte. Mit einem Pfiff beorderte er Scherdil und Malik zu sich.

Für Ismael verging die kurze Zeit unter den Stühlen wie eine nie endenwollende Ewigkeit.

Die weißhaarige Frau sammelte in sprichwört-
lichem Zeitlupentempo Besen, Schrubber,
Eimer und Lappen zusammen. Mit schlurfen-
dem Gang verließ sie den dunklen Raum und
verriegelte die Tür hinter sich.
Ismaels Herz klopfte nun wieder ruhig, doch
er verharrte in seiner unbequemen Lage,
wusste er doch, dass er die Schulglocke ab-
warten musste. Im Keller war es stickig, und
der Staub schien das letzte bisschen Sauerstoff verschluckt zu haben. Nach Luft ringend
wartete er die nächsten Minuten ab.

„Na, endlich, die Putzfrau hat den Keller verlassen", stellte Dovud erleichtert fest.
„Es scheint so, dass sie nichts bemerkt hat",
bestätigte Parwis, „Ismael soll sich sputen.
Wer weiss, wer sich alles noch in den Keller
verirren könnte."

76

Ismael vernahm mit großer Erleichterung den Klang der schrillen Glocke. Er kroch aus seinem unbequemen Versteck unter den Stühlen hervor und wartete, bis es draußen ganz still wurde. Hände und Füße waren steif. Er bewegte einen Körperteil nach dem anderen. Seinen Kopf neigte er langsam nach links, dann nach rechts. Danach fasste er mit äußerster Sorgfalt den Fensterflügel und hob ihn aus dem Rahmen. Vorsichtig spähte er hinaus. Das Fussballfeld vor ihm war menschenleer. Er legte die Glasscheibe draußen auf den trockenen Grund. Mit gekonnten Griffen hielt er sich am Holzrahmen fest und stieß sich mit aller Kraft vom Boden ab. Ein Nagel, den er übersehen hatte, zerkratzte ihm das Bein zwischen Socke und Hose. Der Schmerz jagte durch seinen Körper. Er versuchte, nicht darauf zu achten. Er musste so

schnell wie möglich aus dem Keller hinaus!
Endlich war er an der frischen Luft. Seine
Lungen sogen den Sauerstoff gierig ein. Mit
seinen Händen befreite er seine Hosenbeine
vom Staub, was ihm nur beschränkt gelang.
Er griff nach dem Fensterflügel und setzte
ihn wieder in den Rahmen. Das Festmachen
der Schrauben ging überraschend schnell. Er
wäre vor Erleichterung beinahe umgefallen.
Plötzlich drehte er seinen Kopf nach links.
Hatte er aus dem Augenwinkel nicht eine Bewegung neben den Bäumen gesehen? Er blickte angestrengt in diese Richtung, aber außer dem
Schatten der ausladenden Äste war nichts zu
erkennen.
Er schüttelte den Kopf und kippte das Fenster
wieder in seine ursprüngliche Position. Seine Arbeit war getan, und die Bremskabel des
Fahrrads waren abgerissen, wenigstens dasjenige des Vorderrades. Ismael reckte sich,
hielt jedoch unvermittelt inne. Ein schreck-

licher Gedanke kam ihm: *Wenn der Lehrer sich auf seinen Sattel schwang, ohne zu bemerken, dass die Bremsen ihren Dienst versagen würden, und auf die Hauptstraße hinunterfahren würde – was dann?* Er weigerte sich, weiter darüber nachzudenken, trotzdem blieb ein Gefühl der Leere zurück. *Er war doch nur der Ausführende, nicht der Verantwortliche, oder?*

Was denkst du?
Wer trug die Verantwortung?

5. DER UNFALL

Es war beinahe sechs Uhr abends, als der Schulhof leergeworden war und mit den langen Schatten der Bäume beinahe idyllisch wirkte. Die Sonne stand hinter dem Schulkomplex. Vögel sangen ihr Abendlied. Rahimov klemmte seine schwarze Aktentasche unter den Arm. Müde stieg er die Treppe vor dem Hauptgebäude hinunter. Von der Hauptstraße her drang lauter Abendverkehrslärm an sein Ohr. Alles wollte möglichst schnell nach Hause.

Der Lehrer holte sich beim Hausmeister den Schlüssel und ging zum Keller. Wie er am Morgen das Fahrrad hingestellt hatte, stand es am Abend an seinem Ort. Vorsichtig nahm er es beim Lenker und holte es aus dem Keller, stellte es an die Wand, schnallte die Tasche auf den Gepäckträger und schloss die Tür ab. Er schob das Fahrrad einige Meter weit bis zum

Hausmeister und gab den Schlüssel zurück. Mit sicherem Griff schulterte er das Fahrrad, stieg die wenigen Stufen zum Haupttor hinauf und verließ das Gelände. Es war alles wie immer, und Rahimov schwang sich auf den Sattel. Während er sich setzte, spürte er, dass die Räder unter seinem Gewicht gefährlich ins Schwanken gerieten, doch er konnte nicht weiter darauf achten. Der Verkehr war dicht, und er mühte sich, in die Pedale tretend, zwischen einem geparkten Wolga[3] und einem vorbeifahrenden roten Opel durchzufahren.

Die Straße führte zu einer Kreuzung, zu einer verkehrsreichen Kreuzung.

Olam saß unruhig im Haus und blickte durchs Fenstergitter in den winzigen Hof seines Großvaters. Die Großeltern waren immer noch im

---

3   Russische Automarke.

Laden. Der Junge hockte da und sann über sein Leben nach. Er bedauerte, dass Malik sein Geheimnis entdeckt hatte. Seit jener Zeit quälte ihn Maliks Clique. Wie lange sollte das so weitergehen? Dann musste er auch noch das Geld für die Weltkarte auftreiben. Wie sollte er das erreichen? *Sein Vater würde ihm niemals das Geld dafür geben können.* Er schmunzelte traurig. *Und sein Großvater würde ihm nicht helfen wollen.* Das wusste er genau. Der Alte wäre nie einverstanden, der Schule so viel Geld zu geben, erst recht nicht aus diesem Anlass. Am Mittag entschied sich der Junge nach langem Ringen: „Gut, *heute Abend werde ich zu Rahimov gehen und dem Lehrer alles erzählen. Sollen die anderen reden.*" Er brauchte jemanden, der ihn verstand.

Scherdil spielte zum zehnten Mal mit seinem siebenjährigen Bruder Dame und gewann wieder wie die anderen neun Male. „Komm, spielen wir noch einmal. Dieses Mal werde ich gewinnen", lispelte der Kleine.

„Nein, genug gespielt. Ich bin müde geworden. Mirso, hast du Hunger?", fragte Scherdil und hielt sich den Bauch. Doch der dünne Mirso war kein Schleckmaul wie sein Bruder und schüttelte den Kopf.

„Tja, dann werde ich mir beim Laden an der Ecke einen oder zwei Donuts besorgen." Scherdil stand langsam auf und sagte zu Mirso: „Gib gut auf unsere Schwester acht und lass sie nicht aus den Augen. Ich bin gleich wieder da."

In der hölzernen Wiege in der Ecke des Wohnzimmers lag ein winziges Wickelkind. Scherdil war sich sicher, dass sein Bruder für ein paar Minuten gut auf die Kleine aufpassen konnte. Ihre Mutter arbeitete halbtags als Näherin in einem Atelier, und Scherdil musste in dieser Zeit seine Geschwister hüten. Sein Vater war

Lastwagenfahrer und arbeitete für eine Firma gegenüber ihrer Blockwohnung.

Scherdil verließ die Wohnung im zweiten Stock. Es gab Kinder, die drei Stufen gleichzeitig nehmend das lichtlose Treppenhaus hinunterhüpften, nicht aber Scherdil. Er fand immer genügend Zeit, jede Stufe einzeln zu nehmen. Der Junge erreichte gemächlich die unterste Stufe vor der eisernen Haupttür des Blocks, deren blaue Farbe seit Jahren abgeblättert war. Wer hätte sie schon neu anstreichen wollen? Tageslicht drang in den Gang und beschien die seit Jahren nicht mehr benutzten, schief hängenden Briefkästen neben dem Eingang.

Er pfiff eine lustige Melodie vor sich hin und ging den schmalen Pfad neben dem Hochhaus entlang. Er wollte auf die andere Straßenseite zum Quartiersbasar. Unterwegs grüßte er hier und dort ein Kind, das er vom Spielen draußen kannte. Etwas weiter erblickte er die belebte Kreuzung. Autos und Lastwagen schoben sich über den großen Platz, und die Bürgersteige wimmelten von Menschen. Die Fußgängerampel sprang auf Rot. Scherdil blieb stehen. Jetzt wechselten auch die Verkehrslichter der breiten Straße, und jene Autos, die ungeduldig mit laufendem Motor auf das Bahn freigebende Grün gewartet hatten, setzten sich in Bewegung. Der Junge blickte auf die steile Straße, die von der Schule her zur Kreuzung führte, und beobachtete, wie die Autos auf jener Seite zwei Reihen bildeten. Doch wie aus dem Nichts schoss ein Fahrradfahrer mit großer Geschwindigkeit den Abhang hinab und raste – gegen alle Vernunft – auf die Kreuzung zu. Auf der gegenüberliegenden Seite wälzte sich ein chinesischer Lastwagen, den Scherdil nur allzu gut kannte, auf die Straßenmitte zu. Die Hupe des schweren Gefährts ertönte alarmierend. Die Bremsen kreischten ohrenbetäubend. Das Fahrrad verschwand unter dem schwerfälligen Kasten. Metall wurde verbogen. Ein verzweifelter Schrei. Der Fahrer des weißen Mercedes hinter dem Lastwagen lenkte sein Auto geistesgegenwärtig an den Straßenrand und konnte so einen Massenunfall von auffahrenden Fahrzeugen verhindern. Alles blieb für einige kurze Sekunden in gespenstischer Stille. Dann kam wie auf Kommando Leben in die Umstehenden. Die Autotüren des roten Opel flogen auf. Zwei Männer stiegen aus und stürzten zum Laster. Ein Trolleybus entlud seine Last, und unzählige Menschen verteilten sich über die ganze Kreuzung, um neugierig einen Blick auf die Unfallstelle zu erhaschen. Aus einem weißen Auto stieg eine Frau aus, die hilflos rief: „So ruft doch einen Krankenwagen! So helft doch! Er stirbt! Er stirbt!"

Doch der Lastwagenfahrer blieb bewegungslos sitzen und starrte ins Leere. Ein vierschrötiger Mann riss die Kabinentür auf. Der Fahrer stand offensichtlich unter Schock.

Scherdil hatte alles mit offenem Mund beobachtet. Er war schwer von Begriff, doch dieses Mal realisierte er schlagartig, dass der Lastwagenfahrer sein Vater war. Sein Magen drehte sich, und obwohl es warm war, begann er zu frieren.

Was nun geschah, erlebte er wie im Traum. Schaulustige strömten hinzu und schubsten Scherdil von allen Seiten. Von irgendwoher erklang das Martinshorn, und etwas später erschien der Krankenwagen hinter dem Lastwagen. Ein Polizeiauto hielt daneben, und zwei Beamte stiegen aus. In der Hand des Einen war ein Megafon.

Ungeduldig rief der Hüter des Gesetzes den Sensationslüsternden zu: „Halten Sie sich von der Kreuzung fern! Machen Sie dem Notarzt Platz! Gehen Sie zur Seite!"

Nach diesen Aufforderungen leerte sich die breite Strasse, und die Fahrzeuge wurden um den Laster geführt, damit das Krankenauto nahe an die Unfallstelle fahren konnte. Endlich kam Bewegung in Scherdil. Er lief auf die Kreuzung zu und rief verzweifelt nach seinem Vater.

„He, hast du keine Ohren am Kopf? Geh weg!", fuhr ihn der Polizist verärgert an und hielt drohend seinen Knüppel in die Luft. Scherdil parierte, wie immer, doch das Wissen, dass sein Vater im Lkw saß, gab ihm den Mut zu betteln: „Mein Vater sitzt da im Lastwagen. Bitte lassen Sie mich zu ihm."

Der Mann beäugte den zitternden Jungen mit prüfendem Blick. Widerwillig gab er den Weg frei. Scherdil rannte zur Kabine. Er sah, wie sein Vater zu Tode erschrocken auf dem Sitz saß und zu sich selbst sagte: „Ich habe ihn umgebracht. Ich habe ihn umgebracht. Ich wollte das doch nicht. Ich wollte das wirklich nicht!"

Scherdil merkte, dass sein Vater ihn nicht wahrnahm. Unsicher blickte er um sich, neugierig geworden, was auf der anderen Seite des Lasters geschehen war. Einer der beiden Ärzte war unter den Lastwagen gekrochen. Er fühlte den Puls des Fahrradfahrers und nickte dem anderen zu: „Er lebt."

auf allen Vieren kroch er von der anderen Seite zum Unfallort. Das Gesicht des Fahrradfahrers war blutüberströmt, seine Kleidung zerrissen und schmutzig. Er war ohnmächtig. Der leblos wirkende Körper schien am Fahrrad zu kleben. „Hören Sie mich?" fragte der erste Arzt nahe am Ohr des Mannes.

Als Antwort erhielt er nur ein Stöhnen. Die Augenlider flatterten, doch die Augen blieben geschlossen. Es war wenig, aber es war genug Regung, damit die Ärzte zufrieden waren.

„Bringt die Trage her!", befahl einer der beiden dem Sanitäter, der in der Nähe bereitstand und auf Anweisungen wartete.

Der zweite Arzt bemühte sich, mit dem Verletzten zu sprechen. Für die Zuschauenden war nicht ersichtlich, was sich genau unter dem Laster abspielte, aber den Ärzten gelang es mit unglaublicher Ausdauer, den Unglücklichen langsam von dem verbogenen Fahrrad zu lösen. Sie hoben ihn mit äußerster Vorsicht auf die Trage, die nun neben ihnen auf dem Boden lag, und schoben diese Zentimeter um Zentimeter unter dem Lastwagen hervor.

Scherdils Gesicht verlor alle Farbe. Vor ihm lag sein Lehrer Rahimov. Sein breiter, gutgebauter Körper wirkte nur noch wie ein Schatten seiner Selbst. Das Gesicht des Mannes war weiß, und überall klebte vertrocknetes Blut. Seine Hose und sein Hemd waren vorne zerrissen. Offenbar war er samt dem Fahrrad bäuchlings mehrere Meter auf dem Boden entlanggeschlittert. Scherdil war wie benommen. Warum hatte sein Lehrer nicht gebremst, als die Ampel auf Rot geschaltet hatte? Die Bremse! Plötzlich verstand Scherdil, warum er es nicht getan hatte. Ismael! Diese Erkenntnis schockierte ihn. Er wandte sich entsetzt um und rannte los. Er lief ohne anzuhalten bis zum Block. Die Leute drehten sich nach ihm um und sahen ihm kopfschüttelnd nach. Der Junge spürte die Blicke nicht. Er bekam Seitenstechen... Nein, nein, das durfte nicht wahr sein... In seinem Kopf drehte sich alles.

„Ich träume. Ich werde jetzt erwachen und feststellen, dass alles nur ein schlimmer Traum ist", wollte Scherdil sich beruhigen. Er kniff sich in den Arm, um aufzuwachen, aber es half nichts. Es war kein Traum. Er hatte tatsächlich mit eigenen Augen den Unfall seines Lehrers gesehen. Und er wusste sogar, warum es dazu gekommen war.

Wie sein Lehrer leblos und schwach auf der Trage gelegen hatte, wollte nicht aus seinem Knopf.

„Scherdil! Komm! Die Kleine weint!", rief ein dünnes Stimmchen ungeduldig von einem der Balkons.

Scherdil sah mit suchendem Blick nach oben und erspähte Mirso am Geländer. Von den Ereignissen erschüttert, schrie er: „Mirso, geh sofort vom Balkon weg. Hörst du! Wenn nicht, fällst du noch hinunter. Ich komme."

Es war das erste Mal, dass Scherdil zwei Stufen auf einmal nehmend bis in ihre Blockwohnung flog. Er schloss die Tür hinter sich und trat keuchend ins Wohnzimmer. Das verzweifelte Brüllen seiner kleinen Schwester drang an sein Ohr. Er beugte sich über die Wiege, band das Kind vorsichtig los und nahm es fürsorglich, ja mütterlich, in den Arm. Leise begann er ein Schlaflied zu singen. Mirso kam, erleichtert darüber, dass sein großer Bruder wieder da war, aus der Küche. Das einfache Liedchen, das Scherdil der Kleinen summte, beruhigte nicht nur den Säugling, sondern auch ihn selbst.

Nach ungefähr einer Stunde kamen Vater und Mutter von der Arbeit nach Hause.

Scherdil war immer noch aufgewühlt und hätte am liebsten mit den Eltern über den Unfall geredet, aber er hätte niemals zugeben können, dass er Zeuge des Geschehens geworden war. Hätte er dies getan, hätte er nicht schweigen und die Sache mit der Bremse für sich behalten können.

Sein Vater ging, ohne die Kinder zu grüßen, stracks ins Schlafzimmer. Scherdil hätte nur zu gerne gewusst, wie es ihm ging, aber mit Fragen hätte er sich verraten. So blieb er mit dem Baby im Arm vor dem Fernseher sitzen. Das Gesicht seiner Mutter war vom Schreck gezeichnet. Sie betrat das Wohnzimmer und bemühte sich, gleichmütig auszusehen. Sie steuerte auf den Säugling zu.

„Sie hat eine ganze Flasche getrunken", meinte Scherdil zu ihr. Er vermied es, sie anzusehen. Ihre Hände zitterten leicht, als sie die Kleine aus Scherdils Armen nahm. Anscheinend wusste sie über den Unfall Bescheid.

„Danke, Scherdil. Bring deinem Vater Brot und Tee ins Zimmer", bat sie mit müder Stimme.

Scherdil kochte Tee auf und nahm ein Fladenbrot. Beides brachte er zum Vater. Der Mann lag ausgestreckt auf einer Sitzmatte und starrte aus dem Fenster über den Balkon hinaus zu den nahestehenden Blöcken. Er hatte den stumpfen Blick wie vorhin und bemerkte nicht einmal, wie sein Sohn in den Raum trat.

„Vater?", fragte der Junge vorsichtig.

Der Mann hob schwerfällig seinen Kopf und antwortete mit einem knappen „Hm?" als Zeichen, dass er zuhörte, dabei bewegten sich seine Augen nicht von dem erdachten Fixpunkt.

„Ist... ist etwas passiert?" Scherdil konnte sich nicht mehr zurückhalten. Der Mann schwieg. Er schloss seine Augen. Sein Haar war nur an den Schläfen weiß, doch in Scherdils Augen wirkte sein Vater plötzlich alt. Es dauerte lange, bis er die Augen wieder öffnete.

Wie betäubt meinte er: „Ich habe heute einen Radfahrer angefahren."

Scherdil wusste nicht, was er antworten sollte.

„Zuerst dachte ich, der Mann sei tot, aber dann hat man ihn lebendig unter meinem Lastwagen geborgen. Ich... ich... kann nichts dafür. Er... hat die rote Ampel einfach überfahren." Der Mann versuchte sich selbst mit diesen Worten zu beruhigen. „Er hätte tot sein können. Auch wenn ich nicht die wirkliche Schuld daran tragen würde, so wäre ich doch der Anlass gewesen."

Der Mann schüttelte ungläubig den Kopf. Der Junge suchte nach Worten. Der Wecker auf dem Fensterbrett tickte. Wäre er nur so klug wie Malik und Dovud! Sie wussten immer, was zu tun war.

Malik und Dovud... War dieses Unglück nicht wegen dieser beiden Jugendlichen geschehen? Allmählich dämmerte es Scherdil. Wenn das die Folge der Aktionen ihrer Clique war, hatte er sich womöglich die falschen Freunde ausgesucht ...

Die Ausführungen seines Vaters holten ihn wieder in die Realität zurück: „Man hat ihn ins Städtische Krankenhaus gebracht. Die Ärzte haben nicht sagen wollen, wie es um ihn steht, doch meinten sie, dass er vielleicht doch noch Glück im Unglück gehabt hätte. Die meisten Verletzungen scheinen oberflächlich zu sein. Ich möchte ihn morgen im Krankenhaus besuchen. Kommst du mit?"

„Ich?", Scherdils Kugelaugen wurden hinter den Brillengläsern noch runder. Warum immer er? Doch der Junge fand keine Ausrede, und so willigte er einsilbig ein.

„Da, nimm Brot und iss", lud ihn sein Vater ein und hielt ihm das Brot hin. Doch Scherdil hatte, das erste Mal seit langem, keinen Hunger.

Olam drückte mit klopfendem Herzen die Tür-
glocke von Rahimovs Wohnung. Einen Augenblick später öffnete ein kleines Mädchen, das
er schon einmal in der Schule gesehen hatte,
die Tür. Ihre roten Augen gaben Zeugnis davon, dass sie geweint hatte.

„Hallo. Ist dein Vater zu Hause?"

„Nein, er ist nicht da", antwortete sie knapp.

Olam stand verloren da. Er starrte seine
Schuhspitzen an.

„Wann... wann kommt er heim?"

„Ich... ich weiss nicht. Mutter ist gerade zu ihm
ins Krankenhaus gefahren."

Nun war Olam ganz und gar verwirrt.

„Ist ihm etwas geschehen?", fragte er besorgt.
Das Kind hielt sich ein Taschentuch vor den
Mund und nickte beherrscht. Tränen traten
ihm in die Augen.

„Ich ... das wusste ich nicht. .. Entschuldige ..
Ich komm' dann ein andermal vorbei." Der Junge drehte sich auf dem Absatz um und ertas-

tete im Dunkel des Treppenhauses das Geländer. Sein letzter Hoffnungsschimmer erlosch. Rahimov war nicht da... Was sollte er tun? Er trat hinaus. Gedankenverloren setzte er sich neben einen niedrigen Busch auf einen der beiden Eisenpflöcke, die einmal einer Bank als Stütze gedient hatten, und starrte auf den Gemeinschaftsbackofen unter dem fahlen Licht der Laterne. Unbeherrscht riss er ein Blatt von dem Strauch.

„Wahrscheinlich war meine Idee sowieso nicht gut gewesen. Wie konnte ich nur hoffen, jemandem mein Herz auszuschütten. Es hat jeder seine eigene Last zu tragen", dachte Olam bitter und nicht ohne Selbstmitleid. „Es ist mein Schicksal: Ich muss das Geld auftreiben. Maliks Clique muss ich nur noch zwei Jahre und acht Monate ertragen..."

Maliks Clique hatte sich bei Rahimov mit der Bremsen-Aktion rächen wollen. War ihr Ärger berechtigt? Wohin führten ihre Rachegefühle?

6. SCHERDIL

„... und deshalb muss ein anderer Lehrer die Führung der Klasse 9B übernehmen. So werde ich euer Ersatz-Klassenlehrer sein."

Ismael hörte schockiert der Rede des Direktors Bahromov zu. Er vergaß dabei sogar, seine zum Schießrohr umfunktionierte Kugelschreiberhülse aus der Jacketttasche zu nehmen. Ein Lastwagen hatte Umed Rahimov angefahren! Unbeholfen sah er zu seinen Kameraden. Dovud kaute auf seiner Unterlippe und beobachtete mit seinen aufmerksamen blauen Augen die Reaktionen der Clique. Er verlor nie die Kontrolle über die Lage.

Malik zeigte sich demonstrativ desinteressiert und verlagerte sein Gewicht auf ein Bein, die Arme vor seiner Brust verschränkt, den Mund abschätzig verzogen. Parwis schien unvermittelt mit dem Knopf seiner Krawatte beschäftigt zu sein, so als ob ihn die Worte des Schulleiters nichts angingen. Da fiel Dovuds Blick auf Scherdil, der leer schluckte und mit Hundeaugen an den Lippen des Direktors hing. Dovud beugte sich zu Scherdils Ohr. Verdacht schöpfend flüsterte er: „Sag mir ja nicht, dass du nichts wüsstest."

Erschrocken schoss Scherdils Kopf hoch. Mit offenem Mund sah er seinem Freund in die Augen.

„Du kannst mich nicht täuschen. Nach der Schule erzählst du uns, was du weißt", verlangte Dovud entschieden und fügte etwas freundlicher hinzu: „Das macht es dir leichter, weißt du."

Scherdil nickte. In der Pause würde er der Clique sagen, dass er aussteigen wollte. Ja, das würde er ihnen in der Pause sagen. Aber die Lektionen vergingen für den unglücklichen Scherdil nur zu schnell, und er fand keine Zeit, eine gute und knappe Erklärung zu finden. Nun stand die ganze Gruppe um ihn. Wie jeden

Tag standen sie unter dem ausladenden Baum neben dem Brunnen auf dem Schulhof. Malik setzte sich als erster auf die eiserne Bank. Es gab nur Platz für drei Leute darauf und er und Dovud saßen immer. Scherdil nie.

Dovud forderte Scherdil heraus: „Was hast du zu erzählen?"

Der mollige Junge stopfte sich den letzten Rest seines Käse-Wurst-Brotes in den Mund und kaute hastig. Dann sagte er schluckend: „Ich... ich wollte sagen, dass... ähm..."

Vier Augenpaare waren auf ihn gerichtet – nicht alle mit demselben Interesse. Ismael gähnte unverhohlen.

„Also, ich... äh..."

Parwis holte sein Handy aus der Tasche und sah sich seine letzten SMS an. Dovud kam seinem Freund zu Hilfe: „Du weißt doch etwas über Rahimovs Unfall. Das wolltest du uns doch sagen, oder?"

Scherdil wusste noch immer nicht, wie er den anderen Jungen beibringen konnte, dass er aus der Clique austreten wollte. So war er umso williger, von dem gestrigen Unfall zu erzählen und das unangenehme Thema herauszuschieben. Alles, was er gesehen hatte, erzählte er wahrheitsgetreu, nur wer der Lastwagenfahrer war, behielt er für sich. Die Gruppe hörte ihm nun aufmerksam zu. Am Ende seiner Schilderung fügte Scherdil mit geschlossenen Augen hinzu: „... und darum will ich nicht länger in der Clique bleiben."

„Was? Scherdil, was hat das Ganze mit unserer Clique zu tun? Na, hör mal!", ereiferte sich Malik und hielt seine rechte Handfläche fordernd nach oben. Scherdil erwiderte verdattert: „Aber... aber das waren doch wir. Wir haben doch die Drahtseile der Bremse durchgetrennt."

Als Malik sah, dass nur noch wenig fehlte und der Junge mit den großen Kugelaugen gleich zu weinen anfinge, erkannte er, dass dieser niemals ihr Geheimnis für sich behalten könnte.

„Wir?" Malik gab sich erstaunt und schüttelte mit offenem, unschuldigem Blick den Kopf, „wir haben keine Drahtseile durchtrennt."

Als Ismael Maliks Absicht erfasste, fügte er ebenfalls eifrig hinzu: „Wie könnten wir ihm die Bremsen kaputtgemacht haben! Das wäre ja gefährlich! Nein, wir sind doch nicht dumm, Mann."

Nun bestätigten Dovud und Parwis eifrig die Worte ihrer Kameraden. Scherdil hatte eine solche Reaktion ganz und gar nicht erwartet und sagte verunsichert: „Aber... aber, Ismael, du bist doch in den Keller gegangen, und... und du, Parwis, musstest an der Ecke Schmiere stehen..."

Entgegen seiner Gewohnheit legte Malik seinen Arm freundschaftlich auf Scherdils Schulter. „Hör zu, Junge. Wir machen manchen Blödsinn, aber hier machst du einen Fehler", seine Worte drangen wohlwollend und gewinnend an Scherdils Ohr. Jedes Wort betonend erklärte er ihm wie einem Kleinkind: „Wir haben gesagt, dass Ismael in den Keller gehen, ein Kabel holen und es Rahimov geben solle." Hinter seiner Brille kniff Scherdil sein rechtes Auge zusammen und verzog den Mund dümmlich. „Häää? Und was sollte dieser damit?"

Nun wusste Malik nicht weiter und blickte hilfesuchend zu Dovud. Was könnte man dem Jungen sagen, um ihn vom Gegenteil dessen, was er mit eigenen Augen gesehen hatte, zu überzeugen? Unsicher strich sich der Gruppenanführer durch sein dichtes Haar.

„... das ... das war nur ein Trick. Ismael hat ihm dann gesagt: ‚Hier, jemand hat Ihre Bremskabel durchschnitten.' Natürlich war das nur ein gewöhnliches Kabel, nicht das seiner Bremsen! Wir wollten ihm doch nur einen Schrecken einjagen!", log Dovud. Darauf folgte einstimmiges Gelächter. Die Jungen hielten sich

106

die Bäuche und lachten und lachten. Scherdil starrte verwirrt, mit großen fragenden Augen seine Kameraden an und wusste nicht mehr, was er glauben sollte. Ismael stieß grölend hervor: „Und du hast ernsthaft gedacht, dass wir sowas tun würden. Du bist echt lustig, Scherdil."

Nachdem sie sich beruhigt hatten, klopfte Dovud Scherdil verständnisvoll auf die Schulter.

„Gut, Scherdil, hör zu: Wir haben das mit deinem Austritt aus der Clique überhört. Natürlich gehörst du zu uns. Kommt, gehen wir. Ich spendiere' eine Runde Piraschki[4] für alle", verkündete der blauäugige Junge, hob seine Schultasche auf und sprang von der Bank.

Ismael verbrachte den ganzen Nachmittag mit Computerspielen im Internetcafé. Vor dem

4   Frittierte Kartoffelbrei-Teigtasche.

Bildschirm war er in seinem Element und konnte alles um sich herum vergessen. Seit einigen Monaten war das zur Gewohnheit geworden. Er wusste nicht was, aber etwas zog ihn wie ein Magnet zu dem Gerät hin. Anfangs hatte er seine Mutter betrogen und gesagt, dass er für seine Referate Infos herunterladen müsse. Sie hatte ihm geglaubt und die unzähligen Internetstunden bezahlt, damit sich ihr Sohn, wie sie dachte, weiterbilden konnte. Doch letzten Sommer hatte sie herausgefunden, dass er sie angelogen hatte. Wie dem auch war, seine Mutter hatte sich dazu nicht geäußert. Ismael wusste, dass sie seinetwegen ein schlechtes Gewissen hatte.

Als er noch klein war, hatten sich seine Eltern scheiden lassen. Seine Mutter war eine bekannte Ärztin, und die lange Arbeitszeit im Krankenhaus hatte es ihr unmöglich gemacht, sich wirklich um Ismael zu kümmern.

Manchmal spürte er, dass sie versuchte, dies mit Geschenken und Geld wieder wettzumachen, genau dies wusste er auszunutzen. Es war spät geworden, und Ismael hatte eigentlich schon längst nach Hause gehen wollen: Zum x-ten Mal sagte er sich, dass dies nun sein letztes Spiel sei. Doch immer wieder drückte er auf den Knopf, und sein elektronisches Gegenüber forderte ihn neu zum Zweikampf auf. Inzwischen war das Internetcafé voller Jugendlicher. Sein hungriger Magen brachte ihn endlich dazu, mit dem Spielen aufzuhören und nach Hause zu gehen. Er stand auf und ging. Draußen war es dunkel, und ein milder Wind blies in sein Gesicht.

Von Weitem erkannte er den Block. Er suchte die Fensterfront ab und stellte fest, dass in ihrer Küche Licht brannte, das weiße unangenehme Licht einer chinesischen Sparglühbirne. Das bedeutete, dass seine Mutter bereits von der Arbeit nach Hause gekommen war.

Beim Öffnen der Wohnungstür stieg Ismael der Geruch von warmem Essen in die Nase. Hackleisch mit Kartoffeln und Möhren. Richtig, er hatte am Morgen vor der Schule gesehen, dass seine Mutter Fleisch herausgeholt hatte.

„Bist du's, Ismael?" rief die Mutter aus der Küche leise.

Der Junge zog seine Schuhe in der Flurgarderobe aus und stellte sie ins Fach. Er murmelte etwas vor sich hin. Vielleicht hätte es „ja, ich bin's" heißen sollen. Missmutig trat er in die Küche.

Seine schlanke Mutter hackte mit gezielten, schnellen Bewegungen Kräuter auf einem Brettchen. Überhaupt war sie eine flinke Frau. Sie war das, was man „die Frau von heute" nannte: kurzhaarige Modefrisur, lange, rotlackierte Fingernägel, enganliegendes T-Shirt, an der Haut klebende Jeans und Schuhe mit hohen Bleistiftabsätzen. Manchmal fragte sich Ismael, ob seine Mutter den Bogen nicht etwas überspannte und gut daran täte, sich ihres Alters zu besinnen. „Wie geht's dir, mein Junge?"

„Geht so."

„Das Essen ist gerade fertig geworden", flötete sie. Sie holte zwei Schüsselchen aus dem Küchenschrank und schöpfte die Suppe. Warmes Brot vom Basar lag noch in der Plastiktüte auf dem weißen Tisch.

Sie zogen die beiden Hocker unter dem Tisch hervor und setzten sich. Stumm begannen sie zu essen. Ismaels Gedanken waren weit weg, als seine Mutter zu reden anfing: „Schade, dass ich am ersten September keine Zeit hatte, beim ersten Schultag dabei zu sein und deine Lehrer zu sehen."

Ismael hatte gerade den Mund geöffnet und wollte den Löffel hineinschieben, als er in seiner Bewegung innehielt. Mit einem zweifelnden Blick sah er irritiert zu seiner Mutter. Seit der ersten Klasse war sie noch nie in der

111

Schule gewesen. Sie hatte sich kein einziges Mal für die Lehrer interessiert. Was war los? Mit scharfem Blick prüfte er seine Mutter und zwang sich, dann gleichgültig weiter zu essen.

„Heute habe ich deinen Klassenlehrer kennengelernt."

Ismael verarbeitete eine heiße Möhre im Mund zu Brei.

„Er hatte einen Unfall. Man brachte ihn gestern ins Krankenhaus. Er verunglückte mit seinem Fahrrad. Hast du davon gehört?"

„Hm", antwortete der Junge, was so viel wie „Ja, ich habe davon gehört" heißen sollte.

„Er ist in einen Lastwagen gefahren."

„Hm."

„Ich glaube ja nicht an Wunder, aber ich weiß wirklich nicht, was ich sagen soll. Es ist erstaunlich, dass er ein solches Unglück überlebt hat."

„Hm." Seine Mutter starrte ihn verwundert an. Sie legte empört ihren Löffel auf den Tisch.

„Was ‚hm'?", fragte sie genervt.

Ismael neigte den Kopf über seine Schüssel und starrte auf eine der Kartoffeln in der Suppe.

„In der Schule haben sie das alles schon erzählt", erwiderte er ungeduldig.

Seine Mutter trommelte mit den Fingern auf die Tischplatte. Wie gewohnt waren ihre Nerven angespannt.

„Du hättest auf jeden Fall nach seinem Zustand fragen können, denn das werden sie heute Morgen beim Appell bestimmt noch nicht gewusst haben. Die Ergebnisse der Untersuchungen sind nämlich erst am Nachmittag gekommen."

Äußerlich war Ismael gelassen, aber eine leise Stimme in seinem Inneren sagte ihm, dass es für sein Gewissen gut wäre zu hören, dass es seinem Lehrer den Umständen entsprechend gut gehe. Wenn aber das Gegenteil der Fall war?

„Also, meinetwegen: Wie geht es ihm?", fragte er lässig. Er zwang sich, für einige Sekunden dem Blick seiner Mutter standzuhalten.

„Es geht ihm besser. Sein linker Arm ist gebrochen, da er unter dem Fahrrad lag. Sein ganzer Körper ist aufgeschürft, aber weder sein Kopf noch sonst etwas ist ernsthaft verletzt. Dabei muss er mehrere Meter auf dem Boden geschlittert sein. Nur ein gebrochener Arm – und dies nach einem solchen Unfall! Andere Leute sterben bei viel kleineren Unglücken! Am Nachmittag sind der Lastwagenfahrer und sein Sohn ins Krankenhaus gekommen. Er hat mir detailliert den Unfall geschildert. Ach ja, du kennst den Fahrer ja."

Ismael konnte sich nur mit Mühe konzentrieren. Seine Mutter redete so viel. Wer? Was? Der Fahrer? Welcher Fahrer?

„Alischer Sobirov. Sobirovs wohnen im Block direkt neben der großen Kreuzung. Der ältere

Sohn war mal dein Mitschüler", die Frau dachte kurz nach und fuhr fort, „an den Namen erinnere ich mich leider nicht mehr."

Sie wusste nicht, dass die beiden immer noch in die gleiche Klasse gingen. Ismael überlegte blitzschnell: Lastwagenfahrer, Alischer Sobirov, in der Blockwohnung neben der Kreuzung, Mitschüler.

„Scherdil? Scherdil Sobirov?" vermutete Ismael.

Das durfte doch nicht wahr sein. War Scherdil darin verwickelt? Gab es denn in der ganzen Stadt keinen anderen Lastwagenfahrer als ausgerechnet Scherdils Vater, der Rahimov anfahren musste?

„Scherdil... Ja, ich glaube Scherdil oder Schersod."

Plötzlich lief es Ismael kalt den Rücken hinunter.

„Hat... hat er irgendetwas gesagt?", tastete sich Ismael vorsichtig vor und bemühte sich,

115

gleichmütig ein Stück vom Fladenbrot abzubrechen.

Seine Mutter nahm den Teekrug und wollte sich einschenken, doch er war leer. So erhob sie sich und sagte über ihre Schulter hinweg: „Ich gieße schnell Tee auf."

Natürlich, genau in diesem Moment! Ismael starrte auf den Rücken der Frau, die ihm manchmal so fremd vorkam, und beobachtete, wie sie mit einem Löffelchen Teekräuter aus einer kleinen Schachtel nahm und in das Gefäß schüttete. Vorsichtig goss sie kochendes Wasser darüber. Sie strich sich mit spitzen Fingern ihren Pony hinter die mit großen Ringen behängten Ohren und wartete, bis der Tee genug gezogen hatte.

Ismaels Nerven waren zum Zerreißen gespannt. Falls Scherdil irgendetwas zu Rahimov gesagt hatte, dann...

Seine Mutter drehte sich um und stellte den Teekrug auf den Tisch.

116

„Scherdil? Nein, Scherdil hat mir nichts gesagt."

„Nein, ich meine, ob er etwas zu Rahimov gesagt hat", sagte Ismael und verdrehte die Augen.

Seine Mutter war nicht dumm und horchte auf.

„Warum soll ihm der Junge etwas gesagt haben?"

Ismael fühlte sich in die Ecke getrieben. Er hatte sich zu weit vorgewagt. Da klingelte das Handy seiner Mutter mit der Melodie eines längst vergangenen Schlagers. Sofort prüfte sie das Display und tippte auf den grünen Hörer.

„Ja, bitte? Salima, bist du es?", zwitscherte sie. Seine Mutter stand während des Sprechens auf und verließ den Raum. Sie schloss die Schlafzimmertür hinter sich. Ismael wusste, dass die Gespräche seiner Mutter mit ihrer besten Freundin lange dauerten. Er hatte allerdings ernsthafte Zweifel, ob sich Salima wirklich mit „a" am Schluss schrieb und sich dahinter nicht doch ein heimlicher Freund verbarg. Doch das war jetzt nicht wichtig. Auf jeden Fall kam der Anruf genau zur richtigen Zeit – und darüber war Ismael froh.

Die Mutter vernachlässigt ihren Sohn Ismael. Ist der grobe Umgang Ismaels mit ihr berechtigt?

7. OPERATION „SPRINGBRUNNEN"

Es waren erst zwei Tage seit den letzten Ereignissen vergangen, als Herr Bahromov mit feuerrotem Kopf ins Klassenzimmer trat. Die eine Hälfte der 9B saß an ihrem Platz, während die andere sich über das Fensterbrett lehnte, auf den Schulhof blickte und grölte.

„Setzen!", ertönte die laute Stimme des Schulleiters.

Die Schüler maulten und fanden zu ihren Schulbänken.

„Wer hat das getan?", wollte der Direktor mit ungeduldiger Miene wissen und zeigte Richtung Brunnen auf dem Schulhof, dessen Wasserrohr vom Sockel getrennt war. Das Wasser spritzte wie eine Fontäne in die Luft. Offensichtlich hatte sich jemand am Hahn zu schaffen gemacht.

„Wir hatten Matheunterricht, Herr Bahromov. Von uns kann's also keiner gewesen sein", versicherte ein Junge mit wilden Locken. „Fragen sie mal in der 9A."

Der Direktor schüttelte den Kopf.

„Nein, nein, das ist unmöglich. Ich habe gerade die 9A unterrichtet. Es muss jemand aus eurer Klasse gewesen sein. Wer war während der letzten Stunde draußen?" Madina, die Klassensprecherin, stand auf und blickte um sich.

„Olam war nicht da, Parwis auch nicht, und... ich glaube, Ismael war ebenfalls draußen."

„Herr Bahromov, ich war nur fünf Minuten auf der Toilette", erklärte Parwis mit fliegenden Augenbrauen und unschuldigem Blick. Ismael hielt sich den Bauch und sagte mit gespielt belegter Stimme:

„Es tut mir echt leid, aber ich befürchte, ich habe heute zum Frühstück irgendwas Verdorbenes gegessen. Ich musste nach draußen, um zu erbrechen. Sehen Sie, ich bin ganz gelb im Gesicht. Wenn Sie es erlauben, werde ich jetzt besser nach Hause gehen und mich schlafen legen. Falls ich es soweit noch schaffe...", fügte er theatralisch hinzu. Es war nicht wichtig, ob ihm der Schulleiter glaubte oder nicht. Seine negativen Gefühle gegenüber Olam waren Grund genug, ein vernichtendes Urteil über den Jungen mit den hellbraunen Haaren zu fällen – und damit hatte Maliks Clique gerechnet. Der Direktor baute sich vor Olams Schulbank auf und legte seine Hände auf den Rücken. Mit einem vernichtenden Blick sagte er ungehalten: „Olam, Olam Aliev! Hast du sie noch alle?"

Der Mann konnte sich nur mit Mühe beherrschen. „Ich... habe in meiner ganzen Laufbahn als Lehrer und Direktor noch nie eine solche armselige Kreatur an meiner Schule gehabt! Es ist erst September und deine Minuspunkte reichen für ein ganzes Schuljahr! Glaub ja nicht, dass dir Rahimov zu Hilfe eilt. Er ist nicht da. Und wenn ich dich aus der Schule schmeiße,

dann kann dich keiner mehr zurückbringen!"
Olam starrte auf den Kragen des Direktors und
bemühte sich, nicht direkt in seine Augen zu
schauen. Dass der Junge die Schelte einfach
so hinnahm, beruhigte den Mann. Etwas ent-
spannter sagte er: „Du gehst jetzt schnell hinaus und wirst dem Hausmeister helfen, den
Wasserhahn zu reparieren. Aber lass dir's eine
Warnung sein: Du bekommst einen Vermerk
ins Klassenbuch. Und es wird der letzte sein..."
Olam stand auf und verließ das Zimmer. Nach
einigen Minuten hörte das Plätschern draußen
auf.

Die Clique stand auf dem Schulhof zusammen. Malik und Dovud sahen sich mit einem
hochnäsigen, fachmännischen Blick das Wasserrohr an.

„Nicht schlecht der Junge. Saubere Arbeit", lobten sie. Sie schüttelten sich die Hände und lachten laut.

„Ich habe es euch doch gesagt: Der Direktor wird nichts und niemanden beachten, sobald Olams Name im Spiel ist", verkündete Dovud und war mit sich selbst zufrieden.

Malik hob seine dichten Augenbrauen und bestätigte: „Ja, Bahromov hat keine Sekunde daran gezweifelt, dass es Olam war", und hämisch grinsend fügte er hinzu: „Dabei ging der arme Kerl nur aufs Klo!"

„Eines macht mir allerdings Sorgen", dachte Parwis laut.

„Was?", wunderte sich Ismael.

„Wenn noch einmal etwas passiert, dann fliegt Olam von der Schule…", warnte Parwis.

Malik antwortete ungeduldig: „Na und? Soll er doch gehen? Hast du etwa Mitleid mit ihm?"

Dovud verstand Parwis' Bedenken und sagte: „Nein, es stimmt, was Parwis sagt. Wenn wir es zu weit treiben, dann geht Olam tatsächlich von der Schule, und wir verlieren unseren Sündenbock."

„Dann wählen wir uns eben jemand anderen aus", sagte Malik leichtfertig. Ismael stimmte ihm lautstark zu.

„Nein, nein. Hört zu. Wir haben ein sehr geeignetes Opfer. Wir brauchen nur Olam unter Verdacht zu stellen, schon kommt er unter die Räder. Das ist einfach. Bahromov kann Olam nicht ausstehen."

Die anderen überlegten stumm. Scherdil fühlte sich fehl am Platz. Er ließ seine Arme baumeln und schwang sie vor und zurück. Ismael nervte dieses Gehampel.

„Hör auf damit!"

Sofort zog Scherdil seine Arme an seinen Körper und hielt sich die Ellenbogen mit den gegenüberliegenden Händen. Er wusste nicht, wohin mit seinen Armen. Schließlich besann er sich und holte aus seiner Schultasche ein appetitliches Pryanik[5] hervor. Dovud fuhr fort: „Bis Rahimov aus dem Krankenhaus kommt, müssen wir Olam in Ruhe lassen. Nachher bin ich mir sicher, dass er Olam wieder decken wird."

„Tja, dann hoffen wir, dass unser Klassenlehrer bald aus dem Krankenhaus entlassen wird", spottete Malik. „Weiß eigentlich jemand, wie es ihm geht?"

„Frag doch Scherdil!", sagte Ismael. Parwis wirbelte herum und sah Scherdil an. Überrascht fragte er: „Scherdil, du weißt etwas Genaueres?" Scherdil vergaß sogleich sein Pryanik und starrte seinen Kameraden entgeistert, mit großen Augen und offenem Mund, in den ein Apfel hineingepasst hätte, an.

„Mach doch deinen Mund zu, Mensch! Hat man dir denn überhaupt nichts beigebracht?", sagte Ismael abgestoßen und wandte sich von dem kauenden Jungen ab.

---

5   Russisches Süßgebäck.

Scherdil schloss den Mund schnell und schluckte seinen Bissen unzerkaut hinunter.

„Ich... ich weiß nichts..."

„Du warst bei Rahimov im Krankenhaus. Komm schon, sag die Wahrheit! Wenn nicht...", drohte Ismael mit erhobener Faust.

Dovud stellte sich zwischen die beiden und blickte Ismael vernichtend an. Ohne laut zu werden, sagte er mit gefährlichem Unterton: „Lass Scherdil in Ruhe! Hörst du!"

Ismael neigte leicht seinen Kopf und ließ seine Hand fallen. Malik, der als jähzornig bekannt war, sah sich irritiert die Lage an. Plötzlich kam Leben in ihn.

„Dovud! Misch dich nicht ein. Hören wir uns an, was Scherdil zu sagen hat. Vielleicht hat er uns bei Rahimov verpfiffen", wähnte der großgewachsene Junge. Dovud schüttelte mit seiner ihm eigenen ruhigen Art den Kopf.

„Was regt ihr euch so auf? Weswegen soll er uns denn verpfeifen können? Haben wir denn etwas getan?", Scherdil sah den verschwörerischen Blick nicht, den Dovud hinter seiner Schulter den anderen zuwarf. „Macht euch keine Sorgen. Ich habe mit Scherdil geredet und ihm geraten, Rahimov im Krankenhaus einen Besuch abzustatten, damit er nicht etwa uns verdächtigt, am Unfall schuld zu sein. Das wäre doch dumm, nicht wahr?"

Die anderen verstanden schnell und schwiegen. Ja, das war wirklich schlau von Dovud.

Etwas später gingen sie nach Hause.

Scherdil und Dovud traten aus dem Schulhoftor. Wie immer aß Scherdil. Geräuschvoll verschwand Popcorn um Popcorn in seinem Mund. Zwischen dem Knabbern fragte er: „Dovud, darf ich dich etwas fragen?"

„Ja, klar. Was denn?"

Der beleibte Schüler reckte seinem Freund die Popcorntüte hin.

„Warum hast du die anderen angelogen?"

Dovud nahm sich eine Handvoll von dem weißen Zeug und legte sich bedächtig ein Maiskorn auf die Zunge.

„Wann?"

„Na, gerade eben. Du hast gesagt, dass du mit mir über Rahimov geredet und mich ins Krankenhaus geschickt hättest. Aber das war nicht so."

„Ach so, das. Das war bloß Strategie", erklärte Dovud. Scherdil hörte dieses Wort zum ersten Mal und sah in unsicher an.

„Stra... was?"

Dovud blieb stehen. Er bediente sich aus Scherdils Schatz und sagte: „Weisst du, Strategie nennt man das, wenn du mich nicht verstehst, aber ich zu deinen Gunsten etwas mache. Verstehst du?" Scherdil rümpfte die Nase. Er verstand überhaupt nichts.

Dovud begann noch einmal: „Hör zu, Scherdil. Du musst mir einfach vertrauen, dann wird alles gut. Okay?"

„O… okay. A… aber willst du denn nicht wissen, was Rahimov gesagt hat, als ich bei ihm war?"

„Wozu denn? Nein, lass mal. Das Gerede der Lehrer in der Schule ist mir genug. Es ist nicht so wichtig, was sie außerhalb des Unterrichts zu sagen haben", winkte Dovud ab.

Als sie sich verabschiedeten, fragte sich Dovud zum unzähligen Mal, ob es eine gute Idee war, Scherdil in die Clique aufzunehmen. Früher waren sie gute Freunde, aber jetzt mit dem vielen Lügen …

Scherdil blickte hinter Dovud her. Er blieb stehen. Das Gespräch zwischen seinem Vater und Rahimov fiel ihm wieder ein. Rahimov hatte gemerkt, dass sich jemand an seinem Fahrrad zu schaffen gemacht hatte. Das sagte er, aber er hatte auch gesagt, dass Jesus Christus ihn bewahrt habe und er auf niemanden böse sei. Nicht alles hatte Scherdil verstanden, aber es war für ihn sehr wundersam, dass der Mann den Unfall so ruhig hinnahm. Er war von seinen Gedanken und dem Popcorn zu sehr beansprucht, als dass er Ismael bemerkt hätte, der ihm bis zur großen Kreuzung gefolgt war. Ismael hatte nicht gefallen, was Dovud gesagt hatte. Von seiner Mutter wusste er, dass Scherdils Vater als Fahrer des Lastwagens den Anstoß zu einem Krankenbesuch gegeben hatte. Dovud behauptete aber, dass er Scherdil beauftragt habe. Hier war etwas faul.

Es war Nacht, und die Dunkelheit hatte ihren undurchdringlichen schwarzen Mantel ausgebreitet. Olam spähte vorsichtig nach allen Seiten. Sein Atem ging schnell, und sein Brustkorb hob und senkte sich. Seine Hände waren

verschwitzt. Er presste sich an die Ziegelstein-
mauer, bis seine Gestalt ganz vom Schatten
des Hauses verschluckt wurde. Es musste ungefähr elf Uhr sein, schätzte er. Sein Großvater schlief tief und fest. In Olams Hosentasche
befand sich der Schlüssel von Großvaters Laden. Wenn er jetzt erwachen und ihn hier finden würde …! Olam schloss für einen kurzen
Moment die Augen und verscheuchte den Gedanken.

Es war das erste Mal in seinem Leben, dass
er sich an Großvaters Sachen vergriff. Und
auch das letzte Mal! So hatte es sich Olam
geschworen. Nein, er wäre nicht wie andere
Leute. Er würde nicht zum Dieb werden, nicht
Olam! Nur dieses eine Mal, dieses einzige Mal
musste er sich etwas von dem Geld im Laden
nehmen. Genauer gesagt waren es 200 Somo-
ni[6] , die er der Schule schuldete, für die Welt-

6   Entspricht ca. 35 Euro, durchschnittlicher Monatslohn: 650
Somoni=100 Euro (Stand 2013).

karte und für den Wasserhahn. Er hatte nie die Absicht gehabt, mit dem alten Mann darüber zu reden. Er hätte ihn sowieso nur beschimpft, wenn er herausgefunden hätte, dass das Geld für jemandes anderen Unsinn war. Olam fühlte sich dort an der Hausecke des Krämerladens als der unglücklichste Mensch auf der ganzen Welt.

Als er sah, dass die Straße leer war, nahm er hastig den Schlüssel aus der Hosentasche und schloss das Türschloss auf. Es sprang problemlos auf, und Olam konnte unbehelligt in den Verkaufsladen eintreten. Mit Bedacht zog er die Tür hinter sich zu. Der Geruch hundert verschiedener Waren stieg ihm in die Nase. Selbst im Dunkeln erkannte er die Regale an der Wand. Hinter dem Ladentisch türmten sich die Artikel auf drei Seiten des Raumes bis zur Decke. Olam hätte auch mit geschlossenen Augen genau sagen können, was wo stand: Rechts waren die Konservenbüchsen aufgereiht, dann die Safttüten und verschiedene Getränkedosen, daneben standen Ketchup- und Mayonnaiseflaschen, in der Mitte die Süßigkeiten und das Fladenbrot und ganz links Waschpulver und Seife. Und davor lag auf einem Tischchen unter einem alten Lappen das dringend benötigte Geld.

Tagsüber hatte Olam es aus der Kasse, einer Kartonschachtel eines Kaufgummiherstellers, genommen. Als er es gerade in seine Hosentasche stopfen wollte, war der Großvater durch die Tür hereingekommen. Vor Schreck war ihm das Geld auf den Boden gefallen, und es war ihm nichts anderes übriggeblieben, als die Noten schnellstmöglich unter dem Lappen zu verstecken. Der alte Mann hatte das Geschäft bis zum Ladenschluss nicht mehr verlassen. So war Olam gezwungen gewesen, das Geld an seinem Ort liegenzulassen und mit leeren Händen nach Hause zu gehen. Doch morgen früh würde er zur Schule gehen. Das Risiko, dass der Großvater das Geld finden würde, war zu groß. So hatte sich Olam entschieden, in der Nacht in ihren eigenen Laden einzubrechen. Ihm wurde ganz elend. *„Es ist ja nur dieses eine Mal"*, beruhigte Olam sein Gewissen und tastete nach dem alten Stück Stoff. Endlich fand er es neben einer Packung Waschpulver. Die Geldnoten rochen nach Seife.

Plötzlich wurde draußen die Straße erleuchtet, und ein Lichtstrahl schien in den Laden hinein. Olam erschrak und fiel auf seine Knie. Zitternd starrte er auf die angestrahlten Regale. Das Licht bewegte sich langsam, und erleichtert stellte Olam fest, dass es nur vom Scheinwerfer eines vorbeifahrenden Autos kam. Sein Herz klopfte ihm bis zum Hals. Er atmete mit offenem Mund, um genug Luft zu bekommen. Alles war wieder ruhig und friedlich. Das Geld im Dunkeln zu zählen war schwierig. Olam hielt Note für Note in die Luft, um die Ziffern erkennen zu können. Nachdem er sicher war, dass er richtig gezählt und genügend Geld genommen hatte, stand er auf. Unvermittelt warnte ihn sein Gewissen noch einmal: „Olam, *nimm das Geld nicht. Wenn dein Großvater etwas spitzkriegt, wird es ihm das Herz brechen.*" Das Geld in der Hand schien zu brennen. Er wusste nicht, wie lange er so dagestanden hatte. „*Soll ich das Geld nehmen oder es lassen?*", fragte er sich im Stillen. Nein, er brauchte es. Er musste die Schulden endlich tilgen. „*Eines Tages werde ich es zurückzahlen, eines Tages...*", schwor sich Olam. Er stopfte die Noten in seine Hosentasche und verließ fluchtartig den Tatort. Je schneller, desto besser. Er verriegelte die Ladentür, stieg die Stufen hinunter und huschte durch das Hoftor seines Großvaters.

Der Schulhof wimmelte nur so. Es wurde gerade zum Appell gerufen. Parwis beugte sich zu

Malik und flüsterte: „Hast du ihn schon gesehen?"

„Hm", brummte er bestätigend und stieß Dovud leicht am Ellenbogen.

„Dort steht er."

Dovud hob seinen Kopf und folgte dem Blick seines Kameraden zu dem Mann, der in seiner Haltung einem Soldaten ähnelte. Seine Hand wirkte unpassend zu der ganzen Erscheinung, war sie doch in leuchtendes Weiß verpackt. Der Gips und vereinzelte Schürfwunden an der Stirn gaben immer noch Zeugnis über den Unfall vor einigen Wochen. Es bedurfte bis zum Ausheilen noch zwei, drei weiterer Wochen. Rahimov war also aus dem Krankenhaus entlassen worden. Dovud wusste nicht warum, aber irgendwie erfüllte ihn das mit Freude.

Jetzt entdeckte auch Scherdil seinen Klassenlehrer, und zu seinem Freund meinte er eifrig: „Hey, Dovud. Rahimov ist zurück."

Dovud nickte wissend. Und Ismael ... Ismael hatte sich heute entschieden, nicht in die Schule zu kommen und den Morgen lieber im Internetcafé zu verbringen. Dovud machte sich um den Jungen langsam Sorgen. Ob Ismael spielsüchtig war? Er hatte schon einmal über so etwas gelesen, aber gab es das wirklich? Sein Kamerad saß sehr viel vor dem Computer, zu viel.

„Es ist ein Tag großer Freude, ja, sogar großen Triumphes", verkündete Bahromov feierlich, „Herr Rahimov ist zu uns zurückgekehrt. Von heute an wird er wieder die Leitung der 9B übernehmen."

Er strahlte breit. Die kleinen Augen des Direktors verschwanden hinter seinen runden Pausbacken.

Es war nicht auszumachen, ob sich Bahromov vor allem über Umed Rahimovs Rückkehr an die Schule freute oder aber über das Abgeben der 9B.

Malik und Dovud entschieden sich, Scherdil anzulügen, um sich nicht zu verraten. Olam stahl aus einer Not heraus. Heiligt der Zweck die Mittel?

138

8. EINE INTERESSANTE NEUIGKEIT

Die Wochen vergingen ohne besondere Ereignisse. Das Wetter war kühler geworden. Parwis saß mit seinen beiden Schwestern am Boden auf dem Sitzkissen. Die Mutter reichte ihnen gedämpfte Teigtaschen mit Kürbis auf einem Holzteller, den sie vor ihre Kinder auf das Tuch am Boden stellte. Sie ging wieder in die Küche zurück und räumte auf. Alle aßen stumm ihr Essen. Parwis sah zu seiner Schwester. Lola war zwölf Jahre alt. Vor einem Jahr hatte sie bei einem Autounfall das Augenlicht verloren. Die Ärzte hatten gesagt, dass sie große Heilungschancen hätte, wenn man sie operieren würde. Für die Eltern Grund zur Hoffnung. Doch wo sollten sie 500 Dollar auftreiben können? Das war der Grund, weshalb Parwis' Vater zum Arbeiten nach Moskau gegangen war. Als Schweißer hatte er gute Möglichkeiten, auf den Baustellen Russlands Geld zu machen – so hatte es wenigstens sein Onkel gesagt. Parwis tat seine Schwester sehr leid, aber dass sein Vater nach Russland gehen musste, war für ihn einem Weltuntergang gleich gekommen.

„Parwis, wir haben eine neue Schülerin in der Klasse. Die ist ziemlich komisch", begann plötzlich seine jüngere Schwester Nilufar. Ihr Bruder nahm sich mit den Fingern noch eine Teigtasche und fragte ohne großes Interesse: „Warum?"

Nilufar starrte vor sich hin und meinte unsicher: „Ich weiß auch nicht. Sie benimmt sich so seltsam."

„Wie denn?", wollte nun Lola wissen. Seit sie wegen ihrer Erblindung nicht mehr zur gehen Schule konnte, war sie gierig nach Neuigkeiten von dort.

„Heute spielten wir in der Pause. Dieses Mädchen, sie heißt Maryam, aß ein Eis. Da kam einer der neunten Klasse und rempelte sie an. Dabei fiel ihr das Eis aus der Hand und verkleckerte ihren ganzen Rock. Weißt du, einfach so, ohne Grund. Ich habe mich grün und blau über diesen Kerl geärgert und habe ihn mit allen möglichen Namen, die mir gerade einfielen, betitelt... Aber kannst du dir vorstellen, was passiert ist? Statt dass sie mit diesem Jungen streitet, meint sie, es sei nicht gut, andere zu beschimpfen!"

„Ohne Witz?", grinste Lola, warf ihre dicken, schwarzen Zöpfe über die Schultern und stellte sich ihre kleine Schwester vor, wie verdattert sie dagestanden haben musste.

Parwis brach das Brot und reichte es seinen Schwestern. Stumm kaute er. Seine Gedanken gingen auf Wanderschaft.

„Und dann habe ich sie gefragt, warum sie sich denn über den Jungen nicht ärgere. Wisst ihr, was sie mir geantwortet hat?", natürlich wussten es die anderen nicht, denn Nilufar hatte es ja noch nicht gesagt, „sie sagte, dass wir unsere Feinde lieben sollen!"

„Wie bitte?", Lola glaubte, sich verhört zu haben. „Ja, und dann hat sie noch etwas gesagt. Sie sagte, sie sei Christin, und Jesus Christus habe das so gelehrt", Nilufars Augen funkelten, fast so wie Maliks Augen, dachte Parwis.

„Wie ist das zu verstehen?", fragte Lola und hob ihre Augen auf zu Nilufar, so als ob sie nicht blind wäre.

Ihre Mutter kam ins Wohnzimmer und setzte sich zu ihren Kindern.

„Etwas Genaues weiß ich auch nicht", fuhr Nilufar fort, „ich habe einmal davon gehört, dass man Christusnachfolger Christen nennt."

„Ist das etwas Gutes oder Schlechtes?", wollte Lola verwundert wissen.

„Etwas Schlechtes", brummte Parwis mit vollem Mund.

„Sag nicht so etwas, Parwis! Denk daran, die Ärzte, die deine Schwester untersucht haben, sind ebenfalls Christen", widersprach seine Mutter ernst. Auf ihrer Stirn zeichneten sich noch mehr Furchen ab, als sie bereits hatte. Sie war mit ihren 48 Jahren älter als die meisten der Mütter der Mitschüler ihrer Kinder. Sie hatte spät Kinder bekommen.

„Na und? Lola kann immer noch nichts sehen", gab Parwis schnippisch zurück und goss sich Tee ein. Zu seiner Mutter gewandt fragte er: „Mutter, Tee?"

„Nein, danke, mein Junge. Du vergisst, dass die Ärzte gesagt haben, dass Lola durch die Operation wieder gesund werden würde. Hätten sie uns das nicht gesagt, gäbe es keinen Grund zur Hoffnung mehr", während sie redete, wanderte ihr Blick liebevoll über das Gesicht ihrer ältesten Tochter. Parwis hätte am liebsten gesagt, dass eben gerade diese Ärzte daran schuld sind, dass sein Vater in Russland ist. Hätten sie nichts von der Operation erfahren, wäre die Arbeit im Ausland nicht nötig geworden. Doch der Junge schwieg und starrte wieder mit verlorenem Blick auf eine der gestickten Blumen auf der Tischdecke. Nilufar war ganz und gar nicht damit einverstanden, dass man sie vom Gespräch ausschloss, darum sagte sie: „Wisst ihr, wer Maryam ist?", die Zuhörer waren nicht sicher, ob sie das wirklich wissen wollten, „ihr Familienname ist Rahimov. Sie ist die Tochter eures Klassenlehrers." Parwis' Kopf fuhr hoch. Offensichtlich war er nun ganz Ohr.

„Was sagst du da?", die Stimme des Jungen überschlug sich, „willst du damit sagen, dass Rahimov ebenfalls Christ ist?"

Nilufar wurde durch die Reaktion ihres Bruders unsicher und antwortete unbestimmt: „Ich... ich weiß nicht, vielleicht."

Parwis war wie verwandelt. Vielleicht konnte er tatsächlich die Zeit bis zur Rückkehr seines Vaters überbrücken. Diese Neuigkeit konnte man sich bestimmt zunutze machen. Das musste er unbedingt der Clique erzählen.

Am Morgen während der Pause traf sich die Gruppe an ihrem Stammplatz neben dem Brunnen unter dem großen Baum. Scherdil war der erste, der zu Malik stieß – in der Hand eine warme Sambusá[7].

„Mensch, Dicker, sag mal, kann man dich auch mal ohne etwas Essbares erleben? Du isst und isst. Hast du nicht Angst, eines Tages zu platzen?", stichelte Malik mit verächtlich nach unten gezogenen Lippen. Wie von selbst wanderte Scherdils Blick an seinem rundlichen Bauch herunter, so als ob er prüfen wollte, wie viel von seinem Übergewicht zu sehen war.

„Was soll ich tun? Ich ess' halt gern...", gab Scherdil mit verlegenem Blick zu.

Hinter Scherdil erschien Dovud. Malik ließ die spöttischen Worte, die er parat hatte, fallen.

„Ich bin in der letzten Stunde vor Langeweile

7 Gebackene Fleischtaschen

145

beinahe eingeschlafen", stöhnte Dovud, als er zu seinen Kameraden trat. „Warum? Ich habe gemeint, dass du Chemie magst. Dein Vater ist Chemielehrer. Sowas hat man in den Genen. Und seine Stunden sind nicht übel, oder?", erwiderte Malik.

„Schon, aber wenn du das von Kindheit auf wieder und wieder hörst...", Dovud verdrehte theatralisch die Augen und ließ sich auf die Bank fallen.

Ismael und Parwis kamen aus dem großen Schulgebäude. Sie waren in ein ernstes Gespräch vertieft. Wenn man sie auf diese Entfernung schon nicht hören konnte, so war ihr heftiges Gestikulieren Zeichen genug dafür, dass sie sich etwas Wichtiges zu sagen hatten. Die anderen der Clique beobachteten sie.

„Seht ihr die beiden? Ich denke, ich werde gerade von meiner Langeweile geheilt. Wenn die beiden die Köpfe zusammenstecken, dann geht es an unserer Schule wieder rund", sagte

Dovud lachend. Scherdils Magen drehte sich. Er war nicht sicher, ob er wollte, dass es „an der Schule wieder rundginge".

„He, Leute, was is' los?", forderte Malik die beiden mit hochgezogenen Augenbrauen auf, als sie zu ihnen gelangten. Parwis blickte zu Ismael. Dieser sagte dann geheimnisvoll: „Wir müssen noch mehr Beweise sammeln, aber wir vermuten, dass unser Klassenlehrer Christ ist."

Nicht alle der Cliquenmitglieder konnten diese Worte deuten – Ismael hatte gerade jetzt durch Parwis etwas über die Christen erfahren. Scherdil befürchtete, wieder das Missfallen der Gruppe auf sich ziehen und der Dumme zu bleiben, wenn er schwieg. Er wusste nicht, was ein Christ ist. Vielleicht war es jemand mit einer tödlichen Krankheit oder sonst etwas Schlimmem. Aber aus Ismaels Worten war zu schließen, dass es sich um etwas Negatives handeln musste.

„Das darf doch nicht wahr sein!", brachte Scherdil verwundert hervor.

Malik stand von seinem Platz auf und sagte mit blitzenden Augen zu seinen Kameraden: „Das müssen wir abklären. Ich bin es leid geworden, immer nur Olam ins Visier zu nehmen. Wir kümmern uns besser um Rahimov. Was brauchen wir schon einen christlichen Lehrer?", warf er in die Runde und spuckte auf den Boden.

„Ja, richtig, wir brauchen keinen Christen", quittierte Ismael.

„Dovud, was sagst du?", fragte er und schlug die Faust in seine offene Hand.

Keiner hatte gesehen, wie für einen kurzen Augenblick alle Farbe aus Dovuds Gesicht gewichen war. Er hatte sich sofort wieder im Griff, trotzdem war sein Schweigen ungewöhnlich. Sein Kopf arbeitete immer sehr schnell und gut. Die ausbleibende Antwort ließ Malik aufhorchen. „Du hältst es doch nicht mit den

Christen, oder?" Dovud schüttelte langsam den Kopf, seinen Blick direkt auf Malik gerichtet.

„Nein, ich habe nichts mit ihnen zu tun. Aber ich finde, mit sowas würden wir zu weit gehen", erklärte Dovud mit ernstem Unterton. Hinter seiner Hakennase wirkte sein Blick umso entschiedener.

„Bist du ein Feigling, oder was?" Die Clique schloss ihren Kreis um den sitzenden Dovud.

„Ich bin kein Feigling", sagte er beleidigt und fuhr mit leiser Stimme fort: „Und das wisst ihr alle. Wer war es, der letztes Jahr beim Appell dafür gesorgt hatte, dass die Feuerwehr mit Blaulicht zur Schule raste? Und wer hat es hingekriegt, dass unser alter Klassenlehrer von der Schule geflogen ist, nur weil uns seine Kleidung nicht gefiel? Nein, ein Angsthase bin ich nicht, aber bei sowas... ich weiß nicht."

„Dovud! Ohne dich finden wir nie heraus, ob er wirklich Christ ist oder nicht. Vielleicht kannst du über deinen Vater etwas herauskriegen. Er ist doch sein Kollege."

„Plötzlich stecken wir uns an und sterben!", gab Scherdil entsetzt zu bedenken, im Hinterkopf immer noch eine schlimme Krankheit befürchtend.

„Was? Was redest du?", fuhr Ismael ihn ungehalten an und verdrehte die Augen. Mit der Handfläche nach oben fragte er: „Es soll mir doch einer mal sagen, was dieser Spinner in unserer Clique zu suchen hat!"

Scherdil starrte verdattert auf den Boden und biss sich auf die Zunge. Warum musste er drauflosreden? Er wusste ja nicht einmal, worum es ging. Dovud mischte sich ein und deckte seinen Freund: „Lass Scherdil in Ruhe. Hast du mich verstanden?" Sein drohender Blick war genug. Dovud war keiner, der sich mit Prügelei die Finger dreckig machte, deshalb war es auch jetzt nicht ungewöhnlich, dass seine Hände in den Hosentaschen verharrten.

150

Malik stemmte seine Hände in die Seiten und befahl Ismael mit einem einzigen scharfen Blick, sich zu setzen. Dovud durfte er unter keinen Umständen aus der Clique verlieren.

„Genug jetzt! Okay, okay, Dovud, wir verstehen, dass du uns hierbei nicht helfen willst. Aber dann verrate uns nicht und störe uns nicht", meinte er aufgeblasen.

„Gut. Mit dieser Sache will ich nichts zu tun haben. Nur einen Tipp gebe ich euch: jeden Dienstag geht Rahimov an unserem Haus vorbei. Nach dem Unfall hat er das drei Wochen lang nicht mehr getan, jetzt aber sehr wohl."

„Na und?", fragte Parwis verwirrt zurück, „darf man das nicht?"

„Doch, nur dass er eine Gitarre auf seinem Rücken trägt", ergänzte Dovud gelassen.

„Vielleicht arbeitet er an der Oper", entschlüpfte es Scherdil.

„An der Oper?", wiederholte Parwis ungläubig. Er zeigte einen Vogel, „ich glaub', du hast sie nicht mehr alle, Scherdil. An der Oper spielt man doch nicht Gitarre." Der Unwissende biss sich wieder auf die Lippe. Er verstand nichts mehr – er konnte sich nicht einmal mehr selber verstehen. Einerseits entwickelte er schlechte Gefühle gegen die Gruppe, andererseits wollte er ein Teil derselben sein.

Den Fehltritt seines Freundes übersehend erklärte Dovud ernst: „Rahimov wohnt im grünen Hochhaus. Wir hingegen im Einfamilienhaus. In unserem Viertel in der Bahorstraße gibt es einen Ort, an dem sich die Christen versammeln. Unser Klassenlehrer geht dienstags ungefähr um fünf Uhr abends dorthin, und zwei Stunden später kommt er aus dieser Richtung zurück. Das war's. Den Rest macht mal selber."

Maliks Augen blitzten gefährlich auf. So einfach! Nächsten Dienstag musste die Clique den Lehrer beschatten. Alle mussten dabei sein, alle, außer Dovud Sulaimonov.

152

Die Jungen, die in einer muslimischen Umgebung aufwuchsen, wussten nicht genau, was ein Christ ist oder tut. Weißt du es?

9. EIN GEHEIMNISVOLLER ORT

Um zehn vor fünf wartete Malik bei „Mansurs‟ Laden auf seine Clique. Wenn es auch das Geschäft von Olams Großvater war, so war dies doch ein beliebter Treffpunkt und heute besonders geeignet, da die Bahorstraße hier begann. Der erste, der zu Malik stieß, war Parwis, seine Hände tief in den Hosentaschen vergraben. Ismael kam von der anderen Seite. Genüßlich seinen Kaugummi kauend, ging er auf die Stufen beim Ladeneingang zu. Mit einem Handschlag grüßten sie einander. Wie Malik vermutet hatte, befand sich Scherdil im Laden. Er trat mit einer Chipstüte aus der Tür. Vermutlich hatte er absichtlich lange am Verkaufstresen gestanden. Wollte er vielleicht nicht allein mit dem Cliquenanführer auf die anderen warten?

„Dovud hatte gesagt, dass Rahimov aus dieser Richtung kommt und in jene Richtung weitergeht", erklärte Malik selbstgefällig und machte dazu die entsprechenden Bewegungen, „wo verstecken wir uns?"

Der Laden lag an einer Kreuzung. Die Bahorstraße war von beiden Seiten von Einfamilienhäusern mit hohen Grenzmauern eingesäumt. Nur niedrige und schattenarme Bäume zierten die Straße. Wenn auch die Sonne bereits untergegangen, so war es längst noch hell genug, und nirgendwo fand sich eine dunkle Ecke, die den vier Kameraden Sichtschutz geboten hätte. *„Was würde Dovud tun?"*, fragte sich Malik. Dass Dovud nicht dabei sein wollte, hatte ihm überhaupt nicht gefallen. Er fühlte sich unbeholfen und war ratlos.

Ismael und Parwis waren keine schlechten Kameraden, aber ihre Stärke lag im Ausführen von Aufträgen. Und Scherdil... ach, bei Scherdil war Hopfen und Malz verloren.

Ismael zog die Brauen zusammen und sagte: „Malik, warum sollen wir uns verstecken?

156

Wir beobachten ihn doch bloß. Rahimov wird nicht merken, dass wir nur seinetwegen hier sind."

„Du hast recht. Wir kaufen uns Schokoriegel und tun so, als ob wir zufällig aus dem Laden kommen. Keine schwere Sache", stimmte Parwis Ismael zu.

Malik wäre es lieber gewesen, sie hätten sich unsichtbar machen können, aber da es keine andere Möglichkeit gab, lenkte er ein. Scherdils Augen leuchteten bei dem Vorschlag mit der Schokolade auf. Das wiederum nervte Malik, doch er verkniff sich eine Bemerkung und befahl: „Los, in den Laden. Die Zeit ist knapp."

Eine Minute später stand die Clique wie zufällig auf der kurzen Treppe vor dem Geschäft. Die Jungen bissen gemächlich in ihre Schokoriegel. Ismael sah den Lehrer als erster.

„Hab' das Objekt im Visier", kündete er mit gedämpfter Stimme an.

Die anderen bemühten sich, wie zufällig einen höchst unbeteiligten Blick Richtung Rahimov zu werfen. Wie Dovud gesagt hatte, kam ihr Lehrer aus dem Hochhausviertel, eine Gitarre auf dem Rücken, seine Haare wie immer ordentlich nach hinten gekämmt. Anders als in der Schule, trug er anstelle seines dunklen Anzugs ein hellblaues Hemd und eine graue Hose. Er erkannte seine Schüler sofort. Dass er sie als erster freundlich mit breitem Grinsen grüßte, überraschte sie. „Hallo. Alles klar?"

Gezwungen sahen sie ihn kurz an und brummten ein unwilliges „'n Abend". Sie wandten ihre Blicke ab und ließen ihn spüren, dass sie über seine Gegenwart alles andere als erfreut waren. Umed Rahimov atmete tief ein und ging weiter. Die Jungen sahen nicht, dass der Lehrer mit sich rang, ob er noch etwas sagen sollte oder nicht. Nach zwanzig, dreißig Metern erreichte er ein silberfarbenes Hoftor und verschwand. Jetzt kam Bewegung in die

Jungen. Maliks Schokoladenpapier flog in die Luft. „Hinter mir her, Leute!", befahl Malik und kam sich ungemein wichtig vor.

Ismael ging bewusst langsam die Stufen hinunter. Es war an der Zeit, dem Anführer zu zeigen, dass er selber bestimmte, wann er wem folgte.

Sie rannten auf das Haus zu und erreichten Bahorstraße, Nummer 5, blieben aber unschlüssig vor dem halbgeöffneten Tor stehen. Das Haus stand Mauer an Mauer zu den anderen Höfen.

„Einer von uns muss da rein und herausfinden, was da läuft", erklärte Malik.

„Richtig", stimmte ihm Ismael zu. „Ich ginge schon hinein, aber ich glaube, in diesem Quartier kennt mich jeder", gab er als Vorwand an.

„Klaro würde ich hineingehen, aber ich bin zu groß. Ich könnte mich nirgendwo verstecken", warf Parwis ein, der sich wie Ismael vor dem Unbekannten fürchtete. Die Jungen fragten sich, was die Christen bei ihren Treffen wohltun. „Was? Soll etwa ich gehen?", Maliks Stimme sprang eine Oktave höher, „ich bin der Anführer! Das wäre ja lächerlich!"

„Dann soll Scherdil es tun", schlug Ismael vor. Es gab keine andere Möglichkeit.

„Scherdil bringt uns nichts", winkte Parwis ab. Malik bestätigte: „Echt nicht. Der kapiert ja nichts."

Sie redeten über Scherdil, als wäre er gar nicht da. Er hätte nie in diesen geheimnisvollen Hof hineingehen wollen, doch die ständigen Demütigungen waren ihm verleidet.

Er sagte: „Warum glaubt ihr, dass ich nichts kann? Ich bin doch nicht dumm." Fast hätte er gebrüllt.

Der Anführer der Gruppe nahm seine Unterlippe zwischen die Finger und sah Scherdil prüfend an. Es war offensichtlich, dass keiner von ihnen diese Aufgabe übernehmen wollte. *Gut. Wer wusste schon, was dort auf sie wartete?* Wenn

160

Scherdil etwas zustieße, dann schadete das der Gruppe nicht. Sie würden natürlich nicht zu ihm stehen ...

„Nun denn, lieber Scherdil, dann zeig uns, was du drauf hast. Rein mit dir", sagte Malik und schubste den Jungen mit der Brille.

Scherdil wusste nicht, wie er jemals dazu hatte einwilligen können, aber er war ja schon immer etwas langsam gewesen. Jedenfalls befand er sich plötzlich in einem fremden Hof. In der Mitte stand ein weißes, unauffälliges Haus. Die Fensterrahmen waren alt und blau. Rings um das Haus herum waren Rosen gepflanzt, und neben dem Brunnen in der Mitte beim Eingang rankte sich ein Weinstock empor. Es war Herbst, und die Zeit der Ernte war schon fast vorbei. Es war ganz still. Mit bedächtigen Schritten ging er um das Haus herum. Unter einem Fenster blieb er stehen. Die Fensterflügel standen offen. Der Junge horchte. Leise Stimmen waren zu vernehmen.

Unvermittelt sagte jemand im Raum laut eine Zahl und ein Chor begann ein Lied zu singen. Zuerst erschrak Scherdil, und sein Herz schlug wild, doch als er der Musik zuhörte, beruhigte er sich allmählich und fand das fremdartige, gemeinsame Singen schön. Es wurde ihm warm ums Herz. Dann war wieder Ruhe und jemand anderes rief eine Zahl auf. Wie beim ersten Mal wurde gesungen. Auch Musikinstrumente hörte Scherdil.

Nach dem dritten Lied hielt er sich am Fensterbrett fest und stand auf seine Zehenspitzen. Er konnte gerade mit Mühe in das Zimmer blicken. Neugierig sah er hinein. Es saßen etwa zwanzig bis fünfundzwanzig Leute, Jung und Alt, Männer und Frauen, auf Sitzkissen in der Runde, den Wänden entlang, im Raum. Es schien ihm, dass alle mit dem Liedersingen beschäftigt waren und in ihre Bücher schauten. In einer Ecke entdeckte er seinen Lehrer, der Gitarre spielte. Plötzlich hob Umed Rahi-

162

mov seine Augen, und ihre Blicke trafen sich. Scherdils Kopf verschwand in Hundertstelsekundenschnelle.

Langsam erhob sich Scherdil und rieb sich die wunde Stelle. Vor Schreck war er auf seinen Hintern gefallen. *Was sollte er jetzt tun?* Die anderen erwarteten, dass er noch etwas länger blieb und Informationen lieferte, aber der Klassenlehrer hatte ihn gesehen. *Vielleicht würde Rahimov herauskommen und ihn verhauen?* Er machte sich eiligst auf und rannte zur Straße. Als er den sicheren Bürgersteig erreicht hatte, verlangsamte er seinen Schritt. Er atmete erleichtert auf, als er niemanden sah. Anscheinend hatte sich seine Clique aus dem Staub gemacht. Erst als er auf der Höhe des Ladens war, kamen seine Kameraden von der anderen Straßenseite angerannt.

„Los, erzähl schon. Was machen die da? Warum bist du schon wieder zurück? Was ist passiert?", überfielen sie ihn mit einem Schwall von Fragen. Scherdil nahm seinen Unterkiefer in die Hand.

„Da... da waren viele Leute in einem Haus, und nach einer mathematischen Regel sangen sie Lieder", erläuterte Scherdil das Gesehene. Woher hätte er wissen können, dass es sich bei den Zahlen um Liedernummern handelte?

„Hä? Wie bitte?", Ismael war irritiert.

„Und dann?", fragte Parwis ungeduldig.

Scherdil sagte unsicher: „Es… es waren um die zwanzig, fünfundzwanzig Leute. Tja, und die haben einfach gesungen."

„Und sonst war da nichts?" wollte Malik ungläubig, mit zusammengekniffenen Augen wissen. Er hatte irgendetwas Verrücktes erwartet, vielleicht etwas Illegales.

„Nein", erwiderte Scherdil ehrlich und schüttelte entschieden den Kopf.

„Ach du! Du bist viel zu schnell zurückgekommen. Warum bist du nicht länger geblieben?", winkte Parwis missbilligend ab.

164

Mit gesenktem Kopf und herunterhängenden Schultern gestand Scherdil: „Der Lehrer hat mich gesehen..."

Ismael ballte die Fäuste. „O nein! Du bist wirklich das Letzte, Scherdil!", brachte er mit zusammengebissenen Zähnen hervor und sah ihn böse an.

„Er ist nicht fähig, Informationen zu liefern, und auskundschaften kann er auch nicht", brummte Parwis verärgert. Malik war ebenfalls wütend auf Scherdil, aber ihm kam ein neuer Gedanke. Wenn sie herausfinden wollten, ob ihr Lehrer in eine unsaubere Sache verwickelt war, dann mussten sie es auf eine andere Art versuchen. Und dann könnte er endlich Scherdil aus der Clique werfen, ohne dass Dovud ihn wieder verteidigen konnte. Ja, er wusste, was zu tun war! Mit dem ihm eigenen kalten Blick schaute er zu den streitenden Jungen und sagte: „Lasst Scherdil in Ruhe! Ich werde das mit ihm regeln. Scherdil, komm!"

165

Er legte ihm eine Hand auf die Schulter und führte ihn von den anderen weg.

Scherdil lief es kalt den Rücken herunter. *Was hatte Malik mit „ich werde das mit ihm regeln" gemeint? Würde er ihn verprügeln...?* Er trottete verdrossen neben dem Anführer her. Als sie aus dem Blickfeld der anderen gelangt waren, sagte Malik heuchlerisch: „Weisst du, Scherdil, ich denke, dass du ganz schön was auf dem Kasten hast."

Scherdil sah verwundert zu Malik hoch und fragte in seiner einfältigen Art: „Echt?"

„Echt", wiederholte Malik und schloß wissend seine Augen. „Ich dachte immer, du seist ein Schwächling, aber in unserer Clique bist du der Beste", schmeichelte er ihm.

Scherdils Brust schwoll an, und in seinem Gesicht spiegelten sich Stolz und Freude.

„Ich habe eine Aufgabe, die ich nur einem schlauen und vertrauenswürdigen Komplizen übertragen kann. Ismael und Parwis sind

166

Nullen. Sie können diese Sache nicht erledigen." Malik warf seine rechte Hand verächtlich in die Luft. „Für diesen Einsatz brauche ich einen Mann. Und dieser Mann bist du, Scherdil."

„Ich? Denkst du, dass ich es schaffen könnte?", fragte Scherdil mit aufgerissenen Augen, nicht ohne an seinen eigenen Fähigkeiten zu zweifeln. Die Brille fiel ihm beinahe von der Nase. Der Cliquenchef nickte langsam.

„Nur du kannst es, Scherdil", versicherte Malik dem Jungen mit geheimnisvollem Ton und stellte zufrieden fest, dass Scherdil an seinen Lippen hing.

Plötzlich fragte Scherdil: „Aber... aber was müsste ich denn tun? Ich meine..."

„Du sollst unseren Lehrer besser kennenlernen. Du gehst zu diesen christlichen Treffen. Wer weiss, vielleicht will ich auch daran teilnehmen. Vielleicht verpassen wir etwas wirklich Tolles, wenn wir nicht hingehen."

Er sagte nicht, dass er einen zuverlässigen Spitzel brauchte, der etwas Skandalöses aufdecken soll. Hätte er das gesagt, hätte Scherdil seine Rolle nicht spielen können und sich verdächtig gemacht. Aber so... Malik konnte auf diese Weise an die nötigen Informationen kommen. Scherdil würde ihm alles erzählen.

Scherdil dachte über das Erlebte nach. Er erinnerte sich an das Liedersingen. Das war nicht übel, und überhaupt, der Ort hatte ihm gefallen. Vielleicht würden sie wirklich etwas verpassen.

„Und du denkst, dass Parwis und Ismael auch dorthin gehen wollen, wenn diese Treffen in Ordnung sind?", fragte Scherdil zweifelnd und kratzte sich an der Stirn.

„Du verrätst ihnen kein Sterbenswörtchen! Hörst du! Und Dovud auch nicht!", kam es wie aus der Pistole geschossen aus Maliks Mund. Er fürchtete, dass die Jungen Dovud, Scherdils Beschützer, etwas verraten würden.

168

Etwas ruhiger fügte er hinzu: „Wenn die anderen spitzkriegen, dass ich dich und nicht sie für die Aufgabe ausgewählt habe, dann werden sie böse. Nur wir beide wissen Bescheid. Wir werden nicht vor den anderen darüber reden. Verstanden?", erklärte Malik ernst und blinzelte verschwörerisch mit dem linken Auge.

Scherdil war damit einverstanden und nickte ohne einen Kommentar. Richtige Kameraden verstehen sich auch ohne Worte, oder?

Malik hielt sich für schlau. Was denkst du über seinen Umgang mit Scherdil?

10. OPERATION „KLASSENBUCH"

Rahimov stand vor der Klasse und machte das Schulbuch zu. „Gut. Bitte schaut euch bis zum nächsten Mal die folgenden Seiten über die ehemalige Sozialistische Sowjetrepublik Tadschikistan an. Wir werden darüber reden."

Der Lehrer schritt zur Wandtafel und schrieb mit gut leserlicher Schrift die Hausaufgaben an.

„Madina und Fatima sind an der Reihe. Wischt den Boden bitte sauber. Malik, Dovud, ihr helft den Mädchen und stellt die Stühle auf die Bänke."

Die Pausenglocke ertönte. Alle standen auf und verließen eilig das Schulzimmer.

Malik überwand sich und begann, die Stühle auf die Tische zu hieven. *Wenigstens hilft es, den Bizeps etwas in Form zu bringen*, dachte er.

„Wo ist das Klassenbuch?", murmelte der Lehrer vor sich hin und suchte eifrig unter den vielen abgelagerten Schichten, die sich seit dem Morgen auf seinem Tisch angesammelt hatten. Nachdem er auch die einzige Schublade vergebens durchsucht hatte, rief er die Klassensprecherin: „Madina, weisst du, wo das Klassenbuch ist?"

„Der Direktor hat es verlangt."

Mit der Antwort zufrieden nickte der Mann. Plötzlich fiel ihm ein, dass Parwis heute nicht in der Schule war. Während des Zusammensammelns seiner Kugelschreiber und Stifte fragte er unvoreingenommen: „Malik, warum war dein Bruder heute nicht da?"

Malik wechselte mit Dovud einen kurzen Blick. „Wie bitte? Welcher Bruder?", wollte Malik gehässig wissen. Mit Erwachsenen hatte er noch nie Geduld gehabt.

„Natürlich Parwis", sagt der Lehrer genauer und hielt in seiner Bewegung inne, um den Jungen anzusehen.

172

Malik verzog verächtlich den Mund. „Parwis ist nicht mein Bruder. Ich habe keinen Bruder."

Verwundert wollte der Lehrer wissen: „Echt? Na, dann ist er aber dein Cousin oder sonst ein Verwandter?" Er bemühte sich, den hasserfüllten Ton in Maliks Stimme zu überhören.

„Ich mache keine Witze mit Lehrern", erwiderte Malik kalt und hob den letzten Stuhl auf die Schulbank. Todes ernst sprach er: „Parwis ist nicht mein Bruder und auch sonst kein Verwandter."

„Entschuldige, Malik. Glaub mir, ich wollte dich nicht verärgern. Ihr seht euch einfach sehr ähnlich, das ist alles."

„Herr Rahimov, Sie kennen Malik nicht", mischte sich Dovud ein, hob die Schultasche am Riemen auf und gab seinem Kameraden ein Zeichen. „Gehen wir?"

Malik nickte.

„Sie kennen mich noch nicht, Herr Rahimov", sagte der hochgewachsene Junge mit gefährlichem Unterton und ließ seine Augen unter den zusammengezogenen, dichten Brauen aufblitzen. Malik wandte dem Lehrer den Rücken zu und sagte zu Dovud: „Ja, wir gehen. Komm."

Umed Rahimov blickte den beiden Schülern aus dem Fenster in den Schulhof nach. Kannte er Malik tatsächlich nicht? Das, was vor einigen Wochen in der Schule geschehen war, kam ihm in den Sinn. Er erinnerte sich gut daran, wie er beobachtete hatte, dass Maliks Clique sich noch lange nach dem Unterricht draußen aufgehalten hatte. Und er erinnerte sich gut daran, dass *zufällig* an jenem Tag die Bremsen seines Fahrrads versagt hatten. Er wäre an diesem Tag beinahe ums Leben gekommen. Ja, er kannte Malik und seine Clique besser, als ihm lieb war. Aber er erinnerte sich zugleich daran, wie Gott ihn bewahrt hatte, und das beruhigte ihn trotz der neuen Drohung.

174

Draußen vor dem eisernen Portal blieben die Kameraden stehen. Malik sagte angespannt zu Dovud: „Er hat gemerkt, dass Parwis nicht in der Schule war."

„Natürlich hat er das gemerkt."

Unwirsch sagte Malik: „Ich kapier' das nicht. Wozu soll das gut sein, dass Parwis heute nicht in die Schule kam?"

Er verlagerte sein Körpergewicht auf ein Bein und lehnte sich an den hohen eisernen Zaun, der den Schulhof umgab. Dovud kratzte sich an der Hakennase und erklärte mit seiner für ihn typisch ruhigen Stimme:

„Wenn ein Schüler ein Klassenbuch vernichtet, kann er von der Schule fliegen. Das wollen wir nicht riskieren. Wir müssen auf Nummer Sicher gehen. Darum habe ich gedacht, dass der Täter gar nicht erst die Bühne betreten soll."

Mit sich selbst zufrieden verschränkte Dovud

die Hände hinter dem Nacken und wippte mit seinem Kopf.

„Ja, aber wie kann er das Klassenbuch stehlen, wenn er gar nicht hier ist?"

Dovud zog ein Buch aus seiner Tasche.

„Heute Abend wird mein Vater sich erinnern, dass er in der Schule ein Buch vergessen hat", sagte Dovud gleichmütig.

Malik hob überrascht eine Augenbraue.

„Woher weißt du, dass dein Vater es vergessen wird?"

„Das wäre nicht das erste Mal. Um sicher zu gehen, habe ich aber sein Buch gleich in meinem Rucksack versteckt", sagte Dovud und steckte das Buch wieder in die Schultasche.

„Willst du damit sagen, dass – während dein Vater denkt, du gingst ins Lehrerzimmer – du den Schlüssel Parwis gibst und er aus unserem Klassenzimmer das Klassenbuch stiehlt?"

„Fast", korrigierte Dovud, „ich habe Madina gesagt, dass Bahromov unser Klassenbuch verlangt hat. Gestern zumindest war das auch so. Aber ich habe es nachher genommen und unter dem Schrank meines Vaters versteckt. So kann Parwis es holen. Er wird es aber nicht verschwinden lassen, sondern verbrennen. Er verbrennt es so, dass noch der Klassenname zu lesen sein wird. Danach wirft er es draußen auf dem Schulhof in den Mülleimer."

„Du bist spitze, Dovud. Und du denkst nicht, dass der Lehrer Parwis verdächtigen wird, weil er zufällig am Tage des Verschwindens mit Grippe im Bett liegt?"

„Er liegt ja auch nicht mit Grippe im Bett. Das ist zu banal und zu verdächtig."

„Was dann?" Maliks Mund wurde vor Aufregung ganz trocken. Wie sehr liebte er es, wenn Dovud mit ganzem Einsatz etwas plante!

„Er bricht sich das Handgelenk."

„Er bricht sich das Handgelenk? Das meinst du doch nicht ernst!", Malik lachte ungläubig auf. Es war augenscheinlich, dass er Dovud nicht glaubte. „Ich gehe gerade zum Basar. Wenn du willst, kannst du mich ja begleiten. Ich brauche Gips und Verbandsmaterial. Morgen muss Parwis einen Gips tragen. Ich habe mich mit Parwis bei ihm daheim verabredet. Und keine Angst: Man kann einen Gips auch an einem gesunden Arm anbringen", fügte Dovud ohne Regung hinzu.

„Dann soll er wochenlang mit einem Gips herumlaufen? Ist das nicht etwas übertrieben?", fragte sein Freund zweifelnd.

Dovud schüttelte verneinend den Kopf.

„Natürlich wäre das übertrieben. Nach zwei Tagen wird der Arzt feststellen, dass das Röntgenbild wohl falsch ausgelegt worden war und der Arm nur verstaucht sein muss. Dann wird der Gips abgenommen."

„Und seine Mutter? Was wird die sagen?"

„Eben das. Es wird seine Mutter sein, die ihn zum Arzt bringen wird, und dieser wird seinen ihm unbekannten Kollegen als Pfuscher betiteln und sagen, dass der Gips völlig unnötig war. Ich denke, dass das so klappen sollte."

Malik erkannte, dass Dovud den Plan schon vor einiger Zeit ausgetüftelt hatte und lachte böse.

„Rahimov wird etwas zu hören bekommen und Olam auch – dank unserer Clique! Dovud, du bist einfach genial", schloss Malik zufrieden.

Die Klassenzimmertür ging langsam auf. Rahimov hob seinen Kopf und sah zu Scherdil hinüber.

Scherdil schritt mit gesenktem Kopf, einen Fuß vorsichtig vor den anderen setzend, auf dem noch feuchten, frisch gewischten Boden zwischen den Schulbänken zum Lehrertisch. Er erwiderte den wohlwollenden Blick des Klassenlehrers. Bevor er den Mund aufmachte, blickte er zwei-, dreimal über seine Schultern. Verlegen stotterte er: „Ich... ich ...wollte Sie etwas ...fragen."

„Bitte, ich höre. Worum geht es denn?", sagte Rahimov, legte den Stift weg und faltete die Hände auf dem Tisch. Vom Korridor drang der Lärm der Schüler an sein Ohr.

„Sie... Sie gehen dienstags da wohin..." Wie sollte er es nur anpacken? Er fühlte sich für solche Aufgaben völlig unfähig.

„Ja, ich besuche eine christliche Gemeinde. Du hast mich ja vom Fenster her einmal gesehen", sagte der Lehrer ohne Regung. Scherdil wurde bis unter die Haarwurzeln rot. Er wusste nicht, wohin mit seinen Händen, ließ sie wie die Arme einer Puppe baumeln und schwenkte sie nervös hin und her.

„Kann da jeder hingehen? Ich meine, ... zum Beispiel ich?" Scherdil schämte sich fürchterlich.

Mit aufrichtigem Blick sah ihn der Lehrer an und fragte zurück: „Wie? Möchtest du unsere Gemeindestunde besuchen?" *Konnte es sein, dass einer von Maliks Clique ernsthaft in die Gemeinde mitkommen wollte?*

Scherdil nickte ernst.

„Gut. Weißt du was? Kennst du meinen Sohn, Jovid?"

„Jovid?", wiederholte der Schüler unsicher. Offensichtlich kannte er ihn nicht.

„Er besucht die 10A. Er ist groß, braunhaarig und hat auffallend grüne Augen."

„Nein, ich kenne ihn nicht."

„Hör zu, ich werde dich morgen nach dem Unterricht mit ihm bekanntmachen. Dann kann er dich am Samstag in die Jugendstunde mitnehmen. Ich denke, dir ist es lieber, mit einem Gleichaltrigen zusammen zu gehen." Ja, das war Scherdil tatsächlich lieber.

„Danke", sagte Scherdil und verließ ohne weitere Worte das Klassenzimmer. Draußen auf dem Korridor holte er seine aufgefädelten Dulona[8] hervor und aß, immer wieder die Kerne ausspuckend, auf dem ganzen Heimweg alles auf.

Parwis breitete auf dem Boden eine aufgetrennte Plastiktüte aus und legte mehrere einmetrige Bahnen Verbandsstoff sauber nebeneinander. Dovud und er wagten es nicht einmal, miteinander zu flüstern. Parwis' Schwester Lola war zwar blind, aber nicht taub – und niemand sollte dahinterkommen, was die beiden auf dem Boden gerade machten. In einem Schüsselchen rührte Dovud den Gips an und schmierte einen Streifen des Stoffes kräftig damit ein. Plötzlich stand Lola in der Küchentür und rief Parwis beim Namen.

Er richtete sich auf und fragte scheinbar arglos: „Was ist, Lola?"

8   Weißdorn, eine kleine süß-saure Frucht.

182

„Was machst du auf dem Fußboden?", wollte sie wissen. Seit sie ihr Augenlicht verloren hatte, schien sich ihr Gehör verbessert zu haben. Sie achtete auf die kleinsten Geräusche.

„Ich... ich habe meinen teuren Kugelschreiber verloren. Komm ja nicht rein, Lola. Ich möchte nicht, dass du drauf trittst und ihn kaputtmachst", log Parwis und warf Dovud über seine Schulter einen vielsagenden Blick zu. Dovud blickte zweifelnd zu dem Mädchen. *Konnte sie tatsächlich nicht sehen?*

„Okay. Sag, wenn du Hilfe brauchst", erwiderte seine Schwester freundlich.

„Danke, nein. Tut mir leid, aber um den Kugelschreiber finden zu können, braucht man nun einmal gesunde Augen. Mach dir keine Sorgen." Das Mädchen fühlte sich überflüssig und kehrte ins Wohnzimmer zurück, um Musik zu hören. Parwis hob seine dichten Augenbrauen und ließ geräuschlos Luft aus seinen aufgeblasenen Backen entweichen.

Dovud nickte und tastete den halbtrockenen Gips ab. Er war in seiner Härte genau richtig. Der Junge legte den Gips um Parwis' Handgelenk, brachte ihn in die erwünschte Form und wickelte ihn mit weiterem Verbandsmaterial ein. Am Schluss schnitt er ein Stück vom Stoff ab und legte es Parwis um den Hals. Er bildete mit den zusammengebundenen Enden eine Schlaufe, in die er Parwis' angeblich gebrochenen Arm legte. Ohne etwas zu sagen, formte er seine Hand zur Faust und hob den Daumen nach oben. Saubere Arbeit, einfach perfekt! Die Jungen erhoben sich langsam, und an der Schwelle zur Küche rief Parwis seiner Schwester zu: „Ich glaub, da ist jemand gekommen. Ich gehe zur Tür und seh mal nach."

Dovud ging auf Zehenspitzen neben dem stampfenden Parwis her, hob seine Schuhe vom Boden auf und verliess auf Socken die Wohnung. Die Tür fiel ins Schloss.

„Wer war das?", fragte Lola.

184

„Niemand. Ich muss mich geirrt haben", sagte ihr Bruder. Parwis wandte sich zum Korridor. Er hatte nicht gemerkt, dass seine Schwester ihm gefolgt war und stieß mit ihr zusammen. Lola spürte etwas kaltes Hartes. „Was hast du da an deinem Arm?", wunderte sich das Mädchen. Parwis blickte auf sein eingegipstes Handgelenk. „Das... das ist ein Gips, weißt du."

„Ein Gips?", entsetzte sich Lola, „was ist passiert?"

„Nichts Schlimmes. Ich bin heute... die Stufen beim Schulhaus hinuntergefallen", antwortete der Junge. Langsam aber sicher wurde Parwis es leid, zu lügen, aber er wusste, dass eine Lüge die andere decken musste. Doch seine blinde Schwester anlügen zu müssen, war das letzte was er wollte. Lola sagte bekümmert: „Wenn Mutter dich sieht, wird sie sich große Sorgen machen."

Wenn Mutter in mein Herz sehen könnte, wäre sie noch besorgter, dachte Parwis traurig.

185

Parwis spürte, dass er falsch handelte. Warum machte er dennoch weiter, gegen sein Gewissen?

11. RAHIMOV

Olam war seit dem Morgen schlecht gelaunt. Sein Großvater hatte schon vor Wochen gemerkt, dass aus seinem Laden Geld verschwunden war. Das war nichts Neues, aber heute früh kam ein Gläubiger und hatte den alten Mann angeschrieen. Als Olam nachfragte, was los wäre, hatte er geantwortet, dass er 200 Somon Schulden habe, die er noch nicht zurückzahlen konnte. Nach diesen Worten hasste Olam sich. Er hasste auch die Weltkarte, die er vor zwei Tagen gekauft und in die Schule mitgebracht hatte. Wortlos hatte er sie bei Rahimov abgegeben.

Natürlich musste es ausgerechnet im Geografieunterricht sein und die verhasste Karte vor seiner Nase hängen, als plötzlich Bahromov in die 9B stürmte.

„Mir fehlen die Worte! Jetzt seht euch das mal an!", rief der Direktor aus und schwenkte die

187

angekohlten Überreste des Klassenbuches in der Luft. „Olam, wie konntest du nur!"

Dovud betrachtete prüfend Parwis' Werk und war damit sehr zufrieden. Man könnte sagen, er hatte seine Sache ausgezeichnet gemacht. Der Täter schaute mit Mitleid erregenden Augen auf seinen verbundenen Arm. Ismael hatte erst heute von der Operation „Klassenbuch" erfahren und saß beleidigt auf dem Stuhl. Scherdils Unterkiefer war in dem Augenblick nach unten geklappt, als der Schulleiter ins Zimmer stürmte.

Die Geografielehrerin wusste sehr wohl um die Ausbrüche des Direktors. Sie verließ diskret das Schulzimmer und schloss leise die Tür hinter sich.

Doch es verging kaum eine Sekunde, da flog die Tür wieder auf und Rahimov stand keuchend im Rahmen. Offensichtlich war er hinter dem Direktor hergerannt.

188

„Ich werde diesen Jungen...!", begann Bahromov seine Drohungen gegen den Schüler, der in der ersten Reihe saß, auszustoßen. Da stellte sich der Klassenlehrer dazwischen und sagte: „Aber es war doch nicht Olam, Herr Bahromov! Sie verdächtigen den Falschen!"

Die Klasse sah sich das kleine Spektakel schweigend an. Das war doch eine ganz nette Abwechslung. Der beleibte Schulleiter blickte zu dem hochgewachsenen Mann und hob seinen Finger belehrend, als wollte er ein Kind rügen.

„Rahimov!", herrschte er ihn an. Seine kleinen Knopfaugen schlossen sich, „ich habe in meinem ganzen Leben nicht erlebt, dass ein Schüler ein Klassenbuch verbrennt. Das da...", er hielt dem Lehrer das angebrannte Papier unter die Nase, „das da beweist, dass Ihre Klasse verdorben ist und – es zeigt, dass sie als Lehrer unfähig sind."

Der Klassenlehrer rang um Beherrschung. Er atmete tief ein und starrte auf den Boden.

„Olam, pack deine Sachen. Du hast an dieser Schule nichts mehr verloren!", befahl Bahromov.

Umed Rahimov schüttelte die Betäubtheit ab. „Der Junge ist unschuldig. Wollen Sie das denn nicht einsehen? Überlegen Sie selbst: Gerade erst vorgestern hat er die Weltkarte gebracht. Wäre Böses in seinem Sinn gewesen, hätte er so etwas doch nicht gemacht", begründete er logisch. Der Direktor hielt kurz inne. Er sah dem Klassenlehrer direkt in die Augen und fragte ernst und etwas ruhiger: „Und wer ist Ihrer Meinung nach der Übeltäter?"

Rahimov stemmte seine Hände in die Hüften und ließ seinen Blick über die Klasse schweifen. Scherdils Mund stand immer noch offen. Dovud und seine Kameraden hatten schon vor langem gelernt, wie sie sich geben mussten, um nicht aufzufallen. Äußerlich war ihnen

nichts anzumerken. „Was soll ich antworten?",
fragte sich Rahimov, „wenn ich sage, ich weiss es
nicht, dann wird Malik denken, dass ich vor seiner
Clique Angst habe, wenn ich aber meinen Verdacht
laut ausspreche, dann werden sie sich wieder rächen."
Rahimov schickte ein Stoßgebet zu Gott und
wusste sofort die richtige Antwort: „Ich will
nicht, dass irgendeiner meiner Schüler von
der Schule gehen muss, Herr Bahromov. Darum kann ich Ihnen nicht sagen, wer es war."
„Wie bitte? Sie decken diese verdorbenen
Schüler? Das wird Ihnen noch leidtun. Gestern
haben sie das Klassenbuch verbrannt, morgen
werden sie die Schule anzünden!", brachte der
Direktor ungehalten hervor.
„Rahimov! Sie werden ein neues Klassenbuch
kaufen, und bis zum Quartalsende liefern Sie
mir die Namen der schuldigen Schüler. Das ist
mein letztes Wort."
Die verkohlten Schnipsel in die Luft werfend,
verließ Bahromov kopfschüttelnd den Raum.

Rahimov blieb allein mit seiner Klasse zurück. Wieder betete er, denn er wusste nicht, was er sagen oder nicht sagen sollte.

Schweigen.

„Ich habe bereits entschieden, dass ich keinen meiner Schüler verlieren will. Aber ich bin auch nicht einverstanden, dass hier jeder macht, was er will", erklärte Rahimov mit fester Stimme. Er zog den Stuhl unter dem Lehrertisch hervor und setzte sich. Die Schüler sahen ihn schweigend an.

„Olam, ich weiß, dass du es nicht warst." Olam starrte auf seine verschränkten Arme auf der Schulbank. „So kann es nicht weitergehen. Wir haben bald Dezember. Es verbleiben noch etwas mehr als 30 Tage bis zum Ende des Semesters. Und ich möchte Herrn Bahromov keinen Namen nennen müssen", fuhr er fort.

Bis jetzt war die Klasse stumm geblieben. Nun hob Malik hochmütig seinen Kopf und sagte: „Herr Rahimov, darf ich Sie etwas fragen?"

Umed Rahimov bemerkte die Verschlagenheit in seiner Stimme und fragte distanziert: „Bezüglich des Klassenbuches oder etwas anderem?"

„Etwas anderem."

Rahimov legte den Kopf in den Nacken und sah Malik prüfend an: „Dann kannst du mit deiner Frage nach dem Unterricht zu mir kommen, und wir können miteinander reden."

„Nein. Das, was ich wissen möchte, ist für alle von Interesse", erwiderte der Junge und weckte die Neugier der Mitschüler. Zufrieden legte er seine Ellenbogen auf die Schulbank.

„Gut, dann stell mir deine Frage, und ich entscheide, ob ich sie beantworten möchte oder nicht."

Der Lehrer bemühte sich um einen gleichmütigen Ton, als er den Schüler ansah. Er spürte, dass Maliks Absicht nicht gut war.

„Man sagt, Sie seien Christ?", sagte Malik verächtlich und blickte triumphierend in die Klasse. Augenblicklich war ein Gemurmel zu vernehmen.

Der Mann hielt inne und erwiderte den Blick des Schülers. Dann lächelte er und sagte: „Gut, dass du mich danach fragst. Ja, ich bin Christ."

„Wenn ich den Direktor richtig verstanden habe, sind Sie nicht gerade sein Freund. Falls wir zufällig etwas gegen Sie, oder besser gesagt, gegen Ihre Religion sagen würden, könnte es gut sein, dass Sie Ihre Arbeitsstelle verlieren", sagte Malik unheilvoll und mit zu Schlitzen geformten Augen.

Rahimov verstand schnell. „Was möchtest du damit sagen, Malik? Erkläre es uns bitte."

„Wir wollen keinen christlichen Lehrer. Wenn Sie einen unserer Klasse verraten, dann wollen wir Ihnen gerne helfen, dass Sie Ihre Anstellung verlieren."

Der Klassenlehrer war über diese Frechheit sprachlos. Aber was sollte er sich über die

Clique noch wundern? „*Oh Herr, hilf mir, dass ich richtig antworte*", betete er im Stillen. „Damit kannst du mir keine Angst machen. Wenn jemand mich wegen meines Glaubens aus der Arbeit entlässt, dann soll es so sein", sagte er. Malik gefiel diese Antwort nicht. Seine Augenbrauen zogen sich zusammen, doch er wusste nicht, was er erwidern sollte. Mit seinem Blick wollte er Dovud um Hilfe bitten, doch dieser fixierte regungslos die Wandtafel.

Auf einmal wusste Rahimov, was er sagen sollte. Er begann: „Erinnert ihr Euch an die Könige der Meder und der Perser? Ihr habt über sie gehört, dass sie ihre Verurteilten in große Gräben warfen, in denen Löwen auf ihre Beute warteten.

Es lebte ein medischer König, der mehrere Minister hatte. Einer von ihnen war ein gottesfürchtiger Mann, aber die anderen mochten ihn deswegen nicht und beobachteten ihn in seinen amtlichen Geschäften, ob sie nicht

195

etwas an ihm fänden, um ihn anzuklagen. Doch sie fanden nichts, deshalb kamen sie zum Herrscher und sagten: ‚Mach ein neues Gesetz, das sagt, dass kein Mensch oder Gott innerhalb von dreißig Tagen um etwas gebeten werden darf‘. Darius, so hieß der König, war damit einverstanden. Er hatte nicht an den gottesfürchtigen Minister gedacht ...“

Malik schlug mit der Faust auf seine Schulbank und schnitt dem Lehrer das Wort ab: „Herr Rahimov, wir möchten gehen. Wir brauchen keine Extra-Geschichtsstunde!“

Ein Murmeln ging durch die Klasse.

„Malik, sei still!“

„Ruhe!“

„Wenn's dir nicht passt, dann geh doch!“, war von verschiedenen Seiten zu hören.

Rahimov war für einen Augenblick verunsichert, ob er weitererzählen sollte, doch ein Schüler ganz hinten im Raum bat ihn: „Machen Sie weiter, Herr Rahimov. Was ist aus dem

Minister geworden?" Verwundert blickte Rahimov zu Dovud. Dass einer von Maliks Clique ihn bitten würde fortzufahren, hatte er nicht erwartet, erst recht nicht von Dovud.

Er sammelte seine Gedanken und erzählte weiter: „Der gottesfürchtige Minister hörte nicht auf König Darius' Befehl und betete wie gewohnt an seinem Fenster. Die bösen Minister überführten ihn, und der König war gezwungen, nach seinem eigenen Gesetz zu handeln und ihn in den Löwengraben werfen zu lassen. Er tat ihm leid, und er sagte zu ihm: ‚Vielleicht wird dein Gott, an den du glaubst, dich vor den Löwen bewahren.'

In jener Nacht fand der Herrscher keinen Schlaf, und früh morgens ging er zum Graben und fragte, ob der Minister noch lebe. Vom Löwengraben her sagte eine Stimme: ‚Ja, o König, Gott hat mich bewahrt. Er hat seinen Engel gesandt, der den Löwen das Maul zugehalten hat.' Dann wurde er schnell aus dem

Loch geholt. Die gemeinen Minister aber warf man in den Graben. Die Löwen stürzten sich auf die Männer und fraßen sie mit Haut und Haaren auf", schloss der Klassenlehrer seine Geschichte.

Malik erhob sich langsam. „Sind sie endlich fertig? Darf ich aufstehen?"

„Malik, die Schulstunde ist schon lange vorbei. Das, was ich euch hier erzähle, ist außerhalb des Unterrichts. Du bist frei zu gehen."

Da fragte Ismael mit erhobenem Kopf und kleinen Augen: „Ist ja 'n nettes Geschichtchen, aber was bringt's uns?"

„Für mich ist es eine wichtige Geschichte, denn sie zeigt, dass Gottesfurcht sich lohnt und dass ich mich vor keinem Menschen zu fürchten brauche."

Parwis sagte lachend: „Mir persönlich gefällt, dass Sie das Besprechungszimmer unseres Direktors mit einem Löwengraben verglichen haben." Einige der Schüler lachten mit.

Ismael schüttelte missbilligend den Kopf. „Diese Dinge haben vor langer Zeit stattgefunden. Wer weiß schon, was an diesen Legenden dran ist? Mir sagt sowas nichts."

Im Reden warm geworden sagte Umed Rahimov: „Diese Geschichte ist ein Teil aus dem Leben des Propheten Daniel. Sie steht in der Bibel. Das ist für mich Grund genug zu glauben, dass sie wahr ist, denn sie ist Gottes Wort. Nicht in der Bibel steht, aber es ist trotzdem interessant, dass Zarathustra[9] Daniels Schüler war. Ihr kennt ihn aus dem Geschichtsunterricht."

Dovud hatte die Geschichte schnell wiedererkannt, doch diese Information war neu. Er fragte: „Wer sagt das? Zarathustrier[10] sind doch Feueranbeter."

9   Religionsstifter der Weltreligion des Zoroastrismus
10   Der Gedankengang der Autorin hinsichtlich des Zarathustrier, bezieht sich später im Buch auf einen geschichtlichen Zusammenhang. Sowohl Verlag, als auch Autorin distanzieren sich jedoch klar von der heutigen Religion der Zarathustrier

„Ja, in den letzten Jahrhunderten hat sich der Zoroastrismus zu einem Feuerkult entwickelt, aber das war früher nicht so. Das Buch der Zarathustrier, die Avesta, redet nicht von Feueranbetung. Die Anhänger von Zoroaster hatten einfach an einen Gott des Himmels und der Erde, an einen Himmel und eine Hölle geglaubt. Es gibt einen Geschichtsschreiber, Abul Faradsch aus Syrien, der die Vermutung bestätigt, dass Zarathustra Daniels Jünger war, und zwar in den Jahren zwischen 598 und 585 vor Christus. Alles, was Zarathustra über Gott wusste, hatte er vom Propheten Daniel gelernt."

Die Tür ging auf und die Geografielehrerin streckte den Kopf hinein.

„Entschuldigung, ich brauche mein Zimmer. Die Klasse wartet bereits im Gang."

Rahimov tat es leid, dass ihr Gespräch zu Ende war, doch das Wichtigste war gesagt worden. Die Schüler standen auf. Malik stürmte als

Erster aus dem Raum. Ismael hastete ihm hinterher, und Parwis hob etwas umständlich mit seinem eingegipsten Arm den Rucksack auf den Rücken, um mit den anderen hinauszugehen. Wie immer verzog Olam keine Miene und trottete als einer der Letzten aus dem Klassenzimmer. Madina kam zu Umed Rahimov und bedankte sich für die eindrückliche Geschichte.

Dovud blieb an seinem Platz sitzen. Es gingen ihm verschiedene Gedanken durch den Kopf.

„Warum habt ihr mir nichts über das Klassenbuch gesagt?", fragte Ismael mit beleidigter Miene und trat zu Malik und Parwis neben dem Brunnen. Sein lockiges Haar fiel ihm widerspenstig in die Stirn. Malik hob verteidigend die Hände in die Luft. „Hehee, langsam, Junge, langsam. Was können wir dafür? Du warst einfach nicht hier, das ist alles."

„Wie – ich war nicht hier?"

Parwis fasste ihn mit seiner gesunden Hand am Ärmel und sagte: „Mensch, Ismael, du bist selber schuld. Wer wollte unbedingt gleich nach der Schule ins Internetcafé?" Er wusste, dass er damit Ismaels wunden Punkt traf.

„Wenn ich geahnt hätte, dass ihr einen Auftrag habt, wäre ich nicht gegangen", verteidigte sich der Junge.

„Nein, Ismael", meinte Malik kopfschüttelnd, „gib's zu, in den vergangenen Wochen hast du nur noch deine Computerspiele im Kopf gehabt." Ismael starrte auf den Asphalt. Was sie sagten, stimmte. In letzter Zeit hatte ihn das Internet wie magisch angezogen, aber das vor den anderen zuzugeben? Verärgert erwiderte der Junge: „Das geht euch gar nichts an. Ich frage euch auch nicht, was ihr in eurer Freizeit macht, kapiert?"

202

Dovud und Scherdil stiegen die Treppe vom Schulhaus herunter und kamen zu ihnen herüber. Dovud merkte schon von Weitem, dass sich Ismael aufregte, und er wusste auch schon worüber.

„He, Ismael, hab dich nicht so. Das nächste Mal machen wir wieder etwas als ganze Gruppe." Es war nicht Dovuds Art freundlich zu reden, doch der ruhige Tonfall ließ ihn nachgeben.

„Aber er muss doch was gegen seine Spielsucht tun", sagte Parwis ohne Umschweife.

„Parwis, lass dir eines gesagt sein: unsere Clique ist keine Selbsthilfegruppe. Jeder von uns hat seine eigenen Probleme, aber das geht die anderen nichts an", bestimmte Malik, ungeduldig mit dem Finger auf den Brustkorb des Jungen tippend.

„*Richtig, wir sind Kameraden und keine echten Freunde*", dachte Dovud bitter, als er die anderen beobachtete.

Es war kein Schrei zu hören, aber ein Handgemenge, Stöhnen und das Geräusch von Lederjacken, die im Kampf aneinanderrieben, ließen Umed Rahimov aufhorchen, als er hinter sich die Klassenzimmertür schloss. Er gewöhnte seine Augen an das Halbdunkel des Korridors und zog den Reißverschluss seiner Regenjacke hoch. Mit angestrengten Augen spähte er zum Treppenabsatz. Er konnte nicht sehen, wer sich da im Gerangel verkeilte. Als er näher eilte, erkannte er den obenliegenden, mit der Faust ausholenden Jungen als den stärksten Schüler der 11D. Wenn auch die langen Beine des Gegners unter dem Ringer sichtbar waren, so konnte er nicht feststellen, wer der Unterlegene war. Rahimov wollte sie trennen. Als er das Fluchen des schwächeren Schülers hörte, erkannte er Malik.

„Was hat er jetzt schon wieder gemacht?", fragte sich der Lehrer und bemühte sich, den bulligen Jungen von Malik loszulösen. Er staunte über die Kraft des Elftklässlers, und es verlangte Umed Rahimovs ganzen Einsatz, bis er die Hände des Großen in den Polizeigriff bekam. Es dauerte eine Zeit lang, bis sich Malik, der immer noch auf dem Rücken lag, bewusst wurde, dass er frei war. Er schwieg. Sachte wälzte er sich auf die Seite und stützte sein Gewicht mit seinem rechten Ellenbogen ab. Mit dem Ärmelsaum der freien Hand strich er sich über die geplatzte blutende Lippe. Der bullige Junge keuchte.

Hass gegen seinen kräftigen Gegner war in den Augen Maliks zu lesen. Dann sah er mit verächtlichem Blick zu seinem Lehrer.

„Was ist hier los?", verlangte Rahimov zu wissen, „sagt schon!"

„Lassen Sie mich los, Herr Rahimov. Ich werd' ihm nichts tun", bat der Elftklässler.

Die Arme schmerzten ihn. Der Lehrer spürte unter seinem festen Griff, dass sich die Muskeln des Jungen entspannten. Umed Rahimov ließ seine Arme sinken. Malik erhob sich. Er nahm ein Taschentuch aus der Jackentasche und wischte sich das Blut vom Kinn.

„Er hat meine Filmkamera gestohlen und kaputtgemacht."

„Welche Kamera?"

„Wir hatten heute einen Projekttag, und ich habe bei meinem Onkel die Filmkamera ausgeliehen, um das Ganze zu filmen...", begann der Junge.

Rahimov blickte ihn kurz an, aber ohne Malik aus den Augen zu lassen.

„Und dann?"

„Dann hat Malik in der Pause gemerkt, dass ich eine Kamera dabeihab'. Die hat er mir einfach weggenommen", antwortete der Bullige.

Wenn Rahimov erwartet hätte, das Malik nun betreten auf den Boden starrte, hätte er sich gründlich getäuscht. Trotzig blickte ihm der eigenwillige Schüler in die Augen.

„Ich wollte sie nicht stehlen. Ich wollte sie nur mal anschauen. Wenn du nicht so geizig gewesen wärst, wäre sie dir nicht aus der Hand gefallen!", verteidigte sich Malik.

„Wie? Du hast sie mir aus den Händen gerissen und sie auf den Boden geworfen, Mann!"

Die Stimmen der Jungen waren lauter geworden, und als der Große seine Hand, zur Faust geformt, erhob, stellte sich Rahimov dazwischen.

„Hast du Zeugen?", fragte er den Schüler.

„Klar", er machte seine Hand auf und zeigte mit der Handfläche nach oben, um seinen Worten Nachdruck zu geben, „daneben stand die Hälfte meiner Klasse."

Malik schwieg. Er war eigenwillig und stur, aber nicht dumm. Der Lehrer sah ihn mit einem abwägenden Blick an. „Kann man die Kamera reparieren?"

„Ich denk' schon", meinte der Elftklässler, „das Objektiv ist beschädigt. Mindestens 200 bis 250 Somon wird die Reparatur kosten", und mit verzweifeltem Unterton fügte er hinzu: „Ich habe sie von meinem Onkel erbetteln müssen, damit er sie mir überlassen hat!"

„Gut, dann geh. Ich werde mit Malik reden. Morgen gebe ich dir Bescheid, wie wir das Problem lösen", antwortete der Lehrer und lud Malik mit einer untertänigen Geste ins Klassenzimmer ein: „Mein Herr, bitte in die gute Stube."

Malik verdrehte missgelaunt die Augen und trottete hinter dem Mann in den Raum.

Rahimov wies ihm, sich auf einen Stuhl zu setzen, doch der Junge ließ sich provokativ auf einer Schulbank nieder. Der Lehrer nahm auf dem nebenstehenden Tisch Platz.

Der Schüler trommelte mit den Fingern auf die Schulbank, und zeigte seinen Unmut mit einem Stöhnen und trotzigem Blick. Seine

Nerven waren angespannt. „Wir beide sollten schon seit längerem miteinander reden,
Malik", sagte Rahimov ohne jegliche Drohung.
„Wir? Ich weiß nicht, was wir miteinander zu reden hätten", ertönte Maliks Stimme frech. Es
war nur zu klar, dass er dem Lehrer den noch
so kleinsten Hoffnungsschimmer auf eine Veränderung ihrer Beziehung nehmen wollte.

„Gerade jetzt haben wir etwas gefunden, worüber wir uns unterhalten können. Was, denkst
du, wirst du wegen der Filmkamera unterneh-
men?", fragte der Lehrer.

„Ich? Ich habe keine Pläne", erwiderte der Junge schnippisch.

„Du musst ihm das Geld zur Reparatur geben", erklärte der Mann fest. Der stolze Junge
schnaubte und stand auf.

„Sehen Sie, Herr Rahimov. Ich habe Ihnen
doch gesagt, dass wir nichts haben, worüber wir reden könnten. Darf ich geh'n?" Rahimov musste einsehen, dass Malik nicht

mit sich reden ließ. Vermutlich hat er in seinem Leben noch niemandem gehorcht. Der Junge tat ihm leid. Er strich sich mit den Fingern durch die Haare.

„Wenn du mir versprichst, dass du das Geld für die Kamera innerhalb von zehn Tagen auftreibst und es dem Jungen gibst, dann kannst du gehen, und ich werde das Ganze auf sich beruhen lassen", schlug der Klassenlehrer vor. Malik sah ein, dass er dieses Angebot nicht ablehnen konnte. Mit scharfem Blick sagte er: „Einverstanden, ich werde das Geld besorgen. Aber denken Sie nicht, dass Sie mich kleinkriegen können!"

Rahimov schüttelte langsam den Kopf und bestätigte: „Nein, Malik, das denke ich nicht. Dazu braucht es einen weit Größeren als mich." Maliks gemeines Lachen erklang, als er durch die Tür verschwand. Rahimov betete zu Gott, dass Er diesen Jungen verändern möge – je schneller, desto besser.

210

Auf Maliks Gesicht lag immer noch ein hämisches Grinsen, als er im Korridor um die Ecke bog. Er *würde doch niemals 200 Somon für die Kamera mitbringen! Hatte der Lehrer sie noch alle? Niemals würde er den Betrag auftreiben. Nicht er, Malik. Lächerlich*! Plötzlich packte ihn jemand am Kragen und presste ihn grob an die gekalkte Wand. Seine Schulterblätter schmerzten von dem unsanften Aufprall, und mit verängstigten Augen sah er den bulligen Großen nur wenige Zentimeter vor seinem Gesicht. Er spürte seinen Atem.

„Denk ja nicht, dass du mir entkommen kannst! Wäre Rahimov nicht dazwischengekommen, dann hätte ich dich zu Hackfleisch gemacht! Kapiert?"

Der Schrecken saß Malik in den Knochen, und er sah stumm zu seinem Gegenüber.

211

„Wann bringst du das Geld?", flüsterte der Junge mit gefährlichem Unterton. Malik gestand sich ein, dass der Lehrer einen vernünftigen Vorschlag gemacht hatte. Er musste das Geld besorgen.

„Gib... gib mir zwei Wochen Zeit, und ich gebe dir 200 Somon."

Der Elftklässler ließ Malik nicht aus den Augen. Was konnte er jetzt noch tun?

„Wenn nicht, dann sieh dich vor!", drohte der Bullige. Er stieß Malik von sich und verschwand die Treppe hinunter.

Malik zupfte seine Windjacke wieder auf Gürtelhöhe herunter und putzte sich, so gut es ging, den Kalk von seinen Oberarmen. Ja, es war nur vernünftig, das Geld aufzutreiben – und in seinem Kopf reifte bereits der Gedanke heran, wie er das machen konnte.

Warum war es dem Lehrer wichtig zu erklären, dass die Geschichte von Daniel in der Bibel steht?

12. ADRESSE: BAHORSTRASSE 5

Scherdil saß im Wohnzimmer der Familie Rahimov. Der Lehrer hatte ihn vor einigen Tagen
mit seinem Sohn bekanntgemacht. Jovid, ein
Junge mit grünen Augen und dunklen Haaren,
hatte ihm freundlich die Hand geschüttelt.
Die Ähnlichkeiten zwischen Vater und Sohn
war enorm. Der einzige Unterschied zeigte
sich darin, dass Jovid die jüngere der beiden
rahimovschen Ausgaben war. Sie sahen sich
sogar so ähnlich, dass Scherdil sich wunderte,
warum er Jovid, den er schon manches Mal im
Korridor der Schule gesehen hatte, nicht sofort als Sohn des Lehrers erkannt hatte. Sie
hatten sich für Samstag verabredet und be-
schlossen, sich in der Blockwohnung der Rahimovs zu treffen. An der Wohnungstür stand
die Frau des Lehrers und lächelte ihren jungen
Besucher an. Ihr Blick war mild und ihr Gesicht
sympathisch. Hinter ihr erschien Umed Rahi-

mov in einem gestrickten grauen Pullover und grüßte Scherdil. Jovid führte ihn ins Wohnzimmer. Nun ließ sich Scherdil Jovid gegenüber auf der Sitzmatte nieder.

„Wie viele Kinder seid ihr in eurer Familie?", fragte der Sohn des Lehrers und streckte Scherdil eine Packung mit Schokoplätzchen hin. Als der schüchterne Junge sah, dass es seine Lieblingskekse waren, langte er freimütig zu.

„Wir sind drei Geschwister", antwortete Scherdil kauend, „mein Bruder ist sieben Jahre alt. Dann habe ich noch eine kleine Schwester, sie ist noch ein Baby. Und ihr?"

„Meine Schwestern sind Sitora und Maryam, und mein kleiner Bruder heisst Karim. Ich bin der Älteste", erklärte Jovid. Er streckte seine langen Beine auf der Sitzmatte von sich und lehnte sich auf seine Ellenbogen nach hinten, „dein Vater ist Lastwagenfahrer, habe ich gehört."

216

Scherdil senkte verlegen seinen Blick und erwiderte langgezogen: „Jaa... Als Rahimov, oh entschuldige, als dein Vater verunglückt ist, war er es, der den Lastwagen gefahren hat."

„Ich weiß, mein Vater hat es mir erzählt", sagte Jovid wissend.

„Aber mein Vater hat keine Schuld daran, dass der Lehrer ihm unter die Räder gekommen ist", ereiferte sich Scherdil.

Jovid nickte. „Auch das hat mein Vater mir gesagt."

Aus einem anderen Zimmer wurde Jovid beim Namen gerufen.

„Entschuldige, Karim ruft mich."

Jovid stand auf und verließ den Raum. Scherdil nahm sich noch ein Plätzchen und ließ seinen Blick im Raum umherwandern. Ein brauner mit großen Blumen verzierter Teppich lag auf dem Boden. Eine Wohnwand aus Sperrholz, die einer beachtlichen Büchersammlung Platz bot, zierte die eine Seite des Zimmers. Sie konnte aber nicht Scherdils Aufmerksamkeit auf sich lenken. Dazu machte sich Scherdil viel zu wenig aus Büchern. Auf der anderen Seite des Raumes stand eine Truhe, auf welcher mit viel Sorgfalt Sitz- und Liegematten gestapelt waren. An der Wand gegenüber dem Eingang hing das einzige Bild. Es war so groß wie ein normales Schulbuch. Ein schlichter Rahmen schmückte das liebliche Gemälde. Es stellte einen sitzenden Mann dar und um ihn herum viele Kinder, die an seinen Lippen hingen. Es schien so, als ob er ihnen eine spannende Geschichte erzählte.

„Komm rein, Karim, sag dem Gast Guten Tag." Scherdil wandte seinen Kopf und erblickte Jovid mit seinem jüngeren Bruder. Der Kleine grüßte.

„He, Moment mal. Bist du nicht Mirsos Bruder? Ich habe dich schon einmal gesehen", sagte Karim und strahlte.

218

Da Scherdil auch etwas in die Breite gewachsen war, gab ihm das etwas von einem Kuschelbären. Bestimmt war dies einer der Gründe, weshalb kleine Kinder ihn schnell ins Herz schlossen. Seine Augen leuchteten.

Umed Rahimov trat in den Raum. In der einen Hand hielt er seine Gitarre, mit der anderen nahm er ein Plätzchen aus der Packung, die neben den Jungen auf dem niedrigen Salontischchen lag.

„Es ist Zeit, Jungs. Geh'n wir."

Zu dritt verließen sie den Block Richtung Gemeindehaus. Scherdil wusste nicht, was es war, aber die kurze Zeit in der Wohnung seines Lehrers blieb für ihn nicht ohne Wirkung. Vielleicht war es die Ruhe, vielleicht war es aber einfach die entspannte Atmosphäre, die ihm gefallen hatte. Er konnte nicht sagen, warum, aber irgendwie hatte er den Eindruck, als ob er die Familie Rahimov schon seit Jahren kennen würde.

Olam fegte mit mittelgroßem Eifer die Stufen vor dem Laden seines Großvaters. Wie immer verriet sein Gesicht nichts über seine Stimmung. Es war fast fünf Uhr nachmittags, als er Rahimov mit zwei Jugendlichen auf der Höhe der Straße zwischen den Blöcken sah. Er richtete sich auf und erkannte Jovid. Den anderen Jungen mit der rundlichen Figur konnte er mit Leichtigkeit ausmachen. Als er feststellte, dass die drei Richtung Gemeindehaus unterwegs waren, klappte ihm die Kinnlade herunter. Was wollte Scherdil denn dort?

Scherdil erkannte das Haus in der Bahorstraße schnell wieder, wenn auch die Rosen und der Weinstock zurückgeschnitten waren und der Hof heller und offener wirkte. Neben dem Gehweg beim Eingang lag ein zusammenge-kehrter Haufen Laub. Auf dem Platz beim Tor standen einige Jugendliche herum. Die meis-ten von ihnen waren zwei, drei Jahre älter als Scherdil. Der Hof war erfüllt von fröhlichen Stimmen. Jovid grüßte hier und dort einen Be-kannten und stellte ihnen Scherdil vor.

Ein Mann mit schwarzem Schnauzer und dich-ten Augenbrauen schloss die Tür zum Gemein-dehaus auf und ließ die Gruppe eintreten. Der Raum war hell und groß, so wie ihn Scherdil von seinem Auskundschaften in Erinnerung gehabt hatte. Alles war sauber und ordent-lich, doch wäre es falsch gewesen, das Haus luxuriös zu nennen. An allen vier Wänden des Versammlungsraumes entlang nahmen die Ju-gendlichen auf den Sitzkissen Platz, und je-mand verteilte Bücher.

Rahimov schälte seine Gitarre aus der Hül-le und setzte sich neben den Mann mit dem

Oberlippenbart. Scherdil hockte sich zwischen Jovid und einen für sein Alter nicht besonders großen Jungen, der eine weitere Gitarre stimmte. Der Mann grüßte und senkte seinen Kopf zum Gebet.

Scherdil beobachtete, wie auch die anderen ihre Köpfe neigten und stumm dem Leiter zuhörten. Dieser dankte Gott und bat Ihn um den Segen. Beeindruckend war, dass er mit Gott wie mit einem Freund redete. Für Scherdil war das Beten nichts Fremdes, doch kannte er das Gebet als einen Segenswunsch, bei dem man von Gott redete, nicht zu Gott! Nach dem Amen wurden Lieder vorgeschlagen. Jetzt verstand Scherdil, dass es sich bei den „mathematischen Regeln" um die Seitenzahlen des Liederbuchs handelte! Die ganze Gruppe sang mit Eifer die Lieder mit den herzerwärmenden Melodien. Sie wurden mit Gitarre dezent begleitet. Dieses Singen genoß Scherdil, auch wenn er die Lieder vorher noch nie gehört hatte. Er fühlte sich sicher und geborgen. Danach öffnete einer der jungen Männer die Bibel und räusperte sich. Er war ein schlaksiger Anfang Zwanziger. Sein gelber Pullover mit dem Reiß-verschluss-Ausschnitt passte gut zu seinem dunklen Teint. Ernst begann er zu lesen: „Je-sus sagte: Euch aber, die ihr zuhört, sage ich: Liebet eure Feinde, tut wohl denen, die euch hassen; segnet, die euch fluchen, und bittet für die, welche euch beleidigen! Dem, der dich auf die Backe schlägt, biete auch die andere dar, und dem, der dir den Mantel nimmt, ver-weigere auch das Untergewand nicht. Gib je-dem, der dich bittet, und von dem, der dir das Deine nimmt, fordere es nicht zurück."

„Hä?", Scherdil fing langsam an, die Bedeu-tung des Zitates zu verstehen. „Wie kann ein Mensch seinen Feind lieben? Wie ist es möglich, da-mit einverstanden zu sein, dass jemand einem ins Ge-sicht schlägt? Oder wenn jemand einem den Mantel nimmt, wie kann man da noch sein Hemd geben?

223

Sowas ist unmöglich! *Ich war sogar einverstanden,*
Maliks Clique beizutreten, nur damit sie mich nicht
verspotten würden. War das nicht schlau?"

Scherdil sah zu dem Schlaksigen, dann wanderte sein Blick zu seinem Lehrer. Das Gespräch zwischen seinem Vater und Rahimov,
das sie vor Wochen im Krankenhaus nach dem
Unfall geführt hatten, kam ihm in den Sinn.
Scherdil hatte sich damals darüber gewundert, dass Rahimov keinen Hass auf den unbekannten Täter hatte. Ob dies wohl in einem
Zusammenhang mit den Worten des jungen
Mannes im gelben Pullover stand?

Der Anfang Zwanziger las den Text zu Ende
und lud die anderen ein, Gedanken zu dem
Abschnitt auszutauschen. Fast alle beteilig-
ten sich, und Scherdil staunte darüber, wie
ernsthaft die Jugendlichen mitdachten. Eine
Neunzehnjährige mit Pferdeschwanz fragte:
„Aber wie können wir denn sowas einhalten?
Ich habe mir schon so oft Mühe gegeben, aber

224

ich kann einfach nicht zu allen freundlich sein. Und wenn mich dann noch einer beschimpft, dann ist es um meine Beherrschung geschehen und ich flipp' aus."

Scherdil schaute wie alle anderen auch interessiert zu dem Mann mit dem Schnauz.

„Richtig, Lola. Weißt du, aus eigenem Antrieb schaffst du das nicht. Wenn Gott uns nur Regeln an den Kopf geworfen hätte und unsere Hoffnung einzig darin bestünde, dass wir durch das Einhalten derselben in den Himmel kommen, dann wäre es schlecht um uns bestellt. Unsere Kraft reicht nämlich dazu einfach nicht aus." Der Mann legte die flache Hand auf die offene Bibel und fuhr fort: „Deshalb war es nötig, dass Gott Seinen eigenen Sohn in die Welt geschickt hat, damit er unsere Schuld auf sich nimmt und stirbt."

Ein junger kräftiger Mann mit hellbraunen Haaren fragte: „Ich habe das auch schon gehört, aber ich kapier's einfach nicht. Gott hätte doch einfach unsere Schuld übersehen und uns so den Weg in den Himmel sichern können."

Scherdil schaute dem Verlauf des Gespräches wie einem Tennismatch zu. Links, rechts, links, rechts.

Der Mann schüttelte den Kopf und erklärte: „Das ist unmöglich. Seht euch einmal die kleinen Kinder an. Keiner muss ihnen zeigen, wie man herumschreit und andere schlägt. Keiner von uns ist fehlerfrei, oder genauer gesagt, sündlos, weil unsere Herzen von Geburt an schon böse sind. Aber Gott ist ohne Bosheit und Er kann Sünde nicht ertragen. Das nennt man heilig. In der Bibel steht, dass die Opfer, die Menschen bringen, und die guten Taten, die sie tun, uns nicht von der Schuld befreien. Die Schuld bleibt."

Der Junge mit der Gitarre in der Hand nickte bestätigend: „Genau. Mein Vater hat das mal mit einem Autofahrer verglichen. Wenn der

226

Polizist ihn wegen Überfahren der roten Ampel anhält, dann nützt es ihm nichts, wenn er sagt, dass er dafür schon unzählige Male bei der Ampel angehalten und einmal einer alten Frau über die Strasse geholfen habe. Von Rechts wegen ist der Polizist gezwungen, ihm einen Strafzettel zu verpassen. Die vielen Male richtigen Verhaltens an der Ampel haben den Fehler des Autofahrers nicht aufgehoben."

Der mit dem Schnauzer schmunzelte und fuhr fort: „Ja, das ist ein sehr gutes Beispiel. Unsere guten Taten heben nicht die schlechten auf. Behrus, hast du verstanden, was ich gemeint habe, als ich sagte, dass Gott heilig und gerecht sei?"

Der Jugendliche nickte.

„Aber die Heiligkeit Gottes ist nur eine Seite Seiner Person. Er ist auch Liebe und liebt alle Menschen." Der Mann mittleren Alters blätterte in der Bibel und sagte: „In der Heiligen Schrift steht sogar, dass Gott nicht will, dass auch nur ein Mensch in die Hölle geht. So hat er eine Lösung gefunden: Einer musste die Strafe, die wir verdient hätten, für uns ertragen. Da aber alle Menschen schuldig sind, ist die Frage, wer so etwas könnte? Und darum kam *Gott selbst* in die Welt. Gott wurde Mensch, lebte auf diesem Planeten, starb am Kreuz und ist nach drei Tagen auferstanden."

Eine junge Frau mit einem bis zur Hüfte reichenden Zopf und aufrichtigem Blick ergänzte eifrig:

„Das ist doch wie bei einem, der vor Gericht steht. Der Richter verhängt eine Freiheitsstrafe, die gegen Kaution ausgelöst werden kann. Dann merkt der Angeklagte jedoch, dass er unmöglich so viel Geld aufbringen kann. Plötzlich kommt ein Fremder in den Gerichtssaal und legt den nötigen Geldbetrag auf den Tisch des Richters."

Nun hob Rahimov seine Augen und sagte seine Gedanken: „Stimmt, doch unsere Schuld könnte niemals mit Geld oder Gold wiedergut-gemacht werden. Dazu brauchte es das teure Blut des Sohnes Gottes Jesus Christus. Jeder, der an Ihn als Seinen persönlichen Heiland und Gott glaubt und Ihm all seine Schuld bekennt, der wird gerettet. Er wird ein Kind Gottes genannt. Das heißt, er gehört jetzt schon zu Gott und wird einmal in den Himmel kommen."

Das Mädchen namens Lola fragte mit weit aufgerissenen Augen: „Dann heißt das, dass man wissen kann, ob man in den Himmel kommt oder nicht?"

„Ja, und darüber hinaus gibt der Heilige Geist jedem Kind Gottes die Kraft, eben diese übermenschliche Kraft, anderen zu vergeben und seine Feinde zu lieben. Tja, und das ist die Antwort auf deine vorherige Frage, Lola."

Der braunhaarige Junge fragte: „Dann können wir kostenlos in den Himmel?"

„Allein der Glaube an Jesus Christus rettet. Richtig", bestätigte der Mann und ergänzte ernst: „Wir alle müssen uns entscheiden: entweder demütigen wir uns vor dem Herrn Jesus Christus und bekennen unsere Schuld und werden so gerettet, oder wir glauben der Bibel nicht und werden eines Tages in der Hölle erwachen. Gott lädt uns in den Himmel ein, Er zwingt keinen dazu."

Die Jugendlichen saßen in Gedanken versunken da. Ein Lied wurde vorgeschlagen, und alsbald erfüllten warme Klänge den Raum.

Scherdil hatte viele der gesagten Dinge nicht ganz verstanden, aber es war ihm bewusst geworden, dass er bisher herzlich wenig Gedanken darauf verwandt hatte zu überlegen, wer Gott eigentlich war. Und warum fühlte er sich nach der angeregten Diskussion so niedergeschlagen? War es möglich, dass er auf der falschen Seite stand?

Es wird im Himmel einmal kein Mensch sein, der sich selbst auf die Schulter klopfen und stolz sein kann, dass er es bis dorthin geschafft hat. Warum nicht?

13. DIE SCHULD

Malik klopfte nicht gerade behutsam an das ausladend große Fenster des Internetcafés. Ismael hob, vom Spiel berauscht, seinen Kopf über den Monitor und erkannte seinen Kameraden auf der Straße. Der Junge draußen machte sich mit entsprechenden Gesten verständlich und verlangte von Ismael, schnellstmöglich zu ihm herauszukommen. Ismael war für einen Augenblick hin- und hergerissen, ob er das Spiel wirklich abbrechen sollte. Aber da explodierte auf dem Bildschirm bereits sein Flugzeug. Ungeduldig trommelte der Cliquenanführer an die Scheibe. Vielleicht war es wichtig. Ismael warf das Geld für zwei Stunden Spielzeit auf den Tisch neben die Kasse und trat aus der Metalltür auf die Straße.

„Dich zu finden ist kein Kunststück, Ismael", spöttelte Malik mit herzlosem Lachen und fühlte sich ungemein gut. Er war einen Kopf größer als sein Kamerad und hielt sich für ziemlich genial. Ismael biss sich auf die Lippe. Er überlegte, mit welchem gepfefferten Kommentar er es seinem Kameraden heimzahlen könnte, aber es wollte ihm nichts einfallen. Er fragte sich manchmal, warum er Malik folgte. Dieses selbstgefällige Getue nervte ganz schön. „Warum hast du mich gesucht?", fragte Ismael und stützte seine Hände in die Hüften. „Hör zu, ich habe einen Auftrag für dich", sagte der Lange geschäftig.

Im Dämmerlicht der Straßenlaterne war nur die eine Hälfte von Maliks Gesicht zu sehen. Ismael verschränkte die Arme vor der Brust und zeigte damit seine Bereitschaft zuzuhören. Malik wartete ab, bis zwei Passanten an ihnen vorbeigegangen waren.

Mit leiser Stimme sagte er: „Ich brauche Geld, und ich weiß nicht, woher ich es kriegen kann. Ich dachte, dass du mir behilflich sein könntest."

234

„Wie viel?"

„200 Somon."

Ismael pfiff durch die Zähne und stopfte seine Hände in die Hosentaschen. Er fragte nicht, wozu Malik so viel Geld brauchte. Selbst wenn er ihn gefragt hätte, wusste er, dass er ihm nicht antworten würde.

Er zögerte und starrte kurze Zeit sinnend auf den Boden. Unvermittelt fragte er: „Was denkst du über Olam?"

Malik war nicht schwer von Begriff, aber was hatte seine Geldnot mit Olam zu tun?

„Hä? Habe ich was verpasst?"

Ismael runzelte die Stirn. Seine Augenbrauen zogen sich zusammen, als er erklärte: „Hast du dich denn überhaupt nicht gewundert, dass Olam Geld für eine Weltkarte auftreiben konnte."

„Er arbeitet doch im Laden seines Großvaters. Vielleicht gibt er ihm einen Lohn", vermutete Malik. Ismael schüttelte vehement den Kopf.

„Nein, und das weiss ich genau. Sein Großvater würde ihm dafür niemals einen Lohn geben. Aber um an einem anderen Ort zu arbeiten, hat er keine Zeit. Und ich kann nicht glauben, dass ihm der Alte für die Karte einfach so viel Geld geben würde." Ihre Blicke trafen sich.

„Willst du damit sagen, dass er das Geld gestohlen hat?", fragte Malik erstaunt, und sein Kamerad antwortete: „Ganz genau. Natürlich kann ich es nicht mit hundertprozentiger Sicherheit sagen, aber ich bin auch nicht dumm", ergänzte Ismael stolz und strich sich mit der Hand über sein krauses Haar.

Malik warf seinem Kameraden einen verschwörerischen Blick zu. „Seltsam, ob das in der Familie liegt?", murmelte er.

„Was hast du gesagt?" Ismael hatte nicht verstanden, was der andere vor sich hingebrummt hatte.

„Ach, nichts von Wichtigkeit", erwiderte Malik und sah mit leerem Blick zu Boden.

„Ich denke also, dass Olam eine gute Finanz-
quelle wäre, die wir anzapfen können", erklärte Ismael seine hinterlistige Absicht und grinste. Malik verstand sofort.

„...uns trifft die Schuld ja nicht. Schließlich
sind nicht wir es, die das Geld stehlen, sondern Olam. Mensch, Ismael, das ist spitze!",
lobte ihn Malik und zog ihn am Ärmel, „komm,
wir werden gleich morgen den anderen in der
Clique sagen, was Sache ist. Das wird irre!"

„Vater?", sagte Parwis in den Telefonhörer und
wartete aufgeregt auf eine Antwort. Er hatte
sich sofort aus seiner entspannten Haltung
aufgerichtet und saß nun kerzengerade auf
dem Sitzkissen.

„Ja, ich bin's Parwis. Wie geht es dir, mein Junge?", fragte sein Vater.

Parwis überkam ein warmes, wohliges Gefühl. Es war so lange her, seit sein Vater das letzte Mal angerufen hatte, und Parwis wusste, dass es nicht dessen Art war, sich nicht zu melden. Hunderte Gedanken waren ihm deswegen schon durch den Kopf gegangen. Von Schulkameraden und Nachbarn hatte er oft gehört, was alles in Russland passieren konnte. Dieser oder jener kannte einen Mann, der dort schwerkrank geworden war oder sogar starb oder im Gefängnis landete oder bei einer russischen Frau hängengeblieben war. Und nun redete er mit seinem Vater am Telefon!

„Mir geht es gut, ausgezeichnet, danke. Vater, erzähl doch, wie geht es dir?"

„Mir geht es wunderbar, glaub' mir. Und weisst du was? Ich werde bis zum Neujahr bei euch zu Hause sein! Ich habe das nötige Geld zusammen."

„Echt?", sagte der Junge ungläubig und wusste vor Freude nicht, was er sagen sollte. Sein

Vater würde bald wieder daheim sein! Wie sehr liebte er seinen Vater. Diese Nachricht war mit nichts zu vergleichen.

„Wie geht es deiner Mutter? Und den Mädchen?"

„Uns allen geht es gut, danke. Das Geld, das du zurückgelassen hast, wird noch einige Wochen reichen… Sie vermissen dich."

„Und du, mein Junge? Vermisst du mich auch?", wollte sein Vater mit einem Lächeln in der Stimme wissen.

Parwis schämte sich, aber gab mit leiser Stimme zu: „Ja, ich vermisse dich auch."

„Was macht die Schule? Tust du, was die Lehrer dir sagen, und gibst du dir auch Mühe im Umgang mit deinen Schulkameraden?"

„Klaro. Ich gehorche aufs Wort und bin die Freundlichkeit in Person. Mach dir keine Sorgen." Schlagartig war es um Parwis' Stimmung geschehen. Er erinnerte sich an den heutigen Morgen. Er war von Anfang an dagegen gewesen, dass sie aus Olam Geld herauspressten, aber gegen Malik und Ismael hatte er keine Chance. Und als Dovud einverstanden war, schritt man zur Tat. Um Scherdils Meinung scherte sich

keiner. Parwis und Ismael fingen Olam nach der Schule ab und wollten sich mit ihm besprechen. „Besprechen" bedeutete, dass Parwis hinter Olam stand und dessen Arme auf dem Rücken festhielt, während Ismael mit der Faust Olams Magengrube ein paar gezielte Treffer versetzte. Am Ende ließen sie ihn los und gingen weg. Er lag vor Schmerzen gekrümmt am Boden, als Parwis hinter sich schaute. Ihm wurde schlecht. Wenn sein Vater in Moskau wüsste ...

„Parwis? ...Parwis?... Hörst du mich noch?", ließ sich nach einigen Sekunden Stille Vaters Stimme hören.

Parwis rieb sich die Augen und antwortete: „Ja, Vater. Ich höre dich."

„Gut. Grüße die ganze Familie von mir und richte ihnen die gute Nachricht über meine Heimkehr aus", mahnte ihn der Mann fröhlich.

„Ja, Vater."

„Gott behüte dich, mein Junge, Gott behüte dich."

Parwis legte den Hörer auf die Gabel und hing seinen Gedanken nach. Der Junge stutzte, *Gott? Gott würde solche Jungs nicht behüten.*

Malik wartete nach der Schule, bis alle Cliquenmitglieder gegangen waren. Dovud und Scherdil gingen gewöhnlich gemeinsam nach Hause. Heute hatte Dovud aber etwas zu erledigen, und Parwis und Ismael waren mit Olam beschäftigt. Scherdil schlenderte mit einem Hamburger in der Hand und gemischten Gefühlen im Bauch auf Malik zu, der auf der eisernen Bank saß. Wenn der hochaufgeschossene Kamerad ihn in der letzten Pause nicht mit blitzenden Augen aufgefordert hätte, ihn nach dem Unterricht zu treffen, würde er sich schleunigst aus dem Staub gemacht haben. Nun trat er aber leibhaftig vor den Anführer der Clique, und zwar allein. Schon das Treffen heute Morgen war ein Albtraum gewesen. Anfangs hatte er noch gemeint, dass so einfach geschaltete Jungs wie er diese Dinge einfach nicht raffen könnten und die Clique sich mit ihren „Operationen" beweisen wolle. Dann hatte er sich eingeredet, dass sie sich als „Rächer" für das Recht an der Schule einsetzte. Aber nun ging ihm endgültig ein Licht auf. Ihre Aktionen waren Unsinn und schadeten anderen.

Der Lange winkte Scherdil zu, neben ihm Platz zu nehmen. Scherdil blickte schmunzelnd auf die eiserne Bank und setzte sich auf das Metall, als ob es ein königlicher Thron wäre. Schließich war dieser Platz Malik und Dovud vorbehalten. Malik zog ein Bein an und pflanzte den Fuß auf die Bank. Ohne lange zu fackeln, fragte er: „Und, bist du mit Rahimov in die Bahorstraße gegangen?"

Der beleibte Junge nickte bestätigend, wenn auch nur schwach. Das, was er dort gesehen und verstanden hatte, wollte er Malik nicht erzählen. Malik und seine Clique und Jovid und seine Freunde – das waren zwei Welten für sich!

„Na los. Red' schon", verlangte Malik und hob ungeduldig seinen Kopf.

Scherdil kratzte sich im Nacken. Der Kragen seines weißen Schulhemds wurde ihm plötzlich zu eng. Sein Hals schien sich zusammenzuschnüren, und der Hamburger wollte nicht mehr die Speiseröhre hinunterrutschen.

Was sollte er erzählen? Ja, Malik, es war einfach genial dort: die Leute, das Gespräch, die Atmosphäre, der Umgang? Das sollte er sagen? Nein, nicht dem Cliquenchef!

„Hmm... Da kamen mehrere Jugendliche zu-sammen und laßen in der Bibel..." Als er sah, dass Malik auf weitere Ausführungen warte-te, fuhr er gedehnt fort: „...dann, dann ha-ben sie miteinander über den Text geredet..." Malik trommelte ungeduldig auf die Bank. „... und dann haben sie Lieder gesungen... und... und..." Scherdils Stimme verlor sich. Malik merkte bald, dass er nicht auf ein skandalö-ses Ereignis hoffen konnte und verlor schnell das Interesse. *Langweilig. Nichts von Wichtigkeit. Kaum gegen den Lehrer zu verwenden.*

Er sprang auf, schwang seine Schultasche auf seine Schulter und sagte zu dem dicklichen Kameraden mit einem Blick, der ein General einem unfähigen Rekruten zugeworfen hätte: „Ich wusste, dass du zu nichts taugst."

„Aber ich... ich habe doch keinen Fehler ge-macht", verteidigte sich Scherdil verdattert.

„Deine Existenz ist ein einziger Fehler, Mann", spie Malik gemein aus und ging von ihm weg.

Scherdil schaute ihm mit hängenden Schultern hinterher.

Dovud starrte gedankenverloren aus dem vergitterten Fenster in den Hof. Das Haus seines Vaters war nach Samarkander[11] Stil gebaut. Alle Zimmer des Gebäudes waren rings um einen viereckigen Innenhof angelegt. In seiner Mitte befanden sich der Garten seiner Mutter und ein Kat[12], welches im Sommer als Sitzgelegenheit diente. Der schwache Sonnenschein ließ die grünen Blätter und der orangefarbene Kaki in warmen Farben leuchten. Ein Granatapfelbaum mit roten, dickschaligen Früchten stand wie ein Wächter im feierlichen Licht vor der Haustür, die Dovud von seinem Zimmer

11   Samarkand ist eine Stadt im Herzen Asiens, die während der Zeit, als die Seidenstraße rege benutzt wurde, von Wichtigkeit war.
12   Ein bettähnliches Holzgestell, das zugleich als Bank und Tisch dient und vielen Personen Platz bietet.

aus sehen konnte. Die Natur wirkte in ihrer herbstlichen Stimmung ruhig und geradezu friedlich. Doch in Dovuds Innerem war es alles andere als ruhig und friedlich. Zu seiner Laune hätte ein Sturm mit Windstärke 10 gut gepasst. Er saß auf einem Stuhl an seiner Schulbank und hing seinen Gedanken nach. Ja, früher hatte ihre Clique viel zu lachen. Zwar hatten sie sich einige Male mit ihren Streichen zu viel erlaubt, aber es war ein Ausprobieren, ein Kräftemessen. In diesem Jahr hatten sie sich aber einige Dinge erlaubt, die nicht mehr lustig waren. Und das mit Olam… das war echt gemein. Dazu kam noch, dass er seinen besten Freund Scherdil, der seit dem Kindergarten für ihn sein letztes Hemd hergegeben hätte, verlieren würde – ja, er spürte es genau.

Die Hausglocke läutete. Aus seinen Gedanken gerissen, verstaute er das Buch mit den hebräischen Schriftzeichen, das vor ihm lag, in der Schublade.

246

Eine seiner Schwägerinnen öffnete seine Zimmertür und führte einen Gast in den Raum.

„Hallo Dovud, wie geht's?", fragte Parwis und blieb an der Schwelle stehen. Dovud erhob sich und grüßte seinen Freund.

„Was machst du?", wollte der Junge wissen.

Dovud fuhr sich mit den Fingern durch die Haare.

„Ich... ich habe einfach dagesessen. Komm. Setz dich aufs Sitzkissen", lud er Parwis ein.

Der Gast war hin- und hergerissen, ob er wirklich Platz nehmen wollte.

„Ich muss dir etwas Wichtiges sagen, Dovud. Aber dazu brauche ich nicht viel Zeit."

Dovud versuchte, mit aufmerksamen Augen in Parwis' Gesicht zu lesen und sagte: „Na, du wirst dich doch noch hinsetzen können, oder?"

Parwis hielt es plötzlich für eine gute Idee, auf dem Boden zu sitzen. Seine Knie wurden weich. Ohne seine Jacke auszuziehen, setzte er sich hin. Dovud tat es ihm gleich. „Okay. Schieß los. Was gibt's?" Wie immer gab es auf Dovuds Gesicht keinen Hinweis, der seine Unsicherheit verraten hätte. Parwis spielte mit den Fingern am Reissverschluss seiner Jacke und begann unbeholfen: „Mein Vater wird aus Russland zurückkehren..."

„Schön. Das freut mich", nicht dass man das an Dovuds Augen hätte erkennen können. „Gratuliere. Aber du bist doch nicht zu mir gekommen, um mir das zu erzählen", fragte er listig.

„Nein, ... nein, deswegen bin ich nicht gekommen." Parwis starrte auf die nackte Glühbirne an der Decke, „ich wollte sagen, dass... dass..." Die Worte kamen ihm einfach nicht über die Zunge.

Dovud hob sein Kinn und wartete stumm.

„...dass ich aus der Clique raus bin", platzte Parwis heraus. Dovud sah ihm gelassen in die Augen. „Du wirst dich an unsere Abmachung

248

erinnern, was mit demjenigen geschieht, der die Gruppe verlässt", sagte er mit drohendem Unterton. Parwis benetzte sich mit der Zunge die trockenen Lippen. Sein Herz klopfte wild.

„Diesen Schritt würdest bereuen. Das weisst du genau. Das, was wir heute mit Olam gemacht haben, könnte ganz schnell auch mit dir passieren", versuchte Dovud ihm Angst einzujagen.

Parwis blickte auf seine nassgeschwitzten Hände, die auf den Oberschenkeln ruhten, und nickte gefasst.

„Darum tue ich es auch erst jetzt. Ich kann nicht mehr. Ich komm' mit meinem Gewissen seit längerem nicht mehr klar ..."

„Oh, hört, hört. Du hast ein Gewissen? Seit wann?", spottete Dovud mit nach unten gezogenen Mundwinkeln. Parwis schoss unvermittelt hoch und ging zur Tür. An der Schwelle wandte er sich noch einmal zu seinem Kameraden, seinem früheren Kameraden.

„Ja, Dovud. Ich habe ein Gewissen, darum mache ich nicht mehr mit."

„Komm, Parwis, hab dich nicht so. Wir können doch über alles reden." Dovud erkannte den entschlossenen Tonfall seines Besuchers und versuchte es nun mit einer anderen Taktik: „Ich geb' dir 'ne Woche Zeit, damit du dir die Sache in Ruhe überlegen kannst. Das wird dir helfen, deinen Schritt zu überdenken und deinen Austritt zurückzunehmen." Trotzdem konnte er es nicht unterlassen, noch hart hinzuzufügen: „Wenn nicht, dann kennen wir kein Erbarmen."

„Danke. Ich brauche nicht mal mehr eine Sekunde. Macht doch mit mir, was ihr wollt", sagte der Junge beherrscht und schlüpfte schnell durch die Tür. Hatte Dovud verstanden, dass dieser Entscheid mehr Mut von Parwis abverlangte, als alles andere, was er für die Clique getan hatte? Er blieb unbewegt auf der Matte sitzen und bohrte seinen leeren Blick ins Tür-

blatt. „*Wir sind zu weit gegangen. Parwis hat recht*",
klagte ihn eine Stimme in seinem Inneren an,
„*aber Verrat der eigenen Freunde ist das Letzte*",
sann er trotzig und musste sich gleichzeitig
eingestehen: „*Aber wir sind keine Freunde, wir sind
... nur Kameraden.*"
Jedenfalls würde er Parwis eine Woche Zeit geben.

Parwis hatte sich überwunden, die Clique zu verlassen. Warum kostete ihn das mehr Mut, als alles andere, was er vorher für die Clique getan hatte?

14. SCHLECHTE FREUNDE

Es regnete in Strömen. Darum tummelten sich die Schüler zwischen den einzelnen Stunden nicht auf dem Pausenplatz. Ismael hatte sich neben dem Jungen, der heute Türdienst hatte, an die Wand gelehnt. Ein Fuß stützte ihn an der Wand ab, auf dem anderen lag sein ganzes Gewicht. Jeder Schüler, der hinaus wollte, musste an ihm vorbeigehen. Er verschränkte die Arme und sah jeden mit einem kontrollierenden Blick an.

Es war abgemachte Sache gewesen, dass Parwis und er sich mit Olam beim Brunnen im Hof treffen würden. Nun hatte ihnen das Wetter einen Streich gespielt. Und zudem war Parwis nicht zum Unterricht gekommen. Er habe sich erkältet und liege im Bett. Doch das, was zu erledigen war, musste getan werden. Einige Schüler streiften sich die Kapuze vom Kopf und huschten durch die Eingangstür ins Trockene.

Andere verließen das Gebäude und öffneten ihre Regenschirme. Endlich löste sich Olams Schatten aus dem Dunkel des Korridors. Er hielt seinen Blick starr auf den gekachelten Fussboden gerichtet und sah nicht, wie Ismael sich von der Wand abstieß, den Kragen seiner Windjacke nach oben klappte und ihm aus der Tür hinaus auf den Hof folgte.

„Hey Olam, warte", rief Ismael gegen den Lärm des Regens an. Sein Ton machte unverkennbar klar, dass es keine Bitte, sondern ein Befehl war. Olam blieb im prasselnden Regen stehen und starrte stur nach vorne. Ismael holte ihn schnellen Schrittes ein. Es goß wie aus Kübeln. Innerhalb kürzester Zeit waren sie klatschnass.

„Hast du's?", fragte Ismael knapp.

Olam nickte und zeigte auf seine Jackentasche.

„Los, her damit!", verlangte Ismael grob. Seine Locken verwandelten sich zu nassen Fäden, die an der Stirn klebten. Das Wasser lief ihm in Bächen über das Gesicht.

Olam fror. Er öffnete den Reiß verschluss der Jackentasche und steckte seine Hand hinein. Als er die Geldnoten unter seinen Fingern fühlte, sagte er mit unverhohlenem Blick zu Ismael: „Du und deine Clique, ihr seid alle feige. Klaut doch selber, wenn ihr Geld braucht!"

„Halt den Mund! Wer hat gesagt, dass du reden sollst? Ich will deine Meinung nicht wissen!"

Olam kniff seine Augen zusammen und raunte: „Und du willst auch nicht wissen, dass einer von euch ein Verräter ist?"

Ismael spürte den Regen nicht mehr und packte Olam am Kragen. Mit wildem Blick sah er ihn an, als er fragte: „Was willst du damit sagen?"

„Ich meine nur, dass... einer von euch mit Rahimov zu der christlichen Gemeinde geht...", flüsterte der Junge, von Ismaels Gehabe ein-

255

geschüchtert. Ismael löste sich von ihm und warf seine Hand in die Luft.

„Du willst doch nur, dass wir uns wegen deinem dummen Geschwätz in der Gruppe streiten!", sagte er, aber der Zweifel war gesät.

„Okay, okay, mach halblang." Olam konnte förmlich spüren, dass Ismael angebissen hatte. Er zog seine Jacke, die ihm über die Hüften hochgerutscht war, wieder unter den Gürtel und nahm das Geld aus der Tasche. „Hier ist das Geld."

Ismael langte blitzartig danach und stopfte es, ohne zu zählen, in seine Brusttasche.

„Ich werde nachher nachzählen. Weh dir, wenn auch nur ein Somon fehlt!", drohte er.

Olam sagte nichts mehr und ging weg, doch Ismael rief hinter ihm her. Der Braunhaarige drehte sich um.

„Ja?" Seinen Kopf zur Seite gelegt, wollte Ismael wissen: „Wen hast du gesagt, hättest du mit dem Lehrer gesehen?"

256

„Scherdil", erwiderte er, ohne mit der Wimper zu zucken, und ging davon.

Olam überkam ein Triumphgefühl. Was wäre, wenn Maliks Clique sich das Opfer aus den eigenen Reihen aussuchen würde? Der Regen war nur noch ein leichtes Nieseln.

Malik schaute auf die Uhr. Es war schon zehn nach fünf. Er blickte zum Fussballfeld, auf welchem sich mehrere Pfützen gebildet hatten. Kein Mensch war da. Am Morgen hatten sie in der Clique angekündigt, dass sie sich um 17.00 Uhr im Park neben der Schule treffen würden. Der Himmel war verhangen und das Licht trübe. Vom morgendlichen Regen war immer noch alles nass. Einzig der Unterstand neben dem Sportplatz war trockengeblieben. Auf dem lehmigen Boden lagen grünes Laub und Ästchen, die sich durch den Niederschlag nur unfreiwillig dem Gesetz der Schwerkraft gefügt hatten. Eine rostige Eisenbank war die einzige Sitzgelegenheit, doch das Metall war kalt und feucht. Malik zog es vor zu stehen. In einiger Entfernung sah er Dovud und Scherdil näher kommen. In Scherdils Hand war ein Regenschirm. Selbst jetzt, da es aufgehört hatte zu schütten, war sein Schirm offen. Etwas weiter hinter ihnen erschien Ismael. Bis sie zu ihm gelangten, hing Malik seinen Gedanken nach. Er brauchte das Geld dringend! Der Bär aus der elften Klasse hatte ihm wirklich Angst eingejagt. Heute hatte er Malik wieder in die Zange genommen und sein Geld gefordert. Scherdil machte seinen Schirm zu und schüttelte ihn aus, als sie den wandlosen Unterstand aus Beton erreicht hatten. Dovud grüsste den Langen. Ismael war die letzten Meter gerannt. „Wo ist Parwis?", fragte Dovud.

Ismael zog seine Lippen nach unten und spuckte auf den Boden.

„Parwis ist ein Feigling. Er hat mich die ganze Arbeit alleine machen lassen!" Während er das Geld aus der Tasche hervorkramte und es Malik in die Hand drückte, sagte er: „Er hat vorgegeben, die Grippe zu haben. Wer's glaubt. Der hat doch Angst gekriegt."

Dovud war schlau genug, sein Wissen um Parwis' Austritt nicht preiszugeben. Noch immer hoffte er, dass er es sich anders überlegen und zur Clique zurückkehren würde. Deshalb erwiderte er: „Lass Parwis aus dem Spiel. Er liegt wirklich im Bett."

Malik wandte sich Ismael und dem Geld in seiner Hand zu. Scherdil nahm einen großen roten Apfel aus seiner Jackentasche und rieb ihn an der Hose sauber.

„Hast du das Geld gezählt? 200 Somon?", wollte er wissen. Ismael nickte wichtig.

„Unser kleiner Dieb ist ja richtig in Form. Gut gemacht", grinste Malik und stopfte das Geld in seine Brusttasche.

„Malik, warum wolltest du, dass wir uns hier treffen?", fragte Dovud.

Scherdil biss in seinen Apfel und kaute, biss und kaute, biss und kaute.

„Mensch, hör endlich auf damit! Ich kann das nicht mehr hören", fuhr Malik den Dicken ungeduldig an und stellte etwas ruhiger zu Dovud gewandt, klar: „Das war nicht meine Idee. Ich dachte, du wolltest, dass wir uns hier verabreden."

Scherdil bemühte sich, nur noch mit den Zähnen an der Frucht zu mümmeln.

„Nein, das war meine Idee", gab Ismael von sich und erklärte: „Das, was ich euch sagen will, wollte ich nicht auf dem Schulhof sagen." Alle schauten ihn verwundert an.

„Unter uns ist ein Verräter", brach es aus Ismael heraus. Er ließ seinen Blick prüfend von einem zum anderen schweifen. Dovuds Herz begann heftig zu schlagen. Hatte Parwis Ismael bereits verraten, dass er aus der Clique raus

war? Oder hatte er es über andere erfahren?
„Mann, red deutlich! Ich versteh' überhaupt nichts", sagte Malik ungeduldig und warf seine Hand in die Luft.

„Olam hat mir gesagt, dass..."

„Wer ist Olam für dich? Was hörst du auf einen wie Olam?", schnitt Dovud ihm brüsk das Wort ab, „dessen Meinung ist wohl das Letzte, was wir brauchen."

Ismael wurde böse, und anders als sonst schrie er Dovud an: „Du willst ihn nur decken! Du deckst ihn ja immer, weil er dein Freund ist! Er ist ein Verräter, verstehst du? Ein Verräter!"

„Wieso ist er mein Freund? Er ist doch nicht mein Freund. Wir sind alle einfachen Kameraden", antwortete Dovud mit ruhiger aber genervter Stimme. Malik sah von einem zum anderen. Was war mit seiner Clique los?

„Seid mal alle still, Mann! Ich krieg's nicht auf die Reihe. Kann mir vielleicht einer mal sagen, wer was wann gemacht haben soll?"

Ismael berichtete atemlos: „Olam hat gesagt, dass er gesehen habe, wie Scherdil mit unserem Klassenlehrer in die christliche Gemeinde gegangen ist!"

Scherdil, der gerade den Butzen seines Apfels in den Mund stecken wollte, ließ seine Hand sinken und starrte den Jungen an. Sein Kinn klappte nach unten, und seine Augen waren weit aufgerissen. Dovud stutzte. Sein Kopf arbeitete auf Hochtouren. Es ging hier gar nicht um Parwis, sondern um Scherdil!

„Willst du damit sagen, dass dieser Affe uns verraten hat?", fragte Malik verächtlich und machte einen Schritt auf Scherdil zu. Der beleibte Junge schloss seinen Mund und ließ den Butzen zu Boden fallen.

„Aber... Malik, du... hast doch selber gesagt, dass ich... in die christliche Gemeinde gehen solle", stotterte Scherdil.

„Ich?", rief Malik aus und tippte mit dem Zeigefinger auf seine eigene Brust, „wann soll ich

262

sowas gesagt haben? Du hast sie ja nicht mehr alle." Dovud beobachtete stumm die Szene. Gerade hatte er erleichtert festgestellt, dass noch keiner etwas von Parwis wusste. Aber was sollte er nun über Scherdil denken?

„Erinnerst du dich nicht?", fragte Scherdil den Anführer eifrig. „Es war an dem Tag, als wir heimlich dem Lehrer nach spioniert haben."

„Sei still, Dicker", fuhr Malik ihn an, „wenn ich Aufträge habe, dann erteile ich sie Ismael oder Parwis, aber sicher nicht dir."

„Werfen wir ihn aus der Clique", schlug Ismael vor, der sich hämisch über Maliks Reaktion freute. Nur zu sehr war Malik mit diesem Vorschlag einverstanden.

„Ich glaube, Scherdil hat einfach nicht verstanden, was er da getan hat...", versuchte Dovud vage seinen Freund zu decken.

„Hör auf damit, Dovud! Stimmen wir ab. Wer ist dafür, dass Scherdil aus der Clique geworfen wird – und zwar achtkantig?"

Maliks Arm schoss blitzartig in die Höhe, und Ismaels Hand folgte sofort. Endlich würde Dovud seinen Freund nicht mehr decken können. Als Malik sah, dass der Blauäugige zögerte, sagte er: „Komm, Dovud, wenn Parwis hier wäre, wäre er auch einverstanden." Wenn Parwis hier wäre …

„Macht doch, was ihr wollt", erwiderte Dovud knapp, drehte sich um und ging geschlagen davon. „He, was ist das für eine Antwort?", rief ihm Ismael hinterher, „wir entlarven einen Verräter, und dir ist es egal!"

„Lass ihn. Wir wissen, was wir zu tun haben", sagte Malik und zielte mit seiner rechten Faust in Scherdils Magen.

Es klingelte und Nasira Rahimov öffnete die Wohnungstür. Vor ihr stand ein rundlicher Schüler. Der Junge starrte zu Boden.

264

„Ja, bitte?", fragte die Frau unsicher. Der Junge hob langsam seinen Blick, und sein Gesicht wurde vom Licht der Garderobe, das ins dunkle Treppenhaus schien, erhellt. Sein rechtes Auge war blau, und die Brille lag ihm mit zerbrochenen Gläsern schräg auf der Nase. In seiner Hand hielt er einen verbogenen Regenschirm.

Nasira erkannte ihn. Sie machte einen Schritt zurück und bot bei seinem traurigen Anblick sofort an: „Komm doch rein." Schnell rief sie in die Wohnung: „Umed? Komm doch bitte schnell. Wir haben... einen Gast."

Scherdil trat ein, und die Frau bemerkte, dass er gebeugt ging. Offensichtlich hatte er starke Bauchschmerzen. Bei der Garderobe half sie ihm aus der Jacke. Er musste sich hinknien, um seine Schuhe ausziehen zu können. Rahimovs Schatten fiel auf Scherdil. Der Junge sah mit einem Blick zu seinem Lehrer auf, der jedes Herz zum Erweichen gebracht hätte, und grüßte ihn dumpf. „Komm ins Wohnzimmer, Scherdil", sagte der Lehrer knapp und bemühte sich, ihn eiligst in die Stube zu befördern, um ihn vor den neugierigen Blicken der kleinen Kinder, die ihm gefolgt waren, zu schützen.

Im Wohnzimmer saßen Jovid und seine Schwester Sitora um den niedrigen Esstisch am Boden und machten ihre Hausaufgaben. Das Mädchen kramte sogleich ihre Schulsachen zusammen, erhob sich und verließ das Zimmer. Karim und Maryam standen mit grossen Augen an der Schwelle. Ihr Vater schloß wohlweislich die Tür direkt vor ihren Nasen. Nun waren die drei allein.

Ein kleiner Elektroofen mit glühendroten Drähten stand in der Ecke und erwärmte den Raum. Jovid wies Scherdil an, sich neben ihn auf die Sitzmatte zu setzen. Ächzend liess sich der junge Gast nieder.

„Dann erzähl mal, Scherdil. Was ist passiert? Wer hat dich so zugerichtet?"

Scherdil hob langsam seine Augen, das heißt das linke, gesunde, und bekannte: „Herr Rahimov, ich bin nicht gekommen, um zu petzen, aber so kann ich unmöglich nach Hause. Was wird meine Mutter bloß denken?"

Der Mann meinte gelassen: „Nun, sie wird denken, dass du dir die falschen Freunde ausgewählt hast."

Scherdil starrte auf seine Hände und nickte wehmütig. *Ja, er hatte schlechte Freunde ausgewählt.*

„Hör zu. Wenn du willst, dass ich dir helfe, dann musst du mir sagen, was passiert ist", verlangte der Lehrer ernst. „Verstehst du? Ich möchte dir auf die richtige Weise helfen."

„Komm schon, Scherdil, wenn du's meinem Vater sagst, dann ist es nur zu deinem Besten", ermutigte ihn Jovid.

„Unsere Clique... also, die anderen der Clique, meine ich ...", Scherdil wurde es elend, „nein, Herr Rahimov, das kann ich nicht."

„Dann lass mich es erzählen", sagte der Lehrer und hielt sein Kinn in der Hand, „deine Clique, also Malik, Dovud, Parwis, Ismael und du hattet Zoff." Scherdil sah verblüfft zu Rahimov. „Richtig. Woher wissen Sie das denn?"

„Weil ich eins und eins zusammenzählen kann, Scherdil. Seit meinem Unfall weiß ich, dass Maliks Clique zu allem fähig ist."

„Sie... Sie wissen, wer die Bremsen kaputtgemacht hat?", fragte der Junge ungläubig, und der Lehrer nickte bestätigend.

„Aber wer hat es Ihnen gesagt?"

Rahimov tauschte kurz einen Blick mit seinem Sohn aus. Jovid nickte, und der Mann sprach: „Eure Clique blieb an jenem Tag länger als sonst in der Schule. Und Jovid hat gesehen, wie Ismael durchs Kellerfenster geschlüpft ist."

„Aber Sie haben nie etwas darüber gesagt oder was gegen unsere Clique getan", entgegnete der Schüler zweifelnd.

Rahimov atmete tief ein.

„Nein, habe ich nicht, weil ich euch vergeben habe. Aber seit jenem Tag ist etwas für mich anders geworden."

„Was denn?", wollte Scherdil wissen.

„Seit jenem Tag bete ich viel für eure Clique", lächelte der Lehrer. Scherdil berührte mit der Hand sein geschwollenes Auge und sah zu Rahimov.

„Sie beten, dass Gott uns straft, nicht wahr?", fragte er ernst. Umed Rahimov und Jovid lachten auf.

„Nein, der Herr sagt in der Bibel, dass wir unsere Feinde lieben sollen. Ich bete, dass Gott eure Herzen verändert. Und ich glaube, teilweise hat Er mein Gebet schon erhört."

Scherdil ließ seinen Kopf hängen und sah mit leerem Blick auf seine Hände im Schoss. Ja, der Lehrer hatte recht. Früher hatte er über Gott nicht nachdenken wollen. Aber seit jenem Tag, an dem er erkannt hatte, dass er schuldig, oder genauer gesagt ein Sünder, ist –

und das war ihm am Tage des Unfalls bewusst geworden –, spürte er, dass er niemals von sich aus mit Gott ins Reine kommen konnte. Er brauchte Gott. Er brauchte Seine Vergebung!

„Ich... ich wollte aus Maliks Clique austreten, aber ich hatte Angst vor dem, was sie nachher mit mir tun würden", flüsterte Scherdil beklommen, „ich dachte, dass sie mit mir wie mit Olam umgehen würden. Tja, und heute haben sie mich aus der Gruppe ausgestoßen..." Jovid musterte den armen Jungen.

„Auf jeden Fall sind sie heute mit dir wie mit Olam umgegangen", bestätigte er trocken.

„Dass die anderen sowas mit dir gemacht haben, wundert mich echt nicht, aber ich dachte, Dovud sei dein Freund. Hat er dir denn nicht geholfen? Jeder weiß doch, dass er das letzte Wort in der Gruppe hat."

Scherdil schloss seine Augen. *Dovud? Dovud hatte gesagt, dass er nicht sein Freund sei, und war, ohne zurückzuschauen, einfach weggegangen.* Der Schüler schüttelte traurig den Kopf. *Nein, Dovud hatte ihm nicht geholfen.*

„Und warum haben sie dich aus der Clique ausgeschlossen?", fragte der Lehrer mit mildem Blick.

Scherdils Lider hoben sich, und er sah zu Jovid. „Sie... sie haben rausgekriegt, dass ich mit euch in die christliche Gemeinde gegangen bin", gestand der Junge.

Rahimov schmunzelte. Langsam fragte er: „Und nun bereust du es, mit uns mitgekommen zu sein?"

Scherdil schaute zwischen Vater und Sohn hin und her. *Bereuen? Wie konnte er es bereuen, mitgegangen zu sein?* Das erste Mal seit seinem Besuch setzte sich Scherdil wie ein Mann mit geradem Rücken auf und sagte mit fester Stimme:

„Nein, Herr Rahimov, ich bereue es nicht. Und wenn Sie einverstanden sind, dann komme ich ab jetzt immer mit." Nach diesem mutigen Bekenntnis war es um Scherdils Mut geschehen. Seine Augenbrauen schossen verzweifelt in die Höhe, als er klagend hinzufügte: „Aber ich habe furchtbare Angst vor Malik."

Jovid tat der Junge leid. Er fragte seinen Vater: „Was können wir tun, damit Scherdil keine Angst mehr haben muss?" Rahimov schloss seine Augen und dachte nach. Nach wenigen Sekunden erklärte er: „Wir können nichts tun, jedenfalls nichts Gewöhnliches. Aber wir können beten, Scherdil. Der Herr kann dich am besten beschützen, oder? Lass dir von ihnen keine Angst einjagen, okay?" Scherdil presste seine Lippen aufeinander. Ja, er wollte Rahimovs Worten glauben. Der Lehrer machte die Augen zu und betete: „Allmächtiger Herr, wir danken Dir, dass Du unsere Gebete erhörst und willst, dass wir Dir unsere Nöte sagen. Wir bitten Dich für Malik, Dovud, Parwis und Ismael. Verändere die Herzen dieser Jungen. Hilf, dass sie Scherdil in Ruhe lassen. Aber wir wollen dich auch darum bitten, dass sie nicht auf ihrem falschen Weg bleiben. Schenke, dass diese vier deine Liebe kennenlernen dürfen und zu Dir umkehren. Im Namen von Jesus Christus. Amen."

Alle sagten Amen und öffneten ihre Augen. Auf Scherdils Gesicht erschien ein breites Lächeln.

Die Wohnzimmertür ging auf und Nasira kam mit Watte, Jod und einer Schüssel warmem Wasser herein.

„Ich glaube, hier braucht ein Patient fachmännische Behandlung", sagte sie und stellte ihre Sachen neben Scherdil auf den Boden.

Rahimov beobachtete nachdenklich, wie seine Frau dem Jungen das Auge wusch und die Wunde verarztete. *Maliks Clique... Gott hat bei einem der fünf Sein Werk getan. Ob es für Ihn ein Großes wäre, auch die Herzen der anderen vier zu verändern?*

Scherdil hatte etwas Wichtiges begriffen, was der Lehrer als Antwort auf seine Gebete verstand. Was war das?

274

15. PARWIS

„Nilufar, hilf Lola mal. Zieh ihr den Mantel an",
befahl die Mutter ihrer jüngsten Tochter und
hastete zur Garderobe. Nilufar zupfte die ein-
gestülpten Ärmel aus dem Mantel und reichte
ihn ihrer blinden Schwester. Sie legte einen ro-
safarbenen Schal um Lolas Hals.

„Parwis, wo hast du den Hausschlüssel hin-
gelegt? Lola, nun bleib' doch auf einer Seite
stehen. Ich finde meine Stiefel nicht." Parwis
stand, von Kopf bis Fuss gut eingepackt, neben der Tür und angelte den Hausschlüssel
aus seiner Jacke. Er schien gelassen, doch in-
nerlich war er aufgewühlt. Heute würden sie
ihren Vater vom Bahnhof abholen! Der Onkel
hatte angerufen und ihnen angekündigt, dass
der Zug in einer Stunde in Duschanbe einfah-
ren würde.

„Was wird euer Vater sagen, wenn er als Begrü-
ßungsessen nur eine fleischlose Suppe vor-

gesetzt bekommt! Warum hat er nicht früher angerufen? Wie peinlich!", redete die Mutter aufgeregt drauflos. Seit Tagen hatte sie verkündet, dass sie zu Vaters Heimkehr etwas ganz Besonderes kochen wolle. Aber jetzt war keine Zeit mehr dafür, und die Frau war völlig durcheinander.

„Ich finde meinen zweiten Handschuh nicht", quengelte Nilufar und hüpfte von einem Bein aufs andere.

„Aua, Nilu, pass doch auf. Du bist mir auf den Fuß getreten", beschwerte sich die Mutter.

Seit dem Tag, an dem sie gehört hatte, dass ihr Mann bald nach Hause komme, wirkte sie wieder jünger und lebensfroher. Parwis musste zugeben, dass die Monate ohne Vater nicht nur für ihn, sondern für die ganze Familie eine schwierige Zeit gewesen war. Er erinnerte sich nicht mehr, wie sie zum Bahnhof gelangten. Er wusste nur noch, dass sie sehr lange draußen in der Kälte gestanden und schrecklich an Fingern und Zehen gefroren hatten, bis endlich ihr Vater herausgekommen war.

Zuerst strömte eine Gruppe unzähliger namenloser Männer aus dem Zug, Gastarbeiter aus Russland. Ausnahmslos alle trugen schwarze Wollmützen, die sie über ihre Ohren und tief in die Stirn gezogen hatten, und dunkle, nicht allzu wintertaugliche Lederjacken. In den Händen hielten sie jeweils ein oder zwei Sporttaschen. Die einen hasteten zielstrebig in Richtung Ausgang, die anderen ließen ihren Blick über die Menschenmenge schweifen, um ein bekanntes Gesicht zu entdecken, jemanden, der sie abholte. Endlich tauchte unter der Gruppe der Kopf von Parwis' Vater auf. Seine stattliche Größe half ihm, schnell seine Familie auszumachen. Zwei große mit Klebeband umhüllte Taschen an seinen Leib gepresst, eilte er zwischen den Männern hindurch zu seiner Familie. Parwis fühlte sich in diesem Augenblick erwachsen, als er als einziger Mann und Beschützer der Familie diesen Status wieder dem rechtmäßigen Familienoberhaupt zurückgab.

Die Heimkehr des Vaters war für Parwis ein Tag ohnegleichen. Erst zu Hause kam er wieder zu sich und konnte fassen, dass sein Vater wieder gesund und munter, ja sogar einige Kilos schwerer geworden, bei ihnen daheim war.

Ismaels Laune war auf den Nullpunkt gesunken. Er starrte gedankenverloren aus dem Küchenfenster. Noch drei weitere Wochen und dann würden die Winterferien anfangen. Was sollte er während des ganzen Tages bloß machen? Anfangs fand er die Aussicht auf einen Monat ohne Schulunterricht sehr erhebend, und er sah sich schon von morgens bis abends im Internetcafé. Doch heute nach dem Frühstück hatte er sich mit seiner Mutter gestritten. Obwohl das in letzter Zeit sehr oft vorkam, war es diesmal schlimmer.

Seine Mutter war in den vergangenen Wochen immer sehr spät nach Hause gekommen. Im Gegenzug dachte Ismael, dass ihm dies das Recht gebe, bis in die Nacht am Computer zu hocken. Aber woher konnte er wissen, dass seine Mutter an den letzten drei Arbeitstagen bereits Punkt sechs Uhr daheim war? Warum sie ständig genervt war, das konnte er sich ausmalen. Und heute morgen stand sie neben Ismael vor dem Badezimmer und kündete aus heiterem Himmel an: „Ich will nicht mehr, dass du ins Internetcafé gehst."

„Hä?", brachte der Junge mit ungewaschenem Gesicht und kleinen Augen hervor.

Die Frau blieb im Halbdunkel des kleinen Korridors, dessen Fläche gerade mal zwei Quadratmeter betrug, stehen. Sie stützte ihre Hände in die Seiten.

„Mein ganzes Geld verpulverst du mit deiner Spielerei, und schau dich mal an! Am Morgen schaffst du es kaum aus dem Bett", klagte sie ihn an.

„Vielleicht habe ich kein Vorbild", kam es wie aus der Pistole geschossen zurück.

Seine Mutter holte Luft, sagte dann aber beherrscht: „Ich bin in dieser Woche jeden Tag früh nach Hause gekommen."

„Ja, klar, seit deine Freundin Salima nichts mehr von dir wissen will", spie er dreist aus, wobei er das „In" von „Freundin" betonte.

„Ismael! Was meinst du eigentlich, wer ich bin!", rief die Frau schockiert aus und fügte dann ruhiger hinzu: „Salima... Salima und ich, wir sind seit unserer Kindheit Freundinnen. Wir waren in derselben Klasse, glaub' mir." Ihre Stimme vibrierte. Dem Jungen schien es, dass seine Mutter die Lüge gerade neu gesponnen hatte. Oder wie kam es, dass er ihre Freundin bisher nie zu Gesicht bekommen hatte, wenn sie sich schon seit so langer Zeit kannten? Der herabwürdigende Blick, den Ismael ihr zuwarf, war schlimmer als alle Worte. Ohne ein weiteres Wort zu verlieren, ging er ins Badezimmer und verriegelte hinter sich die Tür. Er drehte den Wasserhahn am Waschbecken auf und wusch sich. Die Stimme der Mutter war durch die Tür zu hören:

„Ich werde dir keinen Cent mehr fürs Internet geben! Das ist mein letztes Wort." Die Haustür wurde zugeschlagen. Er vermutete, dass sie beleidigt war.

Ismael trocknete sich mit dem Handtuch das Gesicht ab und blickte lange sein Spiegelbild an. Wenn er ein Mädchen gewesen wäre, hätte er jetzt geheult, aber nicht wegen des Computerverbotes.

Der Tag war irgendwie vorbeigegangen. Am Nachmittag nach der Schule hatte Ismael die Stunden mit Fernsehen totgeschlagen, doch nach den wenig geistreichen Talkshows und

Clips war er des Schauens müde gewesen. Nein, er konnte unmöglich einen Monat lang in der Wohnung sitzen.

Seine Mutter würde wohl kaum bemerken, wenn er tagsüber das Internetcafé besuchte. Wenn sie ihm fürs Spielen kein Geld geben wollte, dann musste er eine andere Quelle finden. Und Ismael wusste auch schon, wo die zu finden war. Doch dieses Mal würde er der Clique nichts sagen. Er hatte Dovuds missbilligenden Blick gesehen, als er davon gehört hatte, wie sie Olam zum Diebstahl hatten „ermutigen" müssen. Diese Sache ging nur Olam und ihn etwas an.

Scherdil hielt seinen kleinen Bruder Mirso an der Hand, als sie durch das große Portal in den Schulhof traten. Es schneite ununterbrochen, und das war auch der Grund, weshalb die Schüler nicht draussen vor dem Schulgebäude warteten, sondern sich in der weitläufigen Eingangshalle in Reih und Glied aufstellen mussten. Mirso ließ Scherdil los, winkte ihm kurz zu und rannte zu dem Gebäude mit den Grundschulklassen. Scherdils Hand winkte länger als nötig zum Abschiedsgruß. Er fühlte sich ganz allein.

Seine warme Strickmütze zog er mit einem entschiedenen Ruck über sein blaues Auge und zwang sich, die Stufen zum Eingang hinaufzusteigen. Er ordnete sich in seiner Klasse ein. Strom gab es seit dem frühen Morgen keinen, und der gekachelte Korridor war kalt und das Tageslicht trübe. Es zog durch das ganze Haus. Heute würde es wieder ein Chaos geben, da die elektrische Schulglocke durch ein kleines Glöckchen ersetzt werden musste, das gerade mal so laut wie das Scheppern eines Schlüsselbundes klingelte. Ein Schüler würde von Raum zu Raum gehen, die Tür aufreißen und „Glocke" brüllen. Bis er bei dem letzten anlangte, wäre die Pause bereits wieder zu Ende. Scherdil war genötigt, ohne Brille in die Schule zu gehen und sah nur die Hälfte dessen, was vor seiner Nase war. Es dauerte eine ganze Weile, bis er Jovids Gesicht hinter einigen Schülern entdeckte. Seine Gegenwart beruhigte ihn.

Parwis trat nun über die Schwelle und schlenderte auf die 9B zu, die Hände tief in den Hosentaschen vergraben. Die Mütze und der Schal verbargen fast sein ganzes Gesicht. Er ging blicklos durch die Menge und blieb hinter dem letzten seiner Klasse stehen.

Dovud erschien beim Eingang und klopfte sich den Schnee von seinen Schultern. Seine Hakennase hob er hoch und liess seinen Blick über die Schüler wandern. Er erkannte Scherdil und hielt inne. Was er dachte, hätte man ihm nicht vom Gesicht ablesen können.

284

An der Tür klatschte Ismael in seine tauben Hände, hielt die Handflächen aneinander und blies warme Luft dazwischen. Er war am Morgen spät aufgestanden und hatte seine Handschuhe vergessen.

Malik hatte die oberste Stufe erreicht und stampfte auf den Fliesenboden, um den Schnee von seinen Stiefeln zu klopfen. Einige Schüler fehlten. Ihre nassen Schuhe vermochten vom gestrigen Tag nicht zu trocknen. Ein guter Grund, um nicht in die Schule zu gehen. Scherdils Beine begannen zu zittern, doch nicht wegen der Kälte. Er beobachtete aus dem Augenwinkel, wie Ismael sich Olam näherte und ihm etwas ins Ohr flüsterte. Scherdil lief es kalt den Rücken hinunter, als er Ismaels bösen Blick sah. Wie sehr fürchtete er sich vor Maliks Clique!

„Nein, nein, und nochmals nein", sagte Olam entschieden, „schon einmal habt ihr mich gezwungen. Aber ich mach das nie wieder!"

Ismael hatte Druck auf Olam gemacht, sich in der großen Pause hinter dem Schulgebäude zu treffen. Es schneite und schneite, und das ganze Fussballfeld lag mit einer reinen, weißen Decke wie eine Sahnetorte vor ihnen. Der Schnee lag unberührt da. Keines der Kinder hatte sich auf das kalte Weiß verirrt. Niemand wollte riskieren, in einem ungeheizten Schulzimmer mit durchweichten Hosen und triefenden Strümpfen den Vormittag zu verbringen. Olam hatte sich den ganzen Morgen den Kopf darüber zerbrochen, was Ismael jetzt schon wieder von ihm wollte. Und er hatte gewusst, egal, was es war, es würde kein Entrinnen geben.

Ismael war ungeduldig und hatte, bevor sie um die Ecke des Komplexes bogen, gesagt, was er wollte. Er brauchte Geld. Ismael blieb auf der Stelle stehen und sah Olam genervt an. „Olam, ich frage dich nicht, ob du einverstanden bist oder nicht. Du bringst das Geld und damit hat sich's!", erwiderte Ismael unbarmherzig. Der Gedanke, dass er sich wie ein Süchtiger Geld beschaffen musste, um spielen zu können, machte ihn noch wütender.

Seit Olam das Geld seines Großvaters gestohlen hatte, war er nicht mehr zur Ruhe gekommen. Zweimal hatte er Geld aus der Kasse entwendet, und zweimal hatte er sich geschworen, es zurückzubezahlen. Aber wenn Ismael weitere Geldforderungen stellte, dann könnte er es niemals mehr zurückgeben. Wenn seine Großmutter das wüsste! Es bräche ihr das Herz. Nein, er war kein Dieb. Nein, und er wollte auch kein Dieb werden.

„Ich habe nein gesagt", lehnte Olam mit entschlossener Stimme ab und wandte sich zum Gehen. Ismael packte ihn unsanft am Kragen seiner Jacke und riss ihn gewaltsam herum. Nach Olams Gesichtszügen zu urteilen, schmerzte ihn der Griff, doch er schwieg.

„Wenn du innerhalb einer Woche nicht mit 300 Somon anrückst, dann mache ich Hackfleisch aus dir", drohte Ismael. Sein Gesicht kam demjenigen Olams gefährlich nahe, und seine Augen blitzten. Olams Brustkorb hob und senkte sich rhythmisch. Der Junge blieb stumm. Ismael stieß ihn hasserfüllt von sich.

„Wenn dein Großvater Wind davon kriegt, dass du ein Dieb bist, wird es ihm das Herz brechen. Nicht wahr?", sagte er listig und lachte verächtlich. Ismael hatte ihn in der Hand. Olam ging mit gesenktem Kopf weg.

„Warum müssen wir in den Laden gehen?", fragte Karim seinen Vater.

Herr Rahimov ging neben seinem kleinen Sohn her und erklärte: „Deine Mutter hat gesagt, dass wir keinen Tee und Zucker mehr haben. Und da ich gerade etwas an die frische Luft gehen möchte, besorgt nicht Jovid die Einkäufe, sondern wir beide."

„Hat Mutter dir gesagt, dass Jovid mir immer einen Lutscher kauft?", fragte der Dreikäsehoch eifrig. Der Mann lachte.

„Natürlich hat sie das. Sie hat mich daran erinnert: ‚Vergiss den Lutscher für Karim nicht!'" Das gefiel dem Jungen, und glücklich schritt er an der Hand seines Vaters in Richtung des Geschäfts „Mansur".

Sie erreichten den Krämerladen und öffneten die Tür. Hinter dem Ladentisch stand ein alter Mann, der einem Kunden dreissig Eier auf einen Karton abzählte und mit einem „Bitteschön" über den Tresen reichte. Die Rahimovs warteten, bis sie an die Reihe kamen.

„Ja, bitte, Herr Rahimov, was darf's sein?", fragte Olams Großvater. Der Mann war ungefähr Mitte sechzig und von kleiner, schmaler

Gestalt. Ein gepflegter, weißer Bart zierte sein runzeliges Gesicht. Er war zwar kein Brummbär, aber ihn als Frohnatur zu bezeichnen, wäre wohl übertrieben gewesen. Für seine kleinen Kunden hatte er aber stets ein freundliches Wort parat. So blinzelte er auch jetzt Karim zu. Ob er dazu lächelte, war hinter dem langen Vollbart nicht zu erkennen. Karim konnte sich bis heute daran erinnern, wie ihm der alte Mann beim ersten Einkauf einen Kaugummi geschenkt hatte. Der Lehrer wandte sich der Auswahl der verschiedenen Teesorten zu.

„Geben Sie mir doch bitte den Schwarztee mit Zitronenaroma. Und ein Kilo Zucker. Und einen Lutscher für meinen Jungen", fügte Rahimov schnell hinzu und drehte sein Gesicht zu dem Kind. Er erntete ein zufriedenes Strahlen. Der Mann bückte sich, um den Zucker aus dem Sack auf die Waage zu schaufeln. Ein leises Stöhnen verriet, dass sein Rücken schmerzte.

290

„Ich habe Sie schon lange nicht mehr hier gesehen", sagte der Mann und stellte den Tee
auf den Tresen. Den Lutscher reichte er Karim
hinunter. Der Lehrer nickte:

„Ja, stimmt. Ich bin ganz froh, dass Jovid gerne
einkaufen geht und mir so eine leidige Pflicht
abnimmt."

Während der Mann den Zucker in die Tüte
packte, fiel Rahimov etwas ein.

„Es ist zwar schon geraume Zeit vergangen,
aber ich wollte Ihnen für die neue Weltkarte
noch danken. Wenn Olam auch nicht schuldig
gewesen ist, finde ich es nett von ihnen, dass
Sie ihm geholfen und das Geld gegeben haben", sagte der Lehrer mit offenem Gesicht.

Der Mann hielt unvermittelt inne und warf seinem Käufer einen seltsamen Blick zu.

„Welche Weltkarte? Ich verstehe nicht."

Umed Rahimov merkte, dass er in ein Fettnä-
pfchen getreten war. „Ich... Hat Olam Ihnen
nichts wegen der Weltkarte gesagt?"

„Nein, und ich habe ihm auch kein Geld gegeben...", der Alte unterbrach sich selbst und starrte mit leerem Blick zur Tür. „Wann war das, sagten Sie?"

Der Lehrer fühlte sich wie auf einem Eisfeld, das im Begriff war einzubrechen.

„Ich glaube, im November."

„Wie viel Geld war es?" Es war augenscheinlich, dass sich in den Gedanken des Großvaters etwas abspielte.

„Ich... ich weiß nicht genau. Vermutlich so viel, wie eben eine Karte kostet... Vielleicht wird Olam ja noch mit Ihnen darüber sprechen." Plötzlich hatte Rahimov es eilig, seine Waren zu bezahlen. Er klemmte sich Zucker und Tee unter den Arm und sagte, zu Karim gewandt: „Komm, wir müssen gehen."

Der alte Mann sah den beiden nach, bis sie aus seinem Blickfeld verschwanden.

Scherdil befand sich in der großen Pause allein in einer Ecke des Schulhofs. Doch nicht nur er hielt sich von Maliks Clique fern. In einer anderen Ecke stand Parwis und schien seine ganze Aufmerksamkeit seinem aufgeschlagenen Schulbuch zu widmen. Die Sonne hatte noch keine Kraft, aber sie strahlte mit ihrem schönsten Licht vom Himmel und ließ das kalte Weiß am Boden und auf den Bäumen glitzern. Die Luft war sauber, und alles wirkte frisch und rein. Der Schnee verschluckte die Stimmen, und die ganze Umgebung gab ein idyllisches Bild ab.

„Warum ist Parwis nicht bei uns?", verlangte Malik ungeduldig zu wissen.

„Er hat viel zu tun", deckte ihn Dovud. Nur noch zwei Tage, dann war es aus mit seiner Geduld. *Warum wollte der Junge nicht zur Vernunft kommen?* Ismael kaute an seinen Fingernägeln. „Wie? Bald ist das Quartal vorbei, und er beginnt jetzt noch zu lernen?"

Malik spottete: „Sein Papi ist aus Russland zurück. Jetzt wird er ein braver Junge. Aber nun sag mal, Dovud, weißt du, was mit Parwis los ist?"

„Ich?", sagte Dovud in Gedanken versunken, „ich weiß überhaupt nichts."

„He, Parwis!", rief Malik plötzlich seinem alten Kameraden zu, „wirst du wohl sofort hierherkommen!" Doch der Gerufene wandte sich noch mehr ab und blätterte mit auffallendem Interesse in seinem Buch.

„Das gibt's doch nicht!", sagte der Cliquenchef empört, „ihr seid meine Zeugen. Habt ihr das gesehen? Er hat nicht auf mich gehört!", und nochmals ließ Malik seine Stimme erschallen: „Parwis! Ich habe gesagt, komm hierher!"

Parwis klappte sein Buch zu und steckte es gelassen in seine Schultasche. Ohne die Clique zu beachten, richtete er seinen Blick auf den Weg und begab sich ins Schulhaus.

Dovud, der auf der eisernen Bank saß, stützte seine Ellenbogen auf seine Knie und hielt mit beiden Händen seinen Kopf.

„Er ist raus."

„Du meinst, er ist rein", korrigierte ihn Ismael.

„Nein, er ist raus. Er ist aus unserer Clique ausgetreten", stieß Dovud bitter hervor.

„Was? Woher weißt du das? Hat er dir das gesagt?", Maliks Nerven waren aufs äußerste angespannt. Er war es gewohnt, das Kommando zu geben, und nun hatte Parwis diese Ordnung zerstört.

Dovud setzte sich gerade auf, rieb sich den Nacken und sagte gepresst: „Parwis ist vor einigen Tagen zu mir nach Hause gekommen und hat gesagt, dass er aus der Clique austreten will."

„Und du hast uns nichts davon gesagt!", rief Malik aus. Er spürte förmlich, wie sich sein kleines Reich in nichts auflösen wollte und wusste nicht, was er dagegen tun konnte.

295

Dovud verteidigte sich: „Ich habe ihm eine Woche Bedenkzeit angeboten. Falls er seine Meinung bis dahin nicht ändert, dann..."

„Was dann?", fragte Ismael.

„Dann wird er seine Entscheidung erbärmlich bereuen", beendete Malik den Satz und fügte sauer hinzu: „Sehr gut, innerhalb einer Woche haben wir zwei von fünf Mitgliedern verloren! Das sind vierzig Prozent!"

Aus der Ferne wagte Scherdil ein paar Mal zur Clique hinüber zuschauen. Er hatte erwartet, dass sie sich auf ihn stürzten oder etwas Gemeines sagten. Doch nichts dergleichen. Und warum war Parwis nicht bei ihnen? Der benahm sich ausgesprochen sonderbar.

Parwis traf den Klassenlehrer im Korridor. „Herr Rahimov, ich... habe etwas im Klassenzimmer vergessen."

Rahimov ließ seinen Blick aufmerksam auf Parwis' Gesicht ruhen.

„Bitte, das Schulzimmer steht offen. Wie immer. Das weißt du ja", sagte er ruhig.

Parwis spürte, dass ein Unterton mitschwang.

„Nein, Herr Rahimov, denken Sie nicht, dass ich etwas anstellen will." Die Augenbrauen des Lehrers flogen nach oben.

„Soll ich das nicht denken?", fragte er, wenn auch gütig, so doch mit überraschtem Blick.

„Herr Rahimov", Parwis senkte den Kopf und war um Worte verlegen, „wissen Sie, vieles ist anders geworden..."

„Aber klar doch. Zum Beispiel ist diese Woche Quartalsschluss, und einige Schüler wollen ihre Noten noch etwas verbessern", lächelte der Mann.

„Nein, Herr Rahimov, nein. Mein Vater ist aus Russland zurück." Umed Rahimov freute sich aufrichtig.

„Schön. Das ist ja wirklich eine gute Nachricht."

„Er... er möchte mit Ihnen sprechen", sagte der Schüler und biss sich auf die Lippen.

„Über....?"

„Das will er Ihnen selber sagen. Ich soll Sie nur um Ihre Telefonnummer bitten. Er wird Sie dann anrufen", erklärte der Junge und kratzte sich verlegen die Stirn.

Rahimov hielt sich an seinem Gürtel und sah dem Jungen in die Augen. *Woher konnte er wissen, ob dies nicht wieder ein „Streich" der Clique war?* Er betete still in seinem Herzen und fragte den Herrn, was er tun solle.

„Weisst du was, Parwis? Ich glaube, es ist besser, dass ich deinen Vater anrufe. Du gibst mir seine Nummer und ich werde ihn heute Abend anrufen", schlug er schließlich vor.

„Ja, okay", war Parwis einverstanden und gab dem Lehrer die Nummer, der sie gleich auf seinem Handy speicherte. Parwis verabschiedete sich und suchte im Klassenzimmer Schutz vor Maliks Clique.

„Scherdil!", rief Dovud auf dem Heimweg hinter seinem Freund her und rannte zu ihm.
Scherdil wandte sich nicht um, verlangsamte aber automatisch seinen Schritt. Mit Bangen blickte er auf den gefrorenen Bürgersteig. Dovud kam gelaufen und blieb keuchend neben ihm stehen.
„He, ich habe dich gerufen! Warum hast du mich nicht gehört?", fragte er und suchte Scherdils Blick.
Der beleibte Junge ging mit gesenktem Kopf weiter.

„Was... willst du von mir?", stieß er mühevoll hervor und fragte sich, wie seine Eltern ihm nur den Namen Scherdil, „Löwenherz", hatten geben können.

Dovud klopfte seinem Freund auf die Schultern. „Na hör mal. Ich wollte mit dir nur reden", sagte er aufrichtig.

Scherdil blieb stehen und sah Dovud an.

„Nur reden? Da! Schau dir das Reden deiner Clique mal an!", wütend zog Scherdil seine Mütze von seinem „Veilchen" und zeigte mit dem Finger darauf. Während der vergangenen Tage hatte sich seine Augenwunde abwechslungsweise nach allen Regenbogenfarben verändert. Heute leuchtete es in herrlichem Grüngelb.

Dovud stockte.

„War... war das Malik?", fragte der schlaue Junge ungläubig.

„Was meinst du denn? Der Weihnachtsmann?", Scherdil wusste nicht, woher er die Kraft fand zu kontern. *Er tat doch nur so, als ob er nichts wüsste!*

„Nein, Mann, ich dachte, du seist auf dem Eis ausgerutscht oder so. Wäre ja nicht das erste Mal", fügte er kleinlaut hinzu. Scherdil schüttelte den Kopf.

„Nein, Dovud, nein, ich vertraue dir nicht mehr. Ich habe herausgefunden, was es heißt, echte Freunde zu haben. Du bist nicht mehr mein Freund", wenn seine Stimme auch erzürnt klang, so glänzten Scherdils Augen doch wehmütig. Dovud hob hilflos seine Arme.

„Meinst du mit echten Freunden Jovid und seine Freunde?"

„Ja, Jovid und seine Freunde. Sie sind ganz anders als eure ,tolle' Clique. Ich bin jetzt fast jeden Tag bei einem ihrer Gemeindetreffen dabei. Und weißt du was? Es gefällt mir", Scherdil war im Reden mutig geworden, doch unvermittelt hielt er inne, „Dovud, du warst mir früher ein lieber Freund, der beste, aber

301

ich will deine Clique nicht. Ich bin dir auch nicht böse... Und wenn du willst, kannst du gerne in die Jugendstunde mitkommen."

Kaum hatte er zu Ende geredet, ließ er Dovud auf der Straße stehen und marschierte mit einem strammen Schritt, den er sich selber nicht zugetraut hätte, bis zu seinem Block.

Dovud kickte verärgert einen Eiszapfen, der auf dem Weg lag, weg. Er *hatte einen echten Freund wegen zwei verlogenen Kameraden verloren.*

Dovud war früher Scherdils bester Freund. Warum konnten sie innerhalb der Clique nicht genauso gute Freunde bleiben?

16. ALTLASTEN

Olam streckte seine Hand aus und fühlte das Geld in der Kartonschachtel. Wie hasste er sich in diesem Augenblick! Er hatte darauf gespannt, dass sein Großvater in den Vorratsraum ging und ihn für einen Moment alleine im Laden ließe. Gestern hatte er 200 Somon mitgehen lassen, heute 100. Er hörte Schritte aus dem hinteren Zimmer näher kommen und beeilte sich, das Geld in die Hosentasche zu stopfen. Dann wandte er sich den Konserven in den Kisten zu. Geschäftig nahm er sie heraus und begann die Regale zu füllen.

Der alte Mann kam aus dem Vorratsraum und blickte stumm zu dem Jungen. Er stöhnte leise auf, aber er schwieg. Olams Herz schlug ihm bis zum Hals. Ob Großvater etwas mitgekriegt hatte? Er arbeitete schnell und stellte die Büchsen an ihren Platz.

„Olam, du stellst die Konserven ja alle verkehrt herum ins Regal!", sagte der Bärtige, „schau, deine Bohnen sind ‚Nenhob' und deine Tomaten ‚Netamot' und dann noch alles auf dem Kopf!"

Olam starrte verwirrt auf die Büchsenetiketten. Ja, richtig, der Mann hatte recht!

„Ich... ich habe nicht darauf geachtet. Entschuldige, Großvater."

Sogleich drehte er Büchse um Büchse. Der Alte setzte sich in der Ecke hinter den Tresen auf eine Holzkiste, verschränkte die Arme und sah seinem Enkel nachdenklich beim Arbeiten zu. Olam wurde unter seinem Blick bis zu den Haarwurzeln rot und bemühte sich, nur auf die Konserven mit den grünen Erbsen und dem Mais zu schauen, so als ob sie das Wichtigste der Welt wären. Der Mann atmete hörbar, und sein Bart hob und senkte sich.

„Bereits gestern warst du bei der Arbeit so zerstreut...", begann der Großvater vage.

„Diese Woche haben wir Quartalsschluss. Meine Gedanken sind bei der Schule", lügte Olam schnell.

„Ohhh", wunderte sich der Alte. Das wäre ihm das Neueste. „Olam, darf ich dich mal was fragen?", wollte er wissen.

Ohne aufzuschauen, nickte Olam und brummte ein „Klaro".

„Vermisst du deinen Vater?"

Verwundert schoß Olams Kopf hoch, aber genauso schnell senkte er ihn wieder.

„Meinen Vater?... Nein, meinen Vater vermisse ich nicht. Vielleicht meine Mutter."

Der Mann biss sich auf die Lippen.

„Tja, deine Mutter ist vor drei Jahren gestorben. Daran lässt sich nichts ändern."

„Und am Zustand meines Vaters? Lässt sich da auch nichts ändern?", gab der Junge bissig zurück, verstummte aber gleich wieder, als ihm klar wurde, was er gerade gesagt hatte.

Sein Großvater strich über seinen langen Bart.

Langsam sagte er: „Nein, auch daran lässt sich nichts ändern... versuch es zu verstehen... er hat deine Mutter sehr geliebt, aber nachdem sie, meine Schwiegertochter, starb... Es ist nicht leicht für ihn."

„Und ich? Bin ich es nicht wert, für mich zu leben?", dachte Olam missbilligend, doch ohne etwas hinzuzufügen.

„Manchmal denke ich, dass ich kein guter Erzieher bin", gab der Mann niedergeschlagen zu. Das überraschte Olam. „Vielleicht ist das, was wir für dich tun oder dir kaufen, zu wenig und du möchtest mehr", tastete sich der Alte vorsichtig vor, aber der Enkel erkannte schnell, woher der Wind pfiff.

„Glaub mir, du und Großmutter, ihr gebt mir alles, was ich brauche", sagte der Junge mit heiserer Stimme und traurigem Blick.

Ein Kunde betrat den Laden, und ihr Gespräch fand ein jähes Ende. Wie sehr wünschte sich der Großvater, dass der Junge seine Diebstähle bekannte! Wie hätte er gestern und heute nicht mitkriegen sollen, dass Olam Geld gestohlen hatte? Er hatte im Vorratsraum alles mitbekommen. Er wollte, dass Olam es ihm gestand, ohne dass er ihn wie einen Verbrecher überführen musste. Aber Olam schwieg wie ein Grab.

Die Türklingel ertönte und Rahimov öffnete. Wie bereits am Telefon verabredet, stand Parwis' Vater an der Schwelle. Natürlich wirkte der Vater älter als der Sohn, doch ansonsten war Parwis eine Kopie seines Vaters. Auch er war großgewachsen, hatte ein längliches Gesicht und dichte Augenbrauen. Umed Rahimov hatte Parwis' Vater, Dawlat Karimov, nur am ersten Schultag gesehen. Er führte ihn ins Wohnzimmer und fragte sich zum x-ten Mal, was der Mann wohl von ihm wollte. Es war Abend, und die Deckenbeleuchtung gab nur wenig Licht. Im Winter war der Strom knapp. Der Gast setzte sich. Nasira kam grüßend ins Zimmer und goß den Tee ein.

Danach waren die Männer alleine. Zuerst sprachen sie über Dawlats Aufenthalt in Moskau und seine Rückkehr, doch für beide war klar, dass dies nur dazu diente, um für den wesentlichen Teil des Gesprächs warm zu werden. Als die Unterhaltung ins Stocken geriet, räusperte sich Dawlat Karimov und sagte: „Vielen Dank, dass Sie sich für mich Zeit genommen haben. Ich... weiß nicht, wo ich anfangen soll."

Rahimov hob einladend die Hand und ermutigte ihn freundlich: „Ja, das merkt man. Bitte, ich habe Zeit, und ich beiße nicht."

Der Hausherr goss Tee nach. Der Mann drehte seine Mütze in den Händen und starrte auf den aufsteigenden Dampf über den Tassen.

„Meine Tochter Lola ist vor zwei Jahren bei einem Autounfall blind geworden. Vergangenen

Sommer haben wir ein Ärzteteam kennengelernt, das uns erklärt hat, dass eine Operation der Augen möglich ist. Um das nötige Geld zu verdienen, bin ich nach Russland gegangen."

Wissend nickte der Lehrer. Ja, das hatte er irgendwo schon einmal gehört.

„Die Ärzte haben mir eine Adresse in Moskau gegeben. Dort leben Tadschiken."

Bis jetzt gab es nichts, was Rahimovs Interesse geweckt hätte.

„Das waren *christliche* Tadschiken", sagte Parwis' Vater betont langsam und beobachtete Rahimovs Reaktion mit Argusaugen.

Rahimov ließ sich nicht aus dem Konzept bringen und wollte wissen: „Ja? Und dann? Sind Sie zu ihnen gegangen?"

„Jaaa...", antwortete der Mann gedehnt. „Mein Sohn sagt, dass Sie auch Christ sind."

Rahimov rief sich Parwis' Benehmen in Erinnerung.

„So? Hat er das gesagt? ... Ja, ich bin Christ",
bestätigte Rahimov gelassen.

„Nun ... ich bin also zu der besagten Adresse gegangen und – wissen Sie – ich habe da
zum Glauben an Jesus Christus gefunden", bekannte Dawlat Karimov und wusste nicht, wie
oft die Mütze in seiner Hand eine Runde drehen musste. Diese Neuigkeit überwältigte den
Lehrer nun doch.

„Und Ihre Familie? Was sagt zum Beispiel Parwis?"

„Was sollen sie schon sagen? Nichts. Ich denke, es wird einige Zeit brauchen, bis sie es verstehen werden."

Der Lehrer zeigte auf die Süßigkeiten auf dem
niedrigen Tischchen. „Der Tee wird kalt. Trinken Sie doch noch einen Schluck. Nehmen Sie
noch etwas von den Süßigkeiten." Er sah sich
den Gast nachdenklich an. *Wie wunderbar sind
doch Gottes Wege! Wer hätte gedacht, dass ausgerechnet Parwis' Vater Christ werden würde?*

310

„Parwis hat gesagt, dass Sie eine christliche Gemeinde hier in der Nähe besuchen."

„Ja, in der Bahorstraße gibt es eine Gemeinde", bestätigte Rahimov.

„Würden Sie mich mit den Christen hier bekanntmachen? Ich bin in Moskau immer zur Gemeindestunde gegangen, und als ich zurückkam, habe ich mich gefreut zu hören, dass es hier auch so etwas gibt."

Der Lehrer lächelte und sagte: „Natürlich. Kommen Sie nächsten Sonntag um neun Uhr hierher zu uns, und dann können wir gemeinsam hingehen."

Beide Männer freuten sich äußerst über dieses Treffen. Nachdem der Gast gegangen war, blieb Umed Rahimov, mit dem Rücken an die Wohnungstür gelehnt, stehen und dachte nach. *Ob Gott sein Gebet in Bezug auf Parwis auf diese Weise beantworten würde? Gott ist tatsächlich groß!*

„Großvater, hast du etwas Zeit für mich?",
fragte Dovud und steckte seinen Kopf in den
Werkraum des alten Mannes. Das Haus seines
Großvaters lag dem Hof von Dovuds Vater di-
rekt gegenüber. Dovud ging gerne auf einen
Sprung bei seinen Großeltern vorbei, nicht
zuletzt wegen des herrlichen Brotes, das seine
Großmutter backte.
„Komm, mein Junge. Komm, aber mach die Tür
schnell hinter dir zu!"
In der rechten Hand hielt der Mann ein Hohlei-
sen und bearbeitete damit vorsichtig ein gro-
ßes Stück Holz. Späne flogen in alle Richtun-
gen. Der Werkraum befand sich im Keller. Das
Tageslicht drang nur spärlich durch die beiden
Oberlichter. In dem Raum gab es neben zwei
Hockern, einem länglichen Tisch, einigen Re-
galen mit vielen Werkzeugen und unzähligem
Krimskrams an der Wand einen großen, Wärme

spendenden Kohleofen. Auf dem Tisch standen ein Teekrug und eine henkellose Tasse.

„Setz dich, Dovud. Was gibt's?", fragte der Alte wohlwollend. Die Hakennase und die blauen Augen hatte Dovud von seinem Großvater geerbt. Die Haare des Mannes waren weiß wie der Schnee draußen, die Augenbrauen jedoch schwarz.

Der Junge wusste nicht, wie beginnen. Er war froh, dass sich der Mann mit seiner Schnitzerei beschäftigte.

„Ich... ich habe einen guten Freund verloren", sagte Dovud in die Luft.

Der Großvater stöhnte: „Schade, gute Freunde sind selten. Wer war dein Freund?" Er rieb mit dem Handrücken sich die Nase.

„Scherdil Sobirov."

„Etwa der mollige Junge mit der Brille?", fragte der Mann, ohne von seiner Arbeit aufzusehen. Das „Ja", welches Dovud hervorbrachte, war mehr ein Krächzen. Er ging zum Fenster und schaute den Schneeflocken zu, die wie kleine Fallschirme langsam und tanzend ihren Weg auf die Erde fanden.

„Warum?"

Warum? Ob er seinem Großvater alles erzählen sollte? Nein, unmöglich.

„Ich hatte gehofft, dass er sich mit den anderen Kameraden anfreunden würde, aber das ging irgendwie nicht."

Der Mann nickte wissend und schnitzte weiter.

„Meine Freunde wollten nicht, dass Scherdil Christ wird."

Der Großvater ließ bald Hammer und Eisen sinken. Mit seinen Augen fixierte er die Bodenbretter. Ohne etwas zu sagen, nahm er seine Werkzeuge fester in den Griff und fuhr mit seiner Arbeit fort. Dovud meinte zu hören, dass der Hammer jetzt härter aufschlug als vorher. In diesem Augenblick glitt der Alte mit dem Hohleisen ab und machte einen Fehler.

„Jetzt sieh dir den Schlamassel an!", rief er, lauter als beabsichtigt, aus.

Dovud kämmte seine Haare mit den Fingern nach hinten.

„Entschuldige, Großvater, das wollte ich nicht."

Ungeduldig hob der Weißhaarige den Hammer und zeigte damit auf den Jungen.

„Du weißt, was ich über diese Sache denke."

„Aber warum denkt mein Vater anders darüber? Er sagt, es gibt keinen Gott, und nennt die Religion ‚ein böses Übel'."

„Ach, Unsinn. Das weißt du, und das weiß ich. Natürlich gibt es Gott. Wenn nicht, wer hat denn die ganze Welt geschaffen?", fragte der Großvater ungehalten und fügte schwermütig hinzu: „Nein, nein. Dein Vater ist ein gebildeter Mann, aber wie dem auch sei, das Wichtigste hat er nicht gelernt: die Gottesfurcht."

Dovud überlegte. *Sein Vater war hochgelehrt und als Chemielehrer unschlagbar. Er konnte die Geheim-*

nisse der Natur erklären, aber er konnte nicht an Den glauben, Der sie geschaffen hatte. Scherdil hingegen war ein gutgläubiger, einfacher Junge, aber nun schien es Dovud, dass Scherdil klüger war als sein Vater!

„Scheint so. Aber warum will er nicht, dass wir zugeben, wer wir sind?" Der Junge wollte seinen Vater verstehen und konnte es nicht. Verzweifelt und mit hängenden Schultern ließ er sich auf einen Hocker fallen.

Der Weißhaarige schob sein Käppchen zurück und setzte sich dem Jungen gegenüber.

„Seit deine Großmutter Christin geworden ist, verstehe ich in diesem Haus gar nichts mehr", bekannte der Mann und legte seine Werkzeuge auf den Tisch.

Dovud nickte versonnen. Vier Personen in einer Familie und vier Ansichten. Sein Vater war Atheist, seine Mutter Muslimin, seine Großmutter Christ und sein Großvater Jude!

Wer hatte recht? Wer war er, und an wen oder was sollte er glauben? Vielleicht an die Traditionen und

316

alten Legenden? Aber was war von allem zuerst? Der Lehrer hatte erklärt, dass die Zarathustrier ihr Wissen aus der Thora, dem ersten Teil der Bibel, hatten. Er musste einfach mehr erfahren.

Dovud lebte in einer Familie mit den verschiedensten Glaubensüberzeugungen. Manche denken, dass doch alle Religionen letztendlich wahr sind – Hauptsache man glaubt überhaupt an etwas. Warum ist dieser Gedanke falsch?

17. EIN FROHES NEUES JAHR

„Ein frohes Neues Jahr!", spottete Malik und zog eine rote Mütze, die er von irgendwoher hatte, über Olams Ohren, der arglos auf seinem Stuhl saß. Seltenerweise war die ganze Klasse bereits im Schulzimmer versammelt, bevor der Lehrer erschien. Der arme Olam blieb wie angewachsen auf seinem Stuhl sitzen und ließ das, was nun kommen musste, stumm über sich ergehen. Alle Blicke waren auf ihn gerichtet.

Ismael nahm seinen Schal und schlang ihn dem Jungen um den Hals. Er blies Olams Plastiktüte, welche diesem als Schultasche diente, auf, bis sie einem etwas zu runden Sack ähnelte, und drückte sie ihm in die Hand.

„Lieber Weihnachtsmann, zuerst habe ich nicht an dich geglaubt, aber jetzt, da du vor mir stehst, sehe ich, dass es dich wirklich gibt", höhnte Malik und trieb sein böses Spiel weiter. „Sag, was hast du uns für Geschenke gebracht? Vielleicht hast du etwas Interessantes für uns!" Obwohl die ganze Klasse vollzählig war, fand sich keiner, der sich auf Olams Seite stellte. Scherdil biss sich auf die Lippen, bis sie bluteten. Seine Feigheit wollte ihn einfach nicht loslassen. Wenn er sich einmischte, würde unweigerlich er zur Zielscheibe von Maliks Spott werden. Das wusste er genau. Er schaute weg und ließ seinen Blick auf der Wanduhr ruhen. *„Angsthase! Eine Schande ist es! Scherdil! Löwenherz! Ein Löwe mit einem Hasenherz!"*, verurteilte er sich im Stillen und starrte zur Zimmerdecke. Nur nicht zu Olam hinschauen.

„Oh! In deinem Sack hast du für alle was dabei, nicht wahr, lieber Weihnachtsmann?" Malik genoß die Macht, die er ausübte, und zerriss leichtfertig die Tüte. Ein hämisches Lachen folgte, dann sagte er mit gespieltem Mitleid: „O-oh, lieber Niki, in deinem Wald gibt es aber keine Qualitätssäcke."

320

Scherdil blickte sehnsüchtig auf die Uhr. Wenn der Lehrer doch endlich käme. Der Junge war sich ganz sicher, dass er Olam helfen würde. Er betete inständig, doch es schien, als ob Gott keine Hilfe von anderswoher schickte.

„Schau mal, Ismael, ein goldener Stift für dich, extra zum Neujahr!" Malik holte einen gewöhnlichen Kugelschreiber aus der kaputten Tüte und warf ihn seinem Kameraden zu. „Und was hast du für mich? Handschuhe? Schwarz-braun gestreifte Handschuhe, hm... lieber Weihnachtsmann, ich hasse diese Farben. Es wird besser sein, wenn ich sie aus dem Fenster..." Weiter kam er nicht. Als er sich zum Fenster umwandte, stieß er mit Scherdils rundlichem Bauch zusammen. Malik blickte von oben herab auf Scherdil. Seine Lippen bewegten sich tonlos. Was wollte der Dicke hier? „He, Dickbauch, misch dich nicht ein", fuhr ihn Malik gehässig an und bemühte sich, den körperlichen Größenunterschied hervorzuheben. Scherdil schluckte leer und blickte steif zu dem Riesen. *War er immer schon so groß gewesen?* Scherdil betete stumm, hielt seine Faust unter Maliks Nase und sagte mit zitternder Stimme: „Malik, es ist genug! Hör auf damit!"

„Wie bitte?" Malik glaubte, sich verhört zu haben, und fragte mit einem ungläubigen Lachen: „Das meinst du doch nicht ernst, du Wichtel?", und um seinen Worten Gewicht zu verleihen, stieß er den Jungen nach hinten. Scherdil taumelte rückwärts, stolperte über Ismaels gestelltes Bein und schlug mit dem Kopf an der Wand auf. Dann ging plötzlich alles schnell.

Ein Schüler packte Malik am Kragen und drehte ihn zu sich herum. Der Lange blickte sich verwundert um, spürte, wie ihm eine Faust in den Magen gerammt wurde, und fiel zu Boden. Ismael warf sich auf den anderen und wälzte sich mit ihm kämpfend auf dem Boden. Scherdil stand wieder auf seinen Beinen und erkannte den Schüler als Parwis. Scherdil warf sich nun von hinten auf Ismael. Malik griff von der anderen Seite an. Ein wildes Knäuel aus Beinen und Fäusten wirbelte auf dem Fußboden herum. Nun kam Leben in die Klasse. Die Mitschüler bildeten einen Kreis um die Kämpfer und feuerten sie mit ihren Rufen an.

Dovud beobachtete das Szenario, die Hände in den Hosentaschen, aus der hintersten Reihe. Olam zog sich langsam die rote Mütze vom Kopf. Die Tür flog auf und Rahimov trat ins Zimmer. Die Klassensprecherin, Madina, hatte ihm gemeldet, dass es zu einer Schlägerei gekommen war. Der Mann konnte mit Mühe die Ringer voneinander trennen. Einige Schüler, die vorher mit großer Begeisterung zugesehen hatten, hielten es nun für weiser, dem Lehrer zu helfen. Die Gegner wurden auseinandergerissen. Keuchend, die Hemden zur Hälfte aus den Hosen gezerrt, standen sie sich gebückt gegenüber.

„Setzt euch, sofort", mit diesen drei Worten brachte Umed Rahimov seine Schüler wieder dazu, sich so zu benehmen, wie man es von Neuntklässlern erwarten konnte.

Zwei, drei Schüler wagten, sich zuzuflüstern, wie sie den Kampf genoßen hatten. Dann kehrte absolute Stille ein. Malik wusste, dass er dieses Mal geschlagen worden war, und saß mit gesenktem Kopf da.

„Nun? Kann mir einer sagen, was hier los ist?", verlangte der Lehrer streng. Er stützte seine Hände in die Hüften und ließ seine Augen von einem Schüler zum andern wandern. Alle schienen die Sprache verloren zu haben.

„Malik?", forderte der Lehrer auf, doch der Junge schüttelte nur leicht den Kopf.

Stille.

„Malik hat Scherdil gehauen", sagte ein Mädchen aus der dritten Reihe.

Rahimov blickte zu Scherdil.

„So?"

Scherdil wurde rot. *Was würde der Lehrer von ihm denken, wenn er in einen solchen Streit verwickelt gewesen war?*

Verlegen nickte Scherdil.

„Er hat Olam helfen wollen", erklärte Dovud. Scherdil blickte mit offenem Mund zu seinem früheren Freund. Der Lehrer zeigte seine Verwunderung nicht und fragte Dovud: „Und was war los, dass er Olam helfen wollte?"

„Malik hat sich über Olam lustig gemacht und ihn Weihnachtsmann genannt", erklärte der Schüler und hob die rote Mütze als Beweismaterial von der Schulbank hoch.

„Nicht meine Schuld. Schließlich ist es Olams Großvater, der seinen Laden mit Girlanden geschmückt hat, als ob er Weihnachten feiern will", brummte Malik trotzig. Der Lehrer rieb sich den Nacken.

„Und warum musst du dich da rächen?", wollte Rahimov beherrscht wissen.

Maliks Stolz trat wieder an die Oberfläche. „Das christliche Weihnachtsfest ist nicht unser Fest. Das sollten Sie, Herr Rahimov, eigentlich besser wissen." Seine Lippen zogen sich nach unten.

„Es ist nicht unser Fest?", wiederholte der Lehrer fragend und forderte ihn heraus: „Und wenn ich dir beweisen kann, dass es unser Fest ist, was dann?"

„Wir brauchen solche fremden Dinge nicht. Sie sind neu", antwortete Malik patzig.

„Malik, setz dich! Lass den Lehrer reden", ertönte es von hinten. Als Malik Dovuds Stimme erkannte, wurde er noch wütender. „*Nach der Stunde kannst du etwas erleben. Dann werden wir ein nettes Gespräch führen, wir zwei. Wer meint er eigentlich, wer er sei*!", dachte Malik böse.

„Weihnachten ist kein neues Fest. Oder nennst du Dinge, die älter als zweitausend Jahre sind, noch neu, Malik?", fragte der Klassenlehrer und hob eine Augenbraue. Er setzte sich auf den Lehrertisch und erklärte: „Vor zweitausend Jahren wurde Jesus Christus in einer kleinen Stadt in Israel geboren.

In der Weltgeschichte ist seine Geburt als das Ereignis schlechthin verzeichnet. So wird unsere Zeitrechnung in die zwei Teile, *vor Christus* und *nach Christus* eingeteilt, also alles, was vor seiner Geburt, und alles, was nach seiner Geburt geschah."

„Kommen Sie schon, Herr Rahimov. Wir sind Asiaten. Was hat das schon mit uns zu tun?", warf Ismael ein und warf die rechte Hand in die Luft. Sein Blick glitt über die Klasse.

Der Lehrer nickte zustimmend und sagte: „Ismael, gerade weil wir Asiaten sind, ist dieses Ereignis für uns so wichtig. In der Bibel steht, dass zu Jesu Geburt Magier gekommen seien. Magier ist die griechische Form eines alten persischen Wortes. Und genau mit diesem Ausdruck bezeichnete man die zoroastrischen Priester. Sie beteten Gott, den Allmächtigen an", erklärte der Lehrer. Dovud hatte aufmerksam zugehört. „Schon wieder die Zarathustrier? Was haben diese mit der Geburt von Jesus Christus zu tun? Woher haben sie von seiner Geburt gehört? Damals gab es ja noch kein Internet." Jemand lachte im Hintergrund.

„Ja, die Bibel sagt, dass die Magier Seinen Stern gesehen haben. Wir können heute nur noch Vermutungen anstellen, was das für ein Stern gewesen ist, aber sicher war er ihnen ein himmlisches Zeichen dafür, dass der Retter der Welt geboren worden war. So machten sie sich auf den Weg nach Israel."

„Und wozu gingen sie zu Jesus?", fragte Parwis.

„Es steht geschrieben, dass sie wertvolle Geschenke mitgebracht und Jesus Christus angebetet haben. Danach sind sie wieder in ihre Heimat zurückgekehrt", fasste Rahimov die lange, spannende Geschichte zusammen. Malik verschränkte seine Arme. „Da hat ihre Reise nach Israel aber nicht viel gebracht. In Asien

328

hat sich jedenfalls danach nichts verändert", meinte er. Rahimov hob den Finger und korrigierte: „Da liegst du falsch, Malik. Zu jener Zeit bekehrten sich viele in Zentralasien zum Christentum. Einige Städte waren ausschließlich christlich. Ein beachtlicher Teil der Bevölkerung der berühmten Städte Buchara und Samarkand glaubten an Christus. Man hat Abschriften der Psalmen in mittelpersischer Sprache, dem Pachlawi, aus dem fünften Jahrhundert gefunden. Teile des Neuen Testaments waren damals schon ins Sogdische[13] übersetzt worden. Nun, Malik. Denkst du immer noch, dass Weihnachten für uns Asiaten keine Rolle spielt? Hatten unsere Vorfahren so wenig Interesse an der Geburt Jesu Christi, wie du gemeint hast?"

Malik starrte zu Boden und sagte nichts.

---

13 Alte weitverbreitete mitteliranische Sprache (das Jaghnobische, das in einem Tal in Tadschikistan gesprochen wird, stammt von dieser Sprache ab).

Die Schulglocke läutete. Rahimov blickte reflexartig auf seine Armbanduhr und stand auf.

„Gut, unsere Geschichtsstunde haben wir einem anderen Thema als dem vorgesehenen gewidmet, doch ich denke, es war wichtiger als der geplante Stoff."

Die Schüler verließen das Klassenzimmer, und Rahimov schlüpfte in seine Jacke. Plötzlich trat jemand von hinten auf ihn zu.

Der Lehrer richtete gerade seinen Kragen, als er Schritte hinter sich hörte. Er wandte sich um und sah in Parwis' Augen. Seine Überraschung überspielend meinte er gelassen:

„Ja, Parwis?"

Parwis blickte seinen Klassenlehrer ernst an. Seine Arme verschränkte er wie Schilde vor der Brust, so als ob er den Abstand wahren wollte.

330

„Darf ich etwas fragen?", sagte er knapp. Der Lehrer hatte seine Jacke von oben nach unten zugeknöpft. Die Mütze, die er in den Händen hielt, legte er auf den Tisch.

„Ja, natürlich."

„Sind Sie... sind Sie deshalb Christ geworden? Weil viele unserer Vorfahren schon Christen waren?"

Der Lehrer dachte kurz nach und schüttelte dann den Kopf.

„Nein. Nein, das ist nicht der Hauptgrund. Selbstverständlich haben mich einst als Student für Geschichte die historischen Tatsachen sehr angesprochen, doch das war nicht das Wichtigste."

„Was war es dann?", fragte der Junge direkt, und Rahimov spürte, dass er es wirklich wissen wollte.

„Weißt du, es gab eine Zeit, da war ich sehr zufrieden mit mir selber. Ich war der Jüngste in der Familie", der Mann lachte, „ich war stolz und selbstgefällig und alles musste so laufen, wie ich es wollte. Als Jugendlicher überragte ich in Größe und Stärke meine Mitschüler und meinte dies allen zeigen zu müssen. In dieser Zeit hatte ich Umgang mit einigen Mitstudenten, die einen schlechten Einfluss auf mich ausübten. Ich verbrachte die ganze Freizeit mit ihnen. Wir waren oft bis Mitternacht unterwegs. Wir schimpften über alle und alles, betranken uns, bis wir nicht mehr stehen konnten, und rauchten auch mal Haschisch."

Parwis hatte mit ganzer Aufmerksamkeit zugehört. *Sein Lehrer ein Flucher? Ein Trinker? Ein Kiffer?* Das konnte er sich niemals vorstellen, wenn er ihn so vor sich sah.

Beide setzten sich auf zwei der vordersten Schulbänke.

„Dann kam der Tag, an dem einer meiner Kameraden mit dem Auto seines Bruders vorfuhr und uns zu einer Spritztour durch die Stadt einlud." Es war Umed Rahimov anzusehen, dass er sich wieder fühlte wie der junge Student von damals, der vor dem fremden Auto stand, „wir vier setzten uns in den Lada[14] . Der Fahrer war angetrunken. In der Nähe der großen Kreuzung beim Zirkusgebäude geschah es dann. Wir hatten einen schlimmen Unfall. Die beiden Studenten vorne im Auto waren sofort tot", der Mann schloss seine Augen. *Warum tat nach all den Jahren die Erinnerung daran immer noch weh?* Er hob hilflos die Hand und sagte mit belegter Stimme: „Sie sind einfach gestorben, zwei Neunzehnjährige! Und ich hatte vor dem Wegfahren mit dem Beifahrer gestritten, weil ich vorne sitzen wollte, aber er ließ mich nicht. Wenn ich dort gesessen hätte, dann wäre ich damals gestorben, nicht er. Das war wohl das Schlimmste, was ich je erlebt hatte.

Einige Wochen lang war ich apathisch und verließ das Haus nicht mehr. Ich fragte mich immer wieder, warum ich lebe, warum Gott

14 Russische Automarke.

meine Kameraden einfach so weggenommen hatte. Und ich fragte mich, wo ein Mensch nach dem Tod hinkommt. Nach geraumer Zeit vernahm ich, dass sich der andere überlebende Kollege, er heißt Faruch, von Grund auf verändert habe. Er kam bei mir vorbei und lud mich in eine christliche Gemeinde ein. Dort traf ich zum ersten Mal Christen, und dort gab man mir eine Bibel. Ich las darin und las und las und fand alle Antworten auf meine Fragen. Endlich verstand ich, dass ich einen Retter brauche, der mich aus dem Dreck herausholt, der mir Hoffnung schenkt. Und diesen Heiland habe ich in Jesus Christus gefunden. Seit dieser Zeit habe ich die Bibel nicht aus der Hand gelegt. Täglich ist sie mein Wegweiser."

Parwis schwieg betroffen.

Nach einer kurzen Zeit der Stille sagte er heiser: „Danke, Herr Rahimov. Danke, dass Sie mir das erzählt haben."

334

Umed Rahimov lächelte und klopfte Parwis freundschaftlich auf die Schulter, als er bezeugte: „Weisst du, ich habe das Beste, was es gibt, gefunden. Prüfe für dich, ob ich die Wahrheit sage oder nicht. Wer an Jesus Christus als seinen persönlichen Heiland und Herrn glaubt, wird es nie bereuen. Bete zu Gott, dass Er auch zu dir redet."

Parwis presste die Lippen zusammen und nickte. Hatte er nicht gerade gelächelt?

Ismael nutzte die Gelegenheit der Unruhe. Er hatte sich an Olam gehängt und sein Geld eingefordert. Nun steckte er seine Hand in die Daunenjackentasche und geriet beim Fühlen der Geldscheine in Hochstimmung. Dreihundert Somon. Olam war ein braver Junge. Damit konnte er Stunden vor dem Computer verbringen.

Nur noch einzelne Tage und die Ferien würden endlich beginnen. Einen Monat ganz für sich allein!

Er eilte nach Hause und versteckte das Geld unter dem Teppich.

Nachdem Malik das Klassenzimmer verlassen hatte, folgte er Dovud zielstrebig. Es schneite wie im Märchenbuch. Große Flocken fielen wie aus dem Nichts vom weißen Himmel und deckten nach und nach auch das letzte Braun des Weges zu. Dovud hatte mit Scherdil gerade den Schulhof verlassen, als Malik sie mit schnellem Schritt einholte. Im Befehlston sagte er: „Dovud, ich muss mit dir reden. Komm mit."

Dovud blickte seinen Kameraden an, wandte sich ab und wollte weitergehen. Die Schneeflocken setzten sich auf ihre Jacken und Mützen. Der Lange wurde nervös. Wild packte er den Riemen von Dovuds Schultasche und drehte ihn grob zu sich herum.

„Ich habe gesagt, ich muss mit dir reden", wiederholte der Junge drohend. Scherdil zog sich die Mütze über seine vor Kälte rot gewordenen Ohren und sagte: „Dovud, ich geh' schon mal vor. Ich glaub', es ist besser, wenn du mit Malik redest ..." Noch bevor er den Satz beendet hatte, setzte er sich in Bewegung, bis er schließlich davonrannte. Dovud schaute hinter ihm her.

„Dovud, hast du sie noch alle?", brüllte ihn Malik an. Dovud hängte sich den Rucksack mit auffälliger Gelassenheit wieder um die Schultern und blickte ihn an.

„Warum schreist du mich an?", fragte er ruhig und sah furchtlos, ja verächtlich, in Maliks Augen. „He, nimm dich in acht!", sagte der Cliquenanführer mit leiser Stimme, „du hast dich zu verantworten!"

„Ich verstehe nicht", erwiderte Dovud.

Bei jedem Wort, das sie sagten, kam weißer Dampf aus ihren Mündern.

„Du hast mich vor dem Lehrer erniedrigt, dann hast du Parwis gedeckt, und nun spazierst du mit Scherdil mir nichts, dir nichts nach Hause. Ich werde das vor die Clique bringen!", versuchte er dem Jungen Angst einzujagen. Dovud sah ihn abschätzig an.

„Welche Clique?", meinte er und sagte mit spöttischem Unterton: „Meinst du etwa Ismael und dich?" Malik starrte Dovud mit offenem Mund an. Ohne etwas zu erwidern, schloss er die Lippen wieder. Dovud wandte sich zum Gehen. Malik spürte, wie sich seine Hände zu Fäusten formten. Er drehte sich um, stampfte ungestüm auf den Boden und ging weg.

Hatte Dovud recht? Wer war ihre Clique? Scherdil hatten sie hinausgeworfen, Parwis wollte selber gehen. Ismael hatte in letzter Zeit nur noch seine Spielsucht im Kopf. Wenn Dovud aus der Gruppe

338

austreten würde... Hatte sich ihre Clique aufgelöst? Irgendwo unterwegs auf der Straße schrie Malik verzweifelt auf. Die Passanten sahen verwundert zu ihm herüber.

Weihnachten wird das „Fest der Liebe" genannt. Warum?

18. ISMAEL

Im Korridor des städtischen Krankenhauses warteten vier Personen auf den Oberarzt. Dawlat Karimov schritt den Gang entlang an mehreren geschlossenen Türen vorbei. Seine Frau saß mit ihrer jüngsten Tochter Nilufar auf einem der Stühle für die wartenden Angehörigen. Wenn man genau hinschaute, erkannte man, dass die Frau mit ihrem rechten Fuss ruhelos wippte. Parwis kaute an seinen Nägeln und las mindestens zum hundertsten Mal ein Plakat, das vor der Ansteckung durch Typhus warnte. Seine Schwester Lola war vor einigen Tagen operiert worden, und heute sollte die Augenbinde gelöst werden. Ob die Ärzte recht hatten und Lola wieder sehen können würde? Nach einiger Zeit schritt ein Mann in Weiß die Treppe herunter und steuerte auf sie zu.

„Gut. Dann werden wir mal sehen, wie es um Lola steht", sagte der Arzt, öffnete die Tür zum

Krankenzimmer und führte sie direkt zu Lola. Eine Krankenschwester folgte ihnen mit Schere, einer Schüssel und verschiedenen Tinkturen. Ein dicker Vorhang wurde zugezogen, damit die Helligkeit des Tageslichts Lolas Augen keinen Schaden zufügen

konnte. Parwis biss sich auf die Unterlippe und beobachtete, wie der Arzt den Verband um Lolas Kopf vorsichtig abzuwickeln begann. Die zu einem dicken Zopf gebundenen Haare wurden sichtbar. Die Mutter stand hinter Nilufar und hatte ihre Arme um sie gelegt. Daneben wartete der Vater. Der Verband war entfernt, doch Lolas Augen waren noch geschlossen.

„So, dann mach deine Augen auf, Lola", befahl der Mann freundlich. Lola blinzelte vorsichtig und drehte langsam ihren Kopf. Die Gesichtsmuskeln zuckten nicht, in ihren Zügen war keine Veränderung zu lesen. Die Umstehenden konnten nur eine Träne in ihren Augen erkennen, zuerst eine einzelne, dann eine zweite, danach weinte das Mädchen hemmungslos. Die Mutter trat hastig neben sie und hielt so, wie sie es seit Beginn der Blindheit getan hatte, den Arm des Kindes an die Wange, und fragte mit bebender Stimme: „Lola, was ist? Was ist denn? So rede doch. Kannst du denn gar nichts sehen?"

Das Mädchen wandte wie im Traum das Gesicht seiner Mutter zu und sagte unter Schluchzen:

„Mutter, ich... kann euch sehen... ich weine vor lauter Freude!" Sie warf sich in die Arme ihrer Mutter, und beide weinten. Der Vater kniete neben dem Krankenbett nieder und nahm Lolas Hand in die seine.

„Dem Herrn sei Dank! Dem Herrn sei Dank!" Nilufar tanzte vor Glück um das Bett ihrer Schwester herum.

Parwis stand unbewegt da. Er wusste nicht warum, aber eine heilige Furcht war über ihn gekommen. War dies nicht Gottes Werk?

Am Sonntag kam Familie Rahimov wie gewohnt zur Mittagszeit aus der Gemeindestunde. Der Schnee hatte sich in Regen verwandelt, und die Strasse war dreckig und nass. Als sie am Internetcafé vorbeikamen, blickte Umed Rahimov hinein. „Schon wieder Ismael!", schoss es ihm durch den Kopf. Zwei Ferienwochen waren vorbei, und jeden Tag, wenn er hier entlangging, sah Rahimov den Jungen vor dem Computer.

Dieses Mal konnte er nicht anders und sagte zu seiner Frau: „Nasira, geh du mit den Kindern schon mal vor. Ich muss noch etwas erledigen." Seine Frau wunderte sich, als sie auf dem Schild oben „Internetcafé" las.

„Hier?", fragte sie. Ihr Mann war vor dem Fenster stehengeblieben und deutete mit dem Kopf ins Innere.

„Ismael", meinte er ohne weitere Erklärung, und seine Frau verstand. Sie ging mit ihren Kindern nach Hause.

Der Lehrer klappte den Schirm zu und trat in den hellen Raum. Anders als sonst wo in der Stadt war hier die Stromversorgung ausgesprochen gut.

Ismaels Augen fixierten wie hypnotisiert den Bildschirm. Seine Finger waren ans Spielen gewöhnt, und jeder Griff saß. Umed Rahimov nahm sich einen Stuhl vom Nachbartisch und setzte sich zu ihm, ohne ein Wort zu sagen. Der Kopf des Jungen neigte sich in seine Richtung, doch sofort war sein Blick wieder auf den Computer gerichtet. Es brauchte einige Sekunden, bis Ismael realisierte, wer neben ihm saß. Genervt ließ er sich in den Stuhl zurückfallen und warf wegen des Spiels, das er durch die Ablenkung verloren hatte, die Hände in die Luft. Es zuckte um seinen Mund, doch verkniff er sich eine Bemerkung und starrte auf den

Monitor. Auf dem Bildschirm erschien die Auf-
forderung zu einem neuen Spiel. Er brauchte
nur einen Knopf zu drücken und eine neue
Herausforderung würde sich ihm bieten. Aber
Ismael wollte nicht. Der Klassenlehrer legte
seine Ellenbogen auf die Knie und faltete die
Hände.

„Nicht mal in den Ferien lassen Sie mich in
Ruhe", brummte Ismael vor sich hin.

Der Lehrer überhörte den ungeduldigen Ton
und fragte: „Wie geht es dir, Ismael?"

Der Kraushaarige ließ die Luft durch die Nase
entweichen und sah den Mann mit einem
schnippischen Blick an: „Mir? Mir ging es gerade noch bis vor einer Minute ausgezeichnet,
dann kamen Sie."

Rahimov löste seine gefalteten Hände und
setzte sich aufrecht hin. Er schlug Ismael vor:
„Wie wär's mit einer Sambusá? Ich lade dich
ein."

„Jetzt?", fragte der Junge irritiert und warf einen sehnsüchtigen Blick auf den flimmernden Monitor. Rahimov betete, dass der Schüler sich einverstanden zeigen möge.

„Ja doch, jetzt."

„Ich habe keine Zeit", erwiderte er zwiespältig.

„Ja, das sehe ich. Aber du hast ja Ferien, nicht wahr?", sagte der Lehrer. Er stand auf und tippte Ismael auf die Schulter. „Komm mit. Ich weiß, wo es die besten Sambusá gibt."

Ismael wusste nicht, warum er endlich nachgab, aber er schaltete den Computer aus, erhob sich und folgte dem Lehrer zur Straße.

Der Basar war nicht weit. Nach wenigen Minuten hielten sie eine heiße Sambusá in den Händen und tauchten sie in ein pikantes Tomatenchutney. Wenn der Regen auch aufgehört hatte, so war es doch kalt. Hinter einer aufgespannten blauen Kunststoffplane neben dem Fenster des Sambusáverkäufers suchten die beiden Schutz vor dem Wind. Rahimov kaufte noch zwei weitere Fleischtaschen. Der Junge nahm das Essen ohne Kommentar entgegen. Auf einmal fragte Ismael ernst:

„Warum machen Sie das?" Rahimov sah auf seine Sambusá und sagte mit einem Grinsen: „Man sagt, dass der Mensch essen müsse, um gesund zu bleiben, nicht wahr? Darum esse ich eine Sambusá."

Der Schüler war mit dieser Antwort nicht zufrieden und schüttelte den Kopf.

„Das meine ich nicht. Warum haben Sie mich eingeladen?"

„Vielleicht weil ich denke, dass es einfacher ist, mit vollem Magen ein Gespräch zu führen, als mit einem leeren", begann der Mann vorsichtig. Ismael verzog den Mund.

„Wer hat Ihnen gesagt, dass ich mit Ihnen reden will?"

„Gott."

„Oh nein, bitte nicht", stöhnte der Junge und verdrehte die Augen. Ohne dieser Bemerkung

Beachtung zu schenken, biss Umed Rahimov in die Fleischtasche und kaute.

„Und was hat Gott sonst noch über mich gesagt?", fragte Ismael gereizt und klopfte mit dem rechten Fuß auf den Boden.

„Willst du noch eine Sambusá?", fragte der Mann und zerknüllte die Papierserviette.

„Entschuldigung? Was hat Er gesagt?", stutzte Ismael und rümpfte die Nase.

Rahimov sah den Jungen wohlwollend an und schüttelte den Kopf.

„Nein, ich bin es, der fragt, ob du noch eine willst?" Der Schüler hob seine Handfläche. Er wollte nicht mehr.

„Ismael, ich lüfte Geheimnisse nicht so schnell", stellte der Lehrer vielsagend fest, „aber ich kann dir versichern, dass mir dein Zustand Sorgen macht." Der Junge lachte.

„Selbst meiner Mutter bin ich egal. Also, warum sollten Sie sich um mich Sorgen machen?" Er blickte den Lehrer an. Hier, außerhalb des

Schulbetriebes und in gewöhnlicher Straßenkleidung, schien ihm sein Lehrer anders.

„Wenn ich dir erkläre, wer mir gesagt hat, dass ich mich um dich sorgen soll, dann verdrehst du wieder die Augen", vermutete Rahimov und hob herausfordernd eine Augenbraue. Ismael musste gegen seinen Willen lächeln.

„Wieder Gott?"

„Wieder Gott", bestätigte der Mann und kratzte mit einem winzigen Löffelchen den Rest der Tomatensauce aus dem Schälchen. Er verließ den Bistrotisch, an welchem sie vor dem kleinen Verkaufsfenster standen, und kam mit zwei Gläsern heißem Schwarztee zurück. Der Junge beobachtete ihn von hinten. Als er zurückkehrte, sagte Ismael: „Aus Ihnen soll mal einer schlau werden. Ich habe noch nie einen Klassenlehrer wie Sie getroffen. Sie sind nicht so wie die anderen. Manchmal möchte ich sogar so werden wie Sie." Diese Äußerung hätte Rahimov als Letztes erwartet. Verblüfft reichte er Ismael ein Glas. „Glaub mir, ich bin ein gewöhnlicher Mensch aus Fleisch und Blut wie alle", grinste er, „aber der Glaube, den ich an den Gott habe, der uns unsagbar liebt, hat mich von Kopf bis Fuß verändert." Ismael hob abwehrend seine Hand.

„Ich weiß schon, Sie meinen Jesus Christus."

„Ja, und Er kann auch dich verändern."

„Herr Rahimov, Sie wissen nicht, mit wem sie es zu tun haben. Bei mir ist schon zu viel schiefgelaufen", sagte Ismael bitter.

„Und deshalb versuchst du dich mit Computerspielen abzulenken", schlussfolgerte der Lehrer.

Der Junge starrte auf das halbvolle Glas in seiner Hand. Er kippte es leicht zur Seite und stellte es wieder gerade. Er beobachte die Bewegungen der Flüssigkeit.

„Kann sein", gab Ismael halbherzig zu, dann verteidigte er sich: „Wenigstens kommt dabei keiner zu Schaden, oder?" Ausgerechnet jetzt musste ihm Olam in den Sinn kommen. Er weigerte sich, an den Mitschüler zu denken. Der Lehrer, der nichts von der Art der Geldbeschaffung wusste, sagte: „Die Börse deiner Mutter wird mindestens darunter leiden", dann trank er den Tee ganz aus und fügte hinzu: „Am meisten Schaden fügst du dir selber zu."

„Wieso?", wunderte sich Ismael. Es war doch nur ein Spiel, sonst nichts.

„Sieh mal, die Computerwelt ist eine virtuelle, eine künstliche Welt, die nichts mit deinem Alltag zu tun hat. Pflichten, die du täglich zu erledigen hast, erscheinen dir lästig und überflüssig. Wenn du vom Spielen absorbiert bist, dann bist du im normalen Leben passiv und wirst unzufrieden. Mit anderen Worten: Computerspiele lassen dich geistig verkümmern, und du hast keine Lust mehr, dich zu bewegen." Es war offensichtlich, dass dem Lehrer das, was er sagte, sehr wichtig war.

352

Eifrig fuhr er fort: „Nehmen wir einmal an, du würdest jene Zeit, die du vor dem Bildschirm verbringst, zum Laufen im Park aufwenden, dann könnte sich dein Gehirn erholen und du würdest wieder ein Bedürfnis verspüren, etwas Sinnvolles zu tun. Und das betrifft nicht nur den Körper. Du würdest auch geistig aktiv werden. Du wärst befriedigt über deine Leistung. Aber sieh dich nur an: Du bist müde und abgedreht."

„Das hat bisher noch keiner so erklärt. Aber vielleicht ist an Ihren Worten was dran, Mann..."
Der Lehrer nickte und sagte: „Ismael, und du weißt, dass die meisten Spiele aus Töten und Kriegen bestehen. Mit einem Knopfdruck lässt du Bomben auf deine Feinde fallen, zerstörst ganze Städte und so weiter. Meinst du nicht auch, dass das dein Denken beeinflussen könnte?" Der Schüler sah zu ihm auf.
„Wenn man die Computerspiele von dieser Seite her ansieht ..."

„Du bist noch jung, Ismael", bat der Klassenlehrer ermutigend, „lass zu, dass Gott dich verändert."

„Ich brauche Zeit, um darüber nachzudenken."

„Vor dem Computer?", fragte der Lehrer zweifelnd.

Ismael hielt inne und fasste in diesem Augenblick einen Entschluss.

„Nein, nicht vor dem Computer. Ich verspreche Ihnen, dass ich über Ihren Gott nachdenken werde."

Was bewirkte das Gespräch über Computerspiele bei Ismael?

19. ERBE DER VÄTER

Eine Woche vor Schulbeginn begleitete Parwis seinen Vater in die Gemeinde in der Bahorstraße Nummer 5. Nach der Stunde warteten sie draußen im Innenhof auf Umed Rahimov. Er kam auf sie zu und führte sie in einen kleineren Raum im Nebenbau. Zu dritt setzten sie sich auf die ausgebreiteten Sitzmatten mit Blumenmuster.

„Parwis möchte mit Ihnen sprechen", sagte Dawlat mit offenkundiger Freude. Parwis räusperte sich und blickte verlegen auf den roten Teppich, als er mit nicht allzu lauter Stimme erklärte:

„Ich habe verstanden, dass Jesus Christus uns von allem Bösen freimachen kann und unsere Schuld vergibt, wenn wir sie Ihm bekennen und an Ihn
glauben." Rahimov ließ seinen Blick auf dem Jungen ruhen.

„Und was bedeutet das für dich persönlich?"

Parwis sah auf und fixierte die dicke Decke, die zum Schutz vor der Kälte am Fenster angebracht worden war.

„Hm... der Gedanke... gefällt mir", ein Räuspern war zu hören, „ich habe meine Fehler wie... einen schweren Rucksack auf dem Rücken empfunden", irgendetwas schien in seinem Hals zu stecken. Parwis bemühte sich, seiner Stimme einen festeren Klang zu verleihen: „Ich will nicht mehr so weitermachen wie bisher. Ich will neu anfangen, anfangen mit Jesus Christus." Seine Augen leuchteten, als er den Lehrer ansah.

Rahimov war einerseits erfreut, andererseits ... „Und was hast du dafür gemacht, um das zu erreichen?"

„Ich... ich habe Gott einfach alles gesagt, was ich falsch gemacht habe und dass es mir leid tut... und dass ich nun mein Leben nach der Bibel ausrichten möchte. Ich glaube, dass Jesus Christus Gottes Sohn und mein Heiland ist", erklärte Parwis abgehackt. Seine Nervosität liess sich nicht verbergen. Auf Dawlats Gesicht erschien ein breites Grinsen, doch Umed Rahimov fragte mit ungewöhnlich distanziertem Unterton: „Und damit ist alles gelöst?"

„Jaaa...", durch das Verhalten des Lehrers irritiert, wurde der Junge unsicher. Der Klassenlehrer gab sich nicht so schnell zufrieden: „Nein, Parwis, damit hast du zwar den größten Teil der Sache hinter dich gebracht, doch noch nicht alles."

Die Augen von Parwis' Vater weiteten sich. „Wie denn? In Russland haben sie es mir so gesagt. Gott vergibt alle unsere Schuld und damit hat sich's. Man kann sich das ewige Leben nicht verdienen." Rahimov hob lächelnd die Hand. „Ja schon, das stimmt, aber Fehler, die wir in der Vergangenheit begangen haben, müssen wir in Ordnung bringen. Wir müssen zwar zuerst Gott um Vergebung bitten, aber dann sollen wir das auch bei den betroffenen Mitmenschen tun. Denkst du nicht auch, Parwis, dass du noch einige wichtige Dinge mit verschiedenen Leuten zu bereinigen hast?"

Parwis' Kopf senkte sich.

„Das ... das kann ich nicht", brachte er mühsam hervor. „Dann tut's dir nicht wirklich leid und du willst gar nicht mit Gott neu anfangen", schlussfolgerte der Lehrer. Dawlat sah mit großen Augen zu seinem Sohn und dann wieder zum Lehrer. „Wenn dir das, was du getan hast, von Herzen leid tut, und du Gott gehorchen willst, dann bitte Ihn um die nötige Kraft. Glaub' mir, Er wird sie dir geben. So einfach ist das Ganze." Nach einer langen Pause blickte Parwis geschlagen zu Umed Rahimov und flüsterte: „Bedeutet das, dass ich mich bei Olam entschuldigen soll? Und bei Bahromov?... und bei Ihnen?"

„Ja, genau das will es sagen. Was geschehen ist, ist geschehen. Aber wir müssen uns dafür entschuldigen, danach kann der Herr etwas ganz Neues in deinem Leben schaffen."

Dawlat Karimov wurde nachdenklich, als er hörte, wie Parwis reumütig den Lehrer um Vergebung bat. Das Alte musste in Ordnung gebracht werden! Ob er selber nicht auch noch etwas zu klären hatte? fragte sich der Vater. Umed Rahimov klopfte Parwis brüderlich auf die Schulter.

„Und? Hat's wehgetan?", fragte der Lehrer schmunzelnd. Parwis schüttelte den Kopf.

„Siehst du. Die anderen werden dir auch nicht den Kopf abreissen. Also, dann tu' das, was zu tun ist. Der Herr gebe dir die nötige Kraft, Bruder."

Nur drei Tage nach Rahimovs Gespräch mit Vater und Sohn trat Parwis vor dem Turnunterricht auf Malik zu und sagte: „Malik, mein Vater möchte mit dir reden."

Malik verbarg seine Missbilligung nicht und sagte von oben herab: „Dein Vater? Was will er von mir? Will er mich mit seinem neuen Glauben durcheinanderbringen?"

Parwis starrte auf den Asphalt und sagte mit ruhiger Stimme: „Malik. Bitte. Es ist wichtig. Echt."

Irgendetwas an Parwis' Stimme ließ den Langen aufhorchen, und mit zusammengekniffenen Augen fragte er: „Was ist so wichtig, dass er es mir sagen will?"

Parwis schüttelte den Kopf und sah direkt in Maliks Augen. Sein Blick verwirrte den eigenwilligen Jungen.

„Ich kann es dir nicht sagen, aber ich weiss, dass du es wissen solltest."

„Du bist komisch! Hau doch mit deinem Vater ab und lasst mich in Ruh'", antwortete Malik und wandte sich zum Gehen. Parwis hielt Malik an der Schulter. Beide blieben unbewegt stehen.

„Was?", gab Malik, ohne sich umzusehen, gehässig von sich.

„Malik. So hör ihm doch wenigstens zu." Malik drehte sich um.

„Ich weiss, was er will. Er will mich zum Christen machen, oder? Ich brauche seinen Glauben nicht, kapiert?", sagte Malik ungeduldig und sah in Parwis' traurige Augen.

„Er wartet an der Bushaltestelle auf dich", erklärte Parwis, wies mit dem Kopf zur Straße und ging.

Malik hielt inne. Was sollte er tun? Er könnte sich ja wenigstens anhören, was der Vater seines Mitschülers zu sagen hatte. Aber er könnte auch zum Fußballfeld gehen und sich auf die Turnstunde vorbereiten. Die Neugierde des Jungen war geweckt worden. Was vermochte der Mann ihm schon zu tun? Wenn es ihm nicht passte, ginge er einfach davon.

„Gut, dann schauen wir mal", entschloss sich Malik und richtete seinen Schritt zur Bushaltestelle.

An der Haltestelle warteten einzelne Personen auf den Trolleybus: eine Frau aus dem Dorf mit großem weißem Kopftuch und langem schäbigem Kleid, auf ihrem Arm einen Säugling. Drei Schüler, die Malik nicht kannte, standen dort. Ein alter, gebückter Mann mit krempenlosem Käppchen, der sich auf einen langen Stecken stützte, und zwei Männer in Anzug und Krawatte. Aber wo war der Vater von Parwis? Malik hatte ihn einige Male gesehen und vermutete, dass er ihn leicht wiedererkennen würde, aber da war niemand. Ob Parwis ihm eine Falle stellen wollte? Malik stand hinter der Plexiglaswand des Bushäuschens und beobachtete den heranfahrenden Trolleybus, dem nach wenigen Augenblicken eine große, gemischte Gruppe von Jung und Alt entstieg. Danach drängten sich die Wartenden hinein und verschwanden vor Maliks Augen.

„Malik?"

Der Junge fuhr erschrocken herum und erblickte Dawlat Karimov, der von hinten an ihn herangetreten war.

„Ja, hallo", grüßte er den Mann wenig herzlich. Er erkannte ihn als den Vater seines Kameraden, wenn er ihn auch etwas kleiner in Erinnerung gehabt hatte. Wie Malik war er groß und von schlaksiger Gestalt. Er trug eine schwarze Winterjacke und eine Ledermütze mit Fellklappen.

„Wie geht es dir? Alles okay?" Der Mann schien um Worte verlegen.

Malik nutzte normalerweise seine Größe aus und blickte auf sein Gegenüber hinab, doch mit Parwis' Vater funktionierte das nicht. Deshalb verschränkte er seine Arme vor der Brust und kniff seine Augen zusammen, als er hochmütig antwortete: „Mir geht es gut. Sie wollten mit mir reden."

Der Mann bemühte sich, Maliks Überheblichkeit nicht zu beachten, und nickte: „Ja. Hast du Zeit?"

„Hm", brummte Malik. Es schien, als ob er den Mann nicht mit mehr Worten würdigen wollte. Dass er jetzt Unterricht gehabt hätte, war ihm egal.

„Der Park ist ein Katzensprung von hier entfernt. Komm, gehen wir und drehen eine Runde", schlug Parwis' Vater vor. Stumm überquerten sie die Straße. Das Schweigen von Dawlat Karimov wollte Malik nicht gefallen. Konnte er nicht kurz sagen, was Sache war, und ihn gehen lassen? Vor ihnen erschien das schmiedeeiserne Eingangstor zum Hauptweg, der mit der weißen Schneedecke geradezu verträumt vor ihnen lag. Die Wege im Park schlängelten sich um hohe Bäume und ausladende Büsche und luden Spaziergänger zur Zerstreuung ein. Es war wärmer geworden. Der Neuschnee tropfte von den Ästen der Bäume. Unter den Stiefeln der beiden knirschte es. Parwis' Vater zeigte ohne Worte auf eine Bank nahe dem Weg. Eine dicke Zeder breitete schützend ihren grünen Mantel darüber aus. Dawlat wischte mit seinem Handschuh den Schnee von der Sitzgelegenheit. Malik stellte seine Schultasche neben seine Beine und setzte sich zu Dawlat Karimov, doch die Art wie er Platz nahm, ließ keinen Zweifel über seinen Unwille zu. Der Mann räusperte sich.

„Ich ... ich möchte dir etwas erzählen", begann er. Malik verdrehte die Augen. *„Rück raus mit der Sprache, Mann"*, wollte er sagen, schwieg aber.

„Ich habe vor 25 Jahren geheiratet." Malik erblickte in der Ferne einen Schneemann, den am Morgen einige Kinder gebaut hatten. Mein Leben war gut, aber etwas fehlte mir ..."

„Aha, wusst' ich's doch. Jetzt kommt er mit seinem Glauben, der ihm gefehlt hat. Schade um die Zeit", dachte Malik.

„Nun, meine Frau konnte keine Kinder bekommen und so nahm ich mir nach vielen Jahren vergeblichen Hoffens eine zweite Frau. Sie wurde sogleich schwanger und bekam ein Kind. Seltsamerweise wurde in der gleichen Zeit meine erste Frau ebenfalls schwanger und gebar bald darauf einen Sohn – Parwis."

Malik gähnte unverhohlen. „Na dann alles Gute mit Ihrem Sohn."

„Dann wurden zwei Töchter geboren, Lola und Nilufar. Tja, das weisst du ja ..."

Der Mann atmete tief durch. Dem Jungen platzte der Kragen.

„Herr Karimov. Ich weiß nicht, was Sie von mir wollen, aber..."

„Das ist alles nicht ganz einfach für mich..."

„Warum erzählen Sie mir das alles? Was geht es mich an, ob Sie zwei Frauen geheiratet haben? Von mir aus können Sie ein Dutzend Frauen heiraten. Was habe ich schon mit Ihnen zu tun?" Malik hatte sich noch nie gern beherrscht, aber in der Gegenwart von Parwis' Vater waren seine Nerven überspannt worden. Sein linkes Bein vibrierte.Der Mann suchte Maliks Augen und sagte fest: „Malik, du bist das Kind der zweiten Frau." Der Junge hielt inne.

Was hatte er da gerade gesagt? Er ist der Sohn dieses Mannes? Dann ist dieser Mann sein Vater! Und Parwis sein jüngerer Bruder! Nein, das war doch unmöglich!

„Herr Karimov, Sie machen da einen Fehler. Mein Familienname ist Nasarov."

„Natürlich, eine standesamtliche Trauung mit einer Zweitfrau ist schließlich verboten. So hast du den Nachnamen deiner Mutter erhalten." Der Junge schwieg einen Moment lang. Dann fragte er wie betäubt:

„Hat Parwis es gewusst?"

„Nein. Ich habe es ihm erst gestern Abend gesagt", bekannte der Mann verlegen. Er war noch niedergeschlagener bei dem Gedanken an Parwis' enttäuschtes Gesicht.

Malik machte seine Augen zu und schloss Mund und Nase in seine beiden Handflächen ein. All die vergangenen Jahre zogen an seinem inneren Auge vorbei, die Not seiner Mutter, der Neid, den er auf die anderen Schüler hegte, weil sie einen Vater hatten – besonders den Neid auf Parwis. Wie sehr hatte er in all den Jahren einen Vater gewollt, einen Vater, der ihm im Streit mit anderen Kindern den Rücken deckte, mit ihm Fischen ging, mit ihm an einem Automotor herumbastelte und sogar einen, der ihn erzogen hätte!

Plötzlich veränderten sich Maliks Gesichtszüge zu einer von Bitterkeit erfüllten, hässlichen Fratze. Heftig sprang er auf und blickte seinen Vater an. Seine Hände flogen in die Luft.

368

„Was denken Sie sich dabei?", schrie er eine Frage, die keine Antwort erwartete, aus. „Haben Sie etwa gedacht, dass ich mich in Ihre Arme werfen würde? Wo waren Sie, als meine Mutter nicht wusste, wie sie uns satt bekommen sollte? Wo waren Sie, als große Kerle mich zu Unrecht verprügelten? Wo waren Sie, als man mich in der Schule nach dem Vatersnamen fragte?" Spaziergänger flanierten vorbei und sahen mit Interesse zu ihnen herüber. Der Mann schämte sich und bemühte sich, den hysterisch gewordenen Jungen zu beruhigen.

„Malik, bitte, versuch es zu verstehen. Das Leben..."

„Das Leben! Ja, das Leben! Ein Kind in die Welt setzen und es dann wie... wie ein nutzloses Spielzeug wegzuwerfen! Ist das das Leben? Sie .. Sie ...", Malik fand in seinem Wutanfall keine Worte mehr. Er stemmte seine Hände in die Hüften und wurde ruhig. Mit scharfem Unterton sagte er gedämpft: „Jetzt weiß ich wenigstens eines. Mein Vater ist der niederträchtigste Mensch, den es gibt." Der Junge riss heftig am Riemen seiner Schultasche und stapfte ohne ein weiteres Wort davon. Dawlat Karimov rief ihm seinen Namen mehrmals nach, doch Malik wollte nichts mehr hören. Tausend Gedanken schossen ihm durch den Kopf. *Warum hatte Mutter ihm nichts gesagt? Und wenn Parwis' Vater tatsächlich sein Vater war, dann würde das auch bedeuten, dass sein Vater Christ ist! So jemand nennt sich also Christ!*

Jetzt wusste Malik auch den Grund, warum Parwis und er sich äußerlich so ähnelten – sie waren Brüder!

Parwis wollte aufrichtig zu Gott umkehren. Nun verstand er, dass er seine zerstörten Beziehungen ins Reine bringen musste, indem er sich entschuldigte. Was bewirkte diese Erkenntnis bei seinem Vater?

20. OLAM

Ibrohim kickte den Ball über die gesamte Länge des Fußballfeldes direkt ins Tor. Die Jungen von Ismaels Fußballteam schrien vor Freude auf. Die Schüler waren vom Rennen warm geworden und spürten die kalte Luft nicht mehr. Sie hatten die Jacken abgelegt und rannten in ihren Schuluniformen mit Feuereifer dem Ball hinterher. Olam fand sich in dieser Turnstunde zufällig in Ismaels Gruppe. Er war kein begnadeter Fußballspieler, aber schlecht spielte er auch nicht. Als die Schüler sich nach erfolgreichem Torschuss wieder auf dem Feld verteilten, steuerte Ismael auf Olam zu.

„Olam, hör mal zu. Ich brauche dein Geld nicht mehr", sagte der kraushaarige Junge, „250 Somon sind in meiner Jackentasche auf der Bank dort drüben. Nimm sie wieder. Die anderen 50 Somon gebe ich dir ein andermal." Olam blieb irritiert stehen. Ismael spürte den Blick des Mitschülers auf sich und wusste, dass er sich entschuldigen sollte, doch das würde er nicht tun. Nein, die Worte „*Entschuldige, Olam*" würden ihm nicht über die Lippen kommen. Er machte kehrt und lief wieder aufs Feld dem Ball nach.

Olam wandte seinen Blick zum Sportlehrer, der mit dem Hausmeister in ein Gespräch verwickelt war. Der Junge blinzelte gegen die Sonne und war vor Glück überwältigt. *Was war auf einmal mit Ismael los*? Begeistert über die Wendung des Schicksals, eilte er zu Ismaels Jacke und suchte hastig die Taschen nach dem Geld ab. Woher hätte er wissen können, dass ihn der Schulleiter aus 20 Meter Entfernung beobachtete? Der Schüler bückte sich und stopfte das gefundene Geld in die Hosentasche. Er hatte gerade den Reißverschluss von Ismaels Jackentasche zugemacht, als eine fleischige Hand ihn unsanft an der Schulter packte. Langsam hob Olam den Kopf und sah in

374

Bahromovs zornblitzende Augen. „Habe ich dich!", triumphierte der Direktor, „du machst nicht nur alles kaputt, du bist auch noch ein Dieb." Alles in Olams Kopf begann sich zu drehen.

„Herr Bahromov, ich … ich …", versuchte sich der Junge schwach zu verteidigen. Seine Hand wanderte automatisch in die Hosentasche und umschloss die Noten.

„Was hast du da? Was hast du genommen?", verlangte der Mann ungeduldig zu wissen und streckte ihm die offene Handfläche entgegen. Olam umschloss das Geld fest mit seiner Faust, zog es dann unwillig aus der Tasche heraus. Bahromov nahm ihm das Geld ab.

„… aber das ist mein Geld", erklärte der Junge kraftlos. „Wie bitte? Deine Jacke hast du am Leib und kramst in einer anderen", legte Bahromov das aus, was er gesehen hatte, „sag ja nicht, dass du zwei Jacken hast. Das glaub' ich dir nämlich nicht."

Olam sah sich um. Ismael könnte doch kurz erklären, dass es Olams Geld war, oder etwa nicht? *Aber wo war Ismael? War das vielleicht wieder eine der „Operationen" von Maliks Clique?* Olam fühlte sich verkauft. Selbst dass die Jacke Ismael gehörte, hätte Olam nicht beweisen können. Solche Winterjacken trugen mindestens dreissig Jungen an der Schule. Verzweifelt folgte er dem Direktor ins Besprechungszimmer.

Als Umed Rahimov für die 8A mit Kreide die Regierungsjahre der Emire von Buchara an die Wandtafel schrieb, ging die Klassenzimmertür auf. Madina, Klassensprecherin der 9B, erschien an der Schwelle und sagte: „Herr Bahromov lässt Sie rufen. Er meinte, dass Sie so schnell wie möglich zu ihm kommen sollten."

Rahimov wog einen Augenblick lang ab, ob er die Klasse allein lassen könne. Dann übertrug er einem Schüler die Verantwortung und suchte den Schulleiter auf. *Was war passiert?*

376

Sein kurzes Klopfen an der Tür wurde mit einem prompten „Herein" beantwortet, und der Lehrer drückte die Klinke herunter. Bahromov saß hinter dem schmucklosen Schreibtisch und trommelte ungeduldig auf die Tischplatte. Vor ihm stand Olam mit gesenktem Kopf.

„Rahimov, ich hätte nie auf Sie hören dürfen! Jetzt haben wir den Schlamassel! *Sie* wollten, dass der Junge an der Schule bleibt! Und *Sie* haben ihn ständig verteidigt! Und jetzt? Wollen Sie etwa auch noch seine Diebstähle decken?", fragte ihn der zornige Direktor und warf 250 Somon auf den Tisch. Der Lehrer verstand gar nichts. Er sah zu Olam.

„Da, da nehmen Sie seine Akte." Bahromov wedelte mit den Unterlagen vor dem Klassenlehrer und streckte sie ihm entgegen. „Ich werde mit Ihnen nicht mehr über dieses Kind reden. Ich habe gesehen, was bei Ihren ‚Erziehungsmethoden' rauskommt." Rahimov musste wohl oder übel Olam Alievs Schülerakte entgegennehmen. Der Schüler räusperte sich und wandte sich an seinen Lehrer.

„Darf ich mit Ihnen alleine sprechen?"

„Nein, nein, nein! Die Zeit zum Reden ist vorbei, mein Junge", mischte sich Bahromov ein und schwenkte seinen Zeigefinger ablehnend hin und her. Rahimov wollte aber die Gelegenheit, endlich mit dem Jungen reden zu können, am Schopf packen und fasste sich ein Herz.

„Herr Bahromov. Ich bin sein Klassenlehrer. Erlauben Sie mir, dass ich mit Olam unter vier Augen rede."

Der vollschlanke Mann kaute an seiner Lippe. Er hielt sein Kinn in der Hand. Nach kurzer Zeit entspannte er seine Schultermuskeln und schaute prüfend auf die Uhr.

„Gut, aber nur zehn Minuten. Und sehen Sie zu, dass er mir nicht noch das Geld vom Tisch stiehlt!"

Umed Rahimov wartete, bis der Direktor die Tür hinter sich ins Schloss fallen ließ. Er bot dem Jungen einen der Stühle an und setzte sich ihm gegenüber. Wenn Olam gehofft hatte, dass Rahimov das Gespräch eröffnete, dann hatte er sich getäuscht. Eine geschlagene Minute lang redete keiner der beiden. Dem Lehrer fiel in dieser Zeit auf, dass das Besprechungszimmer des Direktors wärmer war als alle anderen Räume in dem Schulhaus, das aus Beton gebaut war.

„Ich ... wollte mit Ihnen schon seit einiger Zeit reden." Der Schüler zwang sich, das Gespräch zu beginnen, und öffnete seine Krawatte, die ihn plötzlich zu würgen schien. „Ich habe das Geld nicht gestohlen, das heißt, ich habe das Geld auf dem Tisch nicht gestohlen... ich meine, ich habe es jetzt nicht gestohlen." Rahimovs Augenbrauen schossen in die Höhe.

„Verstehen Sie mich?", fragte der Junge zweifelnd, als er in das überraschte Gesicht des Mannes sah. Der Lehrer schüttelte den Kopf.

„Ich... ich weiß nicht, wo ich anfangen soll. Es ist eine lange Geschichte."

„Ich hab' Zeit", sagte der Lehrer und erinnerte sich an die 8A, die auf ihn wartete. In diesem Augenblick ertönte die Pausenglocke, und Rahimov lehnte sich beruhigt zurück.

Olam erzählte dem Mann, was im vergangenen Schuljahr vorgefallen war. Er berichtete, dass Maliks Clique ihn wiederholt gezwungen habe, Geld aus Großvaters Laden zu stehlen, dass ihm aber Ismael 250 Somon unerwarteterweise wieder zurückgegeben habe und es sich bei dem Geld eben um die Scheine auf dem Schreibtisch des Direktors handelte. Rahimov hörte dem Jungen aufmerksam zu, ohne ihn zu unterbrechen. Er sah Olam ernst an und meinte schließlich: „Eines verstehe ich nicht. Warum hast du dich nicht gegen Maliks Clique gewehrt?"

Olam sah ein, dass er am heikelsten Punkt seiner Erzählung angekommen war. Er konnte nicht verbergen, dass ihm das, was er zu sagen hatte, äußerst schwerfiel: „Weil... weil Malik etwas über mich weiss, was keiner wissen darf. Und er benutzt diese Information als Druckmittel. Wenn ich mich verteidige, will er in der Schule mein Geheimnis heraus posaunen." Jetzt ging die Tür auf, und Bahromov stand vor ihnen.

Er hob die rechte Hand und sagte: „Gut, die Zeit ist abgelaufen. Rahimov, befördern Sie diesen... Jungen aus meinem Büro." Er rümpfte die Nase, ging an ihnen vorbei und ließ sich auf seinen Sessel mit Armlehnen nieder. Ohne die beiden eines weiteren Blickes zu würdigen, fuhr er mit seiner Arbeit fort. Als er bemerkte, dass die beiden keine Anstalten machten, aufzustehen, hob er seine Augen und sagte zu Rahimov: „Was denn? Was denn? Soll ich Sie etwa hinausbegleiten?" Rahimov atmete hörbar ein.

Lehrer und Schüler gingen an die frische Luft. Die Beklemmung, die Olam gerade noch im Zimmer verspürt hatte, löste sich in nichts auf. Der Sonnenschein blendete ihre Augen. Rahimov hielt sich die Hand wie einen Schirm über die Augen. Sie fanden Platz auf der Bank neben dem Brunnen – dieselbe, welche Maliks Clique immer besetzt hielt, die in den letzten Wochen aber stets leer war. Rahimov war nicht sicher, ob sich der Junge nach der Unterbrechung nochmals öffnen würde.

„Malik weiß dein Geheimnis. Möchtest du es mir erzählen?" Olams Blick wanderte zu Boden. *Schaute da unter dem Schnee nicht der kleine gelbe Kopf eines Pflänzchens heraus? Hatte die Wärme der Baumwurzeln diese Blume vor der Kälte bewahrt?* Einwilligend nickte er. Ja, er wollte, dass der Lehrer Bescheid wusste.

„Mein Großvater ist vor zwei Jahren in diesen Stadtteil gezogen. Wir wollten nicht, dass jemand etwas über uns weiß. Aber leider ist der

382

Schwager von Maliks Tante mütterlicherseits ein weit entfernter Verwandter von uns. Und durch ihn hat Malik erfahren, dass mein Vater nicht in Russland ist... sondern im Gefängnis", erklärte Olam unter Aufwendung all seiner Kräfte. Er wagte nur einen kurzen Blick auf seinen Lehrer. „Jetzt verstehen Sie vielleicht, warum ich nicht wollte, dass Malik das allen weitersagt und mich die Kinder deswegen hänseln." Verständnisvoll nickte der Mann.

„Und warum sitzt dein Vater?", fragte Rahimov.

„Nach dem Tod meiner Mutter hat er angefangen zu trinken, dann hat er erst Haschisch genommen, später ist er auf harte Drogen umgestiegen. Er hat alles, was mein Großvater besessen hat, zu Geld gemacht und sich Kokain besorgt. Das ist auch der Grund, warum wir kein eigenes Haus haben, sondern Mieter sind. Der Laden gehört uns auch nicht. Tja, da ist nichts mehr übriggeblieben, was sich hätte verkaufen lassen, und dann..." Hier machte der Junge eine lange Pause und sagte traurig: „Und dann hat er angefangen zu stehlen... Und jetzt bin ich selber ein Dieb geworden."

„Was wirst du jetzt machen?", wollte Rahimov wissen und sah die Hoffnungslosigkeit in Olams Augen.

„Ich weiß nicht. Zuerst werde ich wohl eine neue Schule finden müssen", sagte er mit den Schultern zuckend, ohne dass sich im Gesicht ein Muskel regte.

„Und dein Großvater?" Olam richtete seinen Blick auf den Haupteingang des Schulgebäudes.

„Großvater? Was soll er machen? Er wird am Boden zerstört sein, wenn er erfährt, dass nicht nur sein Sohn, sondern auch sein Enkel ein Dieb ist. Er wird sich daran gewöhnen. Das Schicksal will es nicht anders."

Nun blickte Rahimov den Jungen ernst an. Er stieß Olam leicht am Ellenbogen an und sagte mit einem militärischen Ton, der den Jungen überraschte: „Nun hör mir mal zu! Ich glaube, dir gefällt die Rolle des Opfers ganz gut! Du warst einverstanden, dass deine Mitschüler mit dir tun und lassen, was ihnen passte, nur weil du nicht wolltest, dass sie mitkriegen, dass dein Vater hinter Gittern ist. Jetzt sagst du, dass es dein Schicksal ist, Dieb zu sein! Du bist doch kein Spielball, den man einfach hin- und herwirft. Das Leben ist in deiner Hand! Ob du glücklich oder unglücklich bist – das ist einzig deine Entscheidung!"

Der Junge blickte hilflos zum Lehrer. „Ich habe einen Fehler gemacht, Herr Rahimov, ich weiß. Aber es ist zu spät, um umzukehren", klagte der Junge.

„Warum zu spät? Du wirst jetzt zu deinem Großvater gehen, wirst ihm bekennen, dass du gestohlen hast, und ihn bitten, dir einmal in der Woche freizugeben, damit du irgendwo arbeiten und danach die Schuld zurückzahlen kannst. Und wenn es auch Monate dauern sollte." Dann zeigte er auf die Akte auf seinen Knien. „Bahromov überlasse mir. Ich werde das mit deiner Akte lösen. Und wegen Malik und deinem Geheimnis: mach dir da keine Sorgen, ich werde mit ihm reden. Ich vermute, dass ich etwas weiß, was seinen Drohungen ein Ende bereiten könnte", dachte der Lehrer laut. „Und solltest du eines Tages gute Freunde brauchen, dann komm doch mal in der Bahorstrasse, Hausnummer 5, vorbei."

Olam blickte mit seinen grünen Augen zu seinem Klassenlehrer. Ja, *vielleicht würde es so gehen*, dachte er. Eine zentnerschwere Last fiel von Olams Schultern. Er sah wieder auf den Boden. *Wo war der kleine Löwenzahn? Ah, dort. Nun konnte er wieder vorwärts schauen, alles würde gut werden.*

Olam war nicht einfach „ein Opfer der Umstände". Was meinte Rahimov damit, dass er
selber entscheiden müsse, ob er ein glückliches Leben leben wollte oder nicht?

21. DIE SCHLAFLOSE NACHT

Malik konnte sich nicht erinnern, wie lange er im hinteren Teil des Parks umhergeirrt war. Nach den Neuigkeiten seines Vaters – dieser Mensch war sein Vater! – hatte er nicht gewusst, wohin er sich wenden oder was er tun sollte! Er kochte vor Wut und ihm war klar, dass er so nicht nach Hause gehen konnte. Er hatte sich in die letzte Ecke des Gartens verkrochen, wohin sich kein Spaziergänger verirren konnte, und warf seine Schultasche in hohem Bogen durch die Luft. Sie landete mitten im Gestrüpp. Der Junge kickte verärgert gegen den Stamm eines Busches.

Nein, er hatte 17 Jahre lang keinen Vater gehabt, und es war für ihn nicht einfach gewesen, aber nun, da er einen hatte, hasste er ihn für das, was er getan hatte. Früher hatte er ihn sich in seiner Phantasie als einen Kriegsheld vorgestellt, der im Bürgerkrieg sein Leben für Recht und Freiheit gegeben hatte.

Oder vielleicht war er ins Ausland gegangen, um reich zu werden und eines Tages seinen Sohn zu sich zu rufen. Er hatte sich vorgestellt, dass seine Mutter sich deshalb weigerte, mit ihm über seinen Vater zu reden, damit er sich nicht falsche Hoffnungen machen würde. Aber dies...! Sein Vater hatte ihn aufgegeben. Sein Vater hatte ihn einfach nicht gewollt.

Malik kauerte am Boden, und das, was nun geschah, war seit Jahren nicht mehr geschehen. Er weinte. Er weinte wie ein kleines Kind mit lauter Stimme, und niemand war da, der ihm Mut machend die Hand auf die Schulter legte. Woher hätte Malik auch wissen können, dass Dawlat Karimov ihn von Weitem beobachtete und sich von Herzen wünschte, seinen halberwachsenen Sohn zu trösten? Die Hände des Mannes steckten tief vergraben in seinen Hosentaschen, als er den Park verließ. Es wurde wieder kalt. Noch bevor die Sonne unterging, verwehrte eine Wolkendecke die Sicht zum blauen Himmel. Das Wasser erstarrte wie-

390

der zu Eis. Ganz sanft fanden Millionen von Schneeflocken ihren Weg zur Erde. Dunkelheit legte sich über die Stadt.

Maliks Mutter blickte besorgt aus dem Fenster in die dunkle Nacht hinaus. Wenn ihr Junge auch frech und eigenwillig war, so hatte er jedoch nicht die Angewohnheit, abends unterwegs zu sein. Sein Handy war ausgeschaltet. Die Frau war um fünf Uhr müde durchs Schneegestöber von der Arbeit auf dem Basar nach Hause gekommen und hatte das Abendessen gekocht, das jetzt immer noch unberührt im Topf lag. Ihre Gedanken waren bei ihrem Sohn.

Maliks Mutter war eine sympathische Frau mit einem runden Gesicht. Die wenigsten hätten gedacht, dass sie bereits 33 Jahre alt sei. Obwohl sie hübsch war und der eine oder andere an ihr Interesse gezeigt hatte, heiratete sie nach der Scheidung von ihrem ersten Mann nicht mehr.

Die Frau fror, aber nicht wegen des Wetters. Nein, im Haus war es schön warm. Die Tatsache, dass es zwölf Uhr nachts und ihr Sohn noch nicht zu Hause war, ängstigte sie. *Wo konnte er da draußen nur sein? Es war Winter, und überhaupt war Malik kein Junge, der mit Freunden nachts ausging. Ob er ins Internetcafé gegangen war? Nein, er hatte noch nie etwas für Computer übrig gehabt.* Die Frau saß wie ein Häufchen Elend da. Plötzlich klingelte das Telefon. Sofort hob sie den Hörer ab.

„Dilbar?"

„Wer sind Sie?"

„Dilbar? Hallo. Ich bin's, Dawlat", ein Räuspern war zu hören, „Dawlat Karimov."

Maliks Mutter saß wie versteinert da. *Dawlat Karimov? Dawlat Karimov!* Sie brachte keinen Ton hervor.

392

„Ist Malik daheim?", fragte die Stimme durchs Telefon. Die Frau regte sich auf. *Wie konnte dieser Mann es wagen, nach Jahren des Schweigens anzurufen und zu fragen, ob ihr Junge daheim sei?*

„Hättest du diese Frage vor vielen Jahren gestellt, hätte ich mich darüber gefreut. Aber jetzt? Was interessiert es dich schon, wo dein Sohn ist?", erwiderte sie giftig und spürte, wie sich ihr Hals zuschnürte. Auf der anderen Seite war es still.

„Ich... ich habe heute Malik gesagt, wer ich bin", sagte der Mann langsam.

„Du hast *was*? Wie konntest du nur! Du hast mich gezwungen, ihm nicht zu verraten, wer sein Vater ist, und ich habe all die Jahre geschwiegen." Plötzlich wurde die Frau von Furcht ergriffen. Verzweifelt schlussfolgerte sie: „Malik hat sich etwas angetan. Ich spür' es! Er hat sich was angetan!"

„Dilbar, komm schon. Mach keine Panik!", versuchte Dawlat sie zu beruhigen.

„Mein Sohn sollte seit Stunden zu Hause sein, und niemand weiß, wo er ist. Ich habe alle Verwandten in der Stadt angerufen. Es schneit seit Stunden unaufhörlich, und du sagst, *ich* soll keine Panik machen? Ich kenne meinen Sohn!" In ihrer Stimme schwang absichtlich ein vorwurfsvoller Ton mit. „Wozu soll es gut sein, dass er weiß, wer sein Vater ist? Du hättest mich wenigstens fragen können!"

„Er ist mein Sohn!", erwiderte der Mann betroffen, „wo könnte er noch sein? Hast du bei seinen Freunden angerufen?" Maliks Mutter hielt inne. Ja, dieser Gedanke war ihr auch schon gekommen, doch gegen ihr eigenes Wort musste sie sich eingestehen, dass sie nicht wusste, wer seine Freunde waren, außer Parwis. Doch Parwis hätte sie nie im Leben angerufen. „Ich... ich habe ihre Nummern nicht", versuchte sie sich herauszureden.

Dawlat sagte: „Gut, ich werde Parwis fragen und auch seinen Lehrer anrufen."

Dilbar senkte den Kopf und gab nach. Malik musste einfach gefunden werden!

Nasira Rahimov wurde durch die schläfrige Stimme ihres Mannes Umed geweckt.

„Wie bitte? Wer? Dawlat Karimov? Ach, hallo Dawlat. Ist alles in Ordnung?", kam es ihm nur mit Mühe über die Lippen. Er war völlig verschlafen. Doch als er hörte, was da auf der anderen Seite des Telefons gesagt wurde, war er binnen Sekunden hellwach und fragte zurück: „Was meinst du mit ‚er ist nicht daheim'? Wie viel Uhr haben wir denn?" Umed Rahimov hatte die Uhr auf dem Display noch nicht ablesen können. Er schwang sich sofort aus dem Bett und tastete im Dunkel mit dem Telefon in der Hand der Wand entlang, bis er den Lichtschalter erreicht hatte und schaltete die Deckenbeleuchtung an. Nasira blinzelte und hörte dem einseitigen Gespräch zu. „Was ist mit Do-vud?... Ismael?... Und Scherdil?... Ja, okay, ich komme gleich." Der Lehrer beendete das Te-lefongespräch. Seine Frau setzte sich im Bett auf. Sie strich sich eine widerspenstige Locke hinter ihr Ohr und sah ihren Mann mit großen Augen an. Während Umed Rahimov sich seine Jeans und einen blauen Strickpullover über-zog, sagte er, ohne gefragt zu werden: „Malik ist verschwunden. Sein Vater hat angerufen."

„Sein Vater? Du meinst Parwis Vater?", wollte sie wissen und stand auf.

„Ja, ich habe dir doch erzählt, dass Dawlat zu mir gekommen ist und gesagt hat, dass er mit seiner Vergangenheit aufräumen wollte. Und heute hat er mit Malik gesprochen, aber ich glaube, der Junge hat die Nachricht nicht so gut aufgenommen. Er ist nicht mehr nach Hause zurückgekehrt", erklärte der Mann und ging zur Garderobe.

396

„O nein", sagte seine Frau mitfühlend und folgte ihm. Auf seine Jacke und seine Mütze zeigend, wollte sie wissen: „Und wohin gehst du jetzt?"

Er antwortete: „Ich gehe zu Dawlat. Maliks Mutter ist ebenfalls dort. Ich kann mir gar nicht vorstellen, wie sie und Parwis' Mutter aufeinander reagieren!"

Bevor er die Wohnung verließ, sah er seine Frau zärtlich an, küsste sie und ging zur Tür hinaus. Draußen aus dem Treppenhaus blickte er nochmals zu ihr zurück und flüsterte: „Bete für uns, mein Schatz!"

Dilbar, Maliks Mutter, saß in Karimovs Wohnzimmer auf dem äußersten Rand des Sofas und weinte leise vor sich hin. Parwis' Mutter kam sich ganz und gar fehl am Platz vor und erschien nur, um den erkalteten, nicht getrunkenen Tee durch neuen, heissen zu ersetzen. Offenbar hatte sie kein Interesse daran, in der Stube zu sein. Parwis, Lola und Nilufar betraten das Zimmer und verließen es wieder. Dawlats Nerven waren zum Zerreißen angespannt. Er wartete ungeduldig auf den Lehrer. Schließlich klingelte es. Der Mann stürmte zur Tür und zog Umed Rahimov am Ärmel herein. Der Klassenlehrer klopfte sich den Schnee von seinen Schultern und putzte seine Mütze. „Der Weg war zwar nicht weit, aber es hat mich völlig eingeschneit", sagte er und schüttelte sich, als er ins warme Zimmer kam. Er rieb seine kalten Hände aneinander.

Dilbar stand auf und grüßte den Lehrer mit rotgeweinten Augen. „Das ist also Maliks Mutter", dachte er. Es war das erste Mal, dass er sie sah. Sie wäre eine hübsche Frau, doch der matte Blick und das müde Gesicht waren die Spuren schwieriger Jahre und nicht nur die Folgen einiger sorgenvoller Stunden. Sie erzählten ihrem Gast noch einmal alles der Reihe nach.

„Haben Sie die Polizei gerufen?"

„Die Polizei? Nein. Wir dachten, dass wir ihn besser selber finden sollten", sagte die Frau mit gesenkten Lidern, und Rahimov erinnerte sich, dass Malik Nasarovs Akte bereits dick genug war. Es wäre gut, wenn sie nicht noch dicker werden würde.

„Wo könnte er sein?", fragte Rahimov.

„Ich weiß es nicht", erwiderte Dilbar Nasarov, und Tränen traten wieder in ihre Augen, „ich weiß überhaupt nichts. Ich kenne mein eigenes Kind nicht, ich weiß nichts über seine Gewohnheiten, seine Freunde, ich..." Die Frau ließ sich wieder auf das Sofa fallen und hielt beide Hände vor ihr Gesicht.

„Von ihr werden wir wohl kaum einen wichtigen Hinweis erhalten", vermutete der Lehrer im Stillen. Es läutete wieder, und alle blickten zum Eingang. Dawlat Karimov war schnell an der Tür

und öffnete sie. Vor ihm standen Ismael, Dovud und Scherdil. Sie grüssten den Hausherrn und zogen dann ihre Schuhe aus.

„Guten Abend, Herr Rahimov", sagten die Jungen verlegen, als sie ins Wohnzimmer traten.

Dawlat Karimov bat seine Frau, weitere Sitzkissen zu bringen. Sie setzten sich auf den Boden.

„Wer hat Malik zuletzt gesehen?", fragte Rahimov.

„Ich denke, ich. Ich habe ihn im Park alleine zurückgelassen", bekannte Dawlat Karimov und sagte zum wiederholten Male: „Wäre ich doch zu ihm gegangen! Vielleicht hätte ich ihn beruhigen können." Der Lehrer presste die Lippen zusammen.

„Nein, ich fürchte, das hätte nichts geändert. Er hätte sich von dir nicht trösten lassen. Da bin ich mir sicher", sagte er. Parwis, seine Mutter und die Schwestern traten zu ihnen und nahmen schweigend Platz.

400

„Wenn ihr einverstanden seid, dann wollen wir beten. Gott weiß am besten, wo Malik jetzt ist", schlug Umed Rahimov vor.

Dawlat sagte laut: „Ja, das wollen wir", und Scherdil, Parwis, sein Vater und der Lehrer senkten die Köpfe. Parwis' Mutter und Schwestern taten es ihnen gleich. Dovud und Ismael tauschten einen kurzen, vielsagenden Blick aus, sagten aber nichts.

„Herr Jesus Christus! Du weißt alles, und Du siehst alles. Du weißt, wo Malik jetzt ist, und wir wollen Dich bitten, dass Du uns zeigst, wo wir ihn finden können. Ich bitte Dich, dass Du ihn bewahrst, dass ihm nichts passiert und er gesund zurückkehrt. Amen."

Die Köpfe blieben unten, während der Hausherr ebenfalls zum Gebet anhob. Als Maliks Mutter erkannte, dass ihr früherer Ehemann an Jesus Christus glaubte, sah sie ihn mit offenem Mund an. „Vater im Himmel! Danke, dass Du Deinen Sohn Jesus Christus in diese Welt geschickt hast. Du siehst, dass ich gegenüber Malik als Vater völlig versagt habe. Ich bin an diesem Jungen schuldig geworden. Vergib mir und hilf mir, dass ich wenigstens einen Teil dieser Schuld wieder in Ordnung bringen kann. Gib mir eine zweite Chance. Lass nicht zu, dass Malik meinetwegen ins Unglück rennt. Ich flehe Dich an, Du vollkommener Vater", die Stimme des Mannes wurde heiser, und noch bevor er „Amen" gesagt hatte, verstummte er ganz. Er war zu bewegt, um weiter beten zu können. Scherdil schloss sich dem Gebet an. Aber Dovud und Ismael waren erst überrascht, als Parwis ebenfalls laut betete. *Hatten sie eine Neuigkeit verpasst?* Nach einer kurzen Zeit der Stille sagte Rahimov: „Der einzige Ort, wo wir suchen könnten, ist der Park. Vielleicht finden wir dort einen Hinweis, wo der Junge hingegangen ist."

Als sie aufstanden und mit dem Anziehen von Jacken und Mützen beschäftigt waren, klingel-

402

te es zum dritten Mal. Nun machte Parwis eilig die Tür auf. Vor ihnen stand Olam.

„Was machst du denn hier?", fragte ihn Rahimov verwundert.

„Man sagt, dass Malik verschwunden sei", gab er knapp von sich.

„Aber woher...?"

Ein flüchtiges Lächeln erschien kurz auf seinem Gesicht und er erklärte: „Ich habe doch erzählt, dass der Schwager von Maliks Tante ein entfernter Verwandter von uns ist. Zufälligerweise war der heute Abend bei uns zu Besuch, als Maliks Tante ihn anrief. Ich denke, dass die ganze Verwandtschaft Bescheid weiß. Ich habe mir gesagt, dass ich vielleicht helfen könnte."

Rahimov stemmte seine Hände in die Hüften und fragte: „Und wie hast du herausgefunden, dass wir alle bei Karimovs daheim sind?"

Olam antwortete: „Ich wollte gar nicht hierherkommen, sondern zu Maliks Wohnung.

Doch als ich hier vorbeigegangen bin, habe ich gesehen, dass bei den Karimovs überall Licht brennt – und das um halb zwei nachts! Da sagte ich mir, dass ich zuerst Parwis aufsuchen sollte... und so habe ich euch alle gefunden." Als er feststellte, dass sie sich alle zum Aufbruch angezogen hatten, fragte er: „Wohin wollt ihr gehen?"

„Wir gehen zum Park, denn dort hat ihn Herr Karimov das letzte Mal gesehen", erklärte Ismael.

„Ich weiß nicht, ob das wirklich sinnvoll ist", meinte Olam. Maliks Mutter erschien an der Schwelle des Wohnzimmers und fragte hoffnungsvoll: „Hast du ihn gesehen? Weißt du etwas?"

„Er kam ungefähr um halb sieben in den Laden und hat sich ein Brot gekauft. Dann ist er in die Bahorstraße gegangen. Ich dachte, dass er von daheim gekommen sei."

„In die Bahorstraße? Was gibt es dort?", fragte die Frau.

Der Lehrer schüttelte verwirrt den Kopf: „Außer der christlichen Gemeinde kenne ich dort nichts."

„Eine christliche Gemeinde?", wiederholte die Frau völlig verwirrt.

„Nun ja, wir Christen versammeln uns zum Gottesdienst dort", erklärte Rahimov. Die Frau verstand überhaupt nichts mehr.

„Er hat mit Christen nichts zu tun."

„... außer dass er einen Vater hat, der Christ ist", ergänzte Dawlat Karimov trocken.

„Kommt, gehen wir zur Bahorstraße", schlug Dovud vor und zog seine warme Mütze über beide Ohren. Es war nur noch seine Hakennase zu sehen. Die Männer, Ismael, Parwis und Olam waren einverstanden. Dilbar war gezwungen, mit Dawlats Familie im Haus zurückzubleiben.

Die Männer erreichten das Tor des Gemeinde-
hauses, doch der Wächter, der mit seiner Familie auf dem Hof wohnte, hatte nichts gehört
und nichts gesehen. Ihre Spur war alles andere als vielversprechend.

Scherdil sah mit seiner flauschigen Daunen-
jacke und der weißen Strickmütze wie ein
Schneemann aus. Fortwährend blies er warme
Luft zwischen seine beiden Handflächen. Die
Temperatur war unter Null gesunken. Dawlat
blickte hoch und sah zweifelnd zu den unzähligen Schneeflocken, die auf die Erde zugondel-
ten. Erreichten die einen den Boden, brachte
das weiße Nichts im Himmel neue hervor. Im
Licht der Straßenlampe schienen tausende
von Federn in der Luft zu tanzen. Umed Rahimov rieb sich mit seiner vor Kälte steif gewordenen Hand das Gesicht und zwang sich, die
Müdigkeit abzuschütteln, um nachzudenken.

„Ich weiss wirklich nicht, wo wir suchen könnten. Ehrlich gesagt mache ich mir langsam Sorgen, ob er sich nicht doch etwas angetan hat." Dovud starrte auf seine Stiefelspitzen und schüttelte entschieden den Kopf, als er erwiderte: „Nein, ich bin mir sicher, dass dem nicht so ist."

Der Lehrer sah ihn nachdenklich an. Dovuds krumme Nase stand rot und herausfordernd von seinem Gesicht ab.

„Warum glaubst du das?", fragte der Mann ernst, wusste er doch, dass der Junge nicht auf den Kopf gefallen war.

„Erstens, weil Malik in sich selbst verliebt ist. Der tut sich schon nicht weh. Und zweitens, weil er Brot gekauft hat. Wer sich umbringen will, isst vorher nicht noch ein ganzes Brot", argumentierte Dovud. Seine Schulkameraden waren gleicher Meinung. Der Klassenlehrer sagte zu ihm: „Nicht schlecht, Dovud, gut kombiniert. Aber was schlägst du vor?

Wo könnte er hingegangen sein. Stell dir vor, du wärst Malik. Wohin würdest du gehen?"

„Ich?" Der Junge mit den blauen Augen kratzte sich unter seinem grauen Schal am Rollkragen. „Ich bin nicht Malik. Ich wäre in dieser Kälte bestimmt nicht abgehauen... Und Malik ist auch nicht dumm. Ich habe ja gesagt, dass er sich nicht quält. Er muss sich irgendwo einen Unterschlupf gesucht haben, wo er sich warm halten kann", schlussfolgerte Dovud logisch.

„Und wo gibt es einen solchen Ort?", fragte Parwis und klopfte sich mit den Armen auf die gegenüberliegenden Ellenbogen. Sie schwiegen. Plötzlich sagte Ismael: „Ich kenne einen solchen Ort!"

Alle sahen ihn gespannt an. „Der Keller des Schulhauses! Natürlich! Warum ist mir das nicht schon früher in den Sinn gekommen?"

„Der Keller des Schulhauses?", wiederholte Dawlat, „aber dazu würde er ja einen Schlüssel brauchen? Und woher weisst du, dass der

408

Keller warm ist?" Dovud hielt den Atem an und starrte auf die Lippen seines Freundes. *Er würde doch nicht ...*

„Er braucht keinen Schlüssel. Dort gibt es ein Fensterchen, ein Oberlicht. Man kann es von aussen öffnen. Der Raum ist klein. Er liegt fast völlig unter der Erde und sollte genügend Wärme speichern können."

Dovuds Blick wanderte von Ismael zum Lehrer. Er hatte die Veränderung in Rahimovs Gesicht, wenn auch nur kurz, wahrgenommen. *Sollte er nicht besser Ismael zum Schweigen zwingen? Aber wenn Malik tatsächlich im Keller war? Nein, er würde den Dingen ihren Lauf lassen. Vielleicht war ja der Tag gekommen, an dem alles ans Licht kommen musste.*

„Und woher sollte Malik das wissen?", fragte Dawlat Karimov unvoreingenommen.

„Weil ich es ihm gesagt habe", sagte der Junge aufgeregt, hielt aber sofort erschrocken die Hand auf seinen Mund. Maliks Vater fragte

ohne Hintergedanken: „Was hast du ihm gesagt?"

Ismael schaute von Parwis zu Dovud und wieder zurück. Mit hochrotem Kopf stotterte er:
„Ich… ich habe ihm gesagt, wie… wie ich selber in den Keller reingegangen bin."

Er konnte unmöglich Rahimovs Blick stand-
halten.

Stille, wenn man von Scherdils Zähneklappern
absah. „Was hast du dort gemacht?", wunderte sich Dawlat Karimov. Er wusste nicht, ob er
dem Jungen trauen konnte, und zweifelte, ob
eine Suche im Schulhauskeller sinnvoll wäre.

Ismael stand mit hängenden Schultern da. Rahimov kam ihm zu Hilfe und sagte gelassen:
„Du hast die Bremszüge meines Fahrrades
durchgetrennt. Darum gingst du durchs Fenster in den Keller. Ich habe es von Anfang an
gewusst, Ismael."

Olams Augen wurden kugelrund, denn dass
Maliks Clique an dem Unfall schuld war, hatte

er nicht vermutet. Dovud, Ismael und Parwis fragten wie aus einem Mund: „Sie haben das echt gewusst?"

„Ja."

„Aber warum haben Sie nichts gesagt? Sie hätten uns aus der Schule werfen können", sagte Dovud verwundert. Für einen Augenblick tanzten ihm die Gesichter seiner Brüder und seines Vaters vor den Augen. Er schlotterte nicht nur wegen der elenden Kälte, die sie wie eine eiserne Faust umschlossen hatte.

„Ja, ich hätte das tun können, aber dann hätte ich euch nicht mehr in meiner Klasse gehabt."

„Unsere Gegenwart wird Ihnen wohl kaum Anlass zu großer Freude gegeben haben", meinte Ismael missmutig.

„Nein, ich kann nicht sagen, dass ich eure Präsenz genossen habe", bekannte der Lehrer, „aber ich bereue es trotzdem nicht, dass ihr in meiner Klasse seid. Ich hoffe immer noch, dass vielleicht eines Tages die Stunde kommt, in der ich mich über euch freuen kann. Im Übrigen hat mir jemand gesagt, dass ich es so machen soll." Ismael wusste um die Ausdrucksweise seines Lehrers und schüttelte mit einem schiefen Grinsen den Kopf. Er fragte: „Ist dieser ,Jemand' zufälligerweise Gott?" Als Antwort erschien auf Rahimovs Gesicht ein breites Lächeln. Dawlat Karimov wurde ungeduldig.

„Ich denke, wir sollten so schnell wie möglich zum Schulhauskeller gehen. Es ist bitterkalt, und ich habe große Zweifel, ob der Raum warm genug ist." Als sie sich zum Gehen wandten, hob Dovud kurz die Hand.

„Herr Rahimov, wir wollen mit Ihnen später noch reden. Ich denke, wir sollten uns nochmals als Clique versammeln und die Sache ins Reine bringen." Der Mann legte seinen Kopf zur Seite und sah Dovud nachdenklich an. „Okay", sagte er knapp, und sie machten sich auf den Weg.

Um Malik zu finden, hielten die Jungen der Clique zusammen. Was bewiesen sie dadurch?

414

22. MALIK

Es war halb drei Uhr nachts, als die Männer die Schule erreichten. Nur die beiden klotzigen Schulgebäude ragten aus dem Dunkel in die Höhe. Der Schulhof war völlig verschneit. Keine einzige Fußspur war auf dem Neuschnee zu sehen. Sie stapften durch den Schnee, der ihnen bis fast zu den Knien reichte. Ismael beleuchtete den Männern mit seinem Handy den Weg, während Parwis mit dem seinen Dovud, Olam und Scherdil Licht gab. Als Dawlat Karimov erkannte, dass der Schnee unberührt vor ihnen lag, überkamen ihn wieder Zweifel, ob Malik wirklich hierhergekommen war.

„Keine einzige Spur ist zu sehen! Ich glaube nicht, dass Malik hier sein kann", sagte er niedergeschlagen.

Dovud konnte dem nicht zustimmen und erklärte: „Nein, das sagt gar nichts. Es schneit seit fünf Uhr. Nehmen wir an, dass er um halb sieben hierhergekommen ist, dann hat er vor acht Stunden den Schulhof überquert." Rahimov stimmte dem Jungen zu. Er erreichte als Erster die hintere Ecke des Schulhauses und trat zum Kellerfenster. „Seht, die Scheibe ist zerbrochen!"

Die anderen waren ihm gefolgt. Beide Jungen leuchteten mit ihren Telefonen in den Keller. Der Lehrer kauerte sich neben dem glaslosen Fensterrahmen auf den Boden und spähte in den dunklen Raum. Eine ihm bekannte Unordnung wurde von dem fahrigen Licht erhellt und gab eine gespenstische Kulisse ab. Die schadhaften Schulbänke und Berge von Plakaten wurden sichtbar. Die Plastikblumen, die herumlagen, wirkten in dieser Jahreszeit noch unnatürlicher als sonst.

„Malik, he, Malik", rief der Mann unsicher ins Leere. Niemand antwortete.

„Vielleicht ist die Scheibe nur zufällig kaputt", meinte Olam, „wer weiss, wie lange die schon so daliegt."

„Still!", befahl der Lehrer und winkte hinter seinem Rücken mit einer Hand den anderen zu. Er war bemüht, sich weiter in den Keller hinein zu lehnen, um allfällige Geräusche wahrnehmen zu können. Aufmerksam horchte er. „Ich höre etwas."

Alle drängten sich vor das Fensterchen, um auch einen wichtigen Hinweis zu entdecken. Ihre Hände und Füße waren vor Kälte fast gefühllos. Als Ismael ins Innere des Raumes sah, wurde ihm schlecht. Wenn sein Lehrer letzten Herbst beim Unfall gestorben wäre... Vier Stühle, die vormals in der zweiten Hälfte des Kellerzimmers gestanden hatten, waren von ihrem Platz verschoben worden, so als ob jemand einen Gang zur hinteren Wand hätte freimachen wollen. Er versuchte, die hinterste Ecke auszuleuchten. „Da! Ich sehe einen Stiefel! Seht doch, Stiefel!", sagte Parwis aufgeregt und vergaß beinahe, Luft zu holen.

„Malik", rief der Lehrer nun mit fester Stimme, doch außer einem Stöhnen kam keine Antwort aus dem Raum. Dawlat Karimov versuchte, erst von dieser und dann von jener Seite einen Blick zu erhaschen, aber hinter den breiten Schultern Rahimovs hatte er wenig Erfolg.

„Ich denke, dass er nicht aufstehen kann", vermutete Parwis und strengte seine Augen an, um mehr zu erkennen.

„Der Schlüssel", sagte Dovud, „wir müssen den Schlüssel beim Hausmeister holen und die Tür öffnen."

Rahimov erhob sich sofort. Er klopfte den Schnee von seinen Hosen.

„Okay, ich gehe zum Hausmeister. Geht schon zur Kellertür." Sie eilten gemeinsam zur Tür. Zum x-ten Mal bliesen sie warme Atemluft in die Hände und stampften mit den Füßen auf die Erde, um wenigstens nicht ganz einzufrieren.

Scherdil fragte treuherzig: „Aber warum hat er das Fenster eingeschlagen. Er hätte doch wie du, Ismael, hineinklettern können."

Gegen seine Gewohnheit erklärte Ismael ihm geduldig: „Nein, sieh mal, als ich das Fenster aufgemacht habe, war es Herbst und etwas Geeignetes zu finden, das mir als Schraubenzieher diente, war einfach. Doch jetzt, da es so viel geschneit hat... Dazu waren die Schrauben bestimmt zugefroren. Ich glaube nicht, dass er eine Alternative hatte, als die Scheibe einzuschlagen."

Nach kurzer Zeit eilten Rahimov und der weißhaarige Hausmeister in seinem gürtellosen Mantel zu ihnen. Olam begann zu husten, und Scherdils Nase tropfte. Es war ihnen nur allzu klar, wo sie den kommenden Tag verbringen würden: In einem warmen Bett! Der alte Mann versuchte die Tür zu öffnen, aber mit seinen Händen, die seines Alters wegen zitterten, hatte er wenig Aussicht auf Erfolg.

Dawlat Karimov nahm ihm den Schlüssel ab, aber seine Finger waren vor Kälte so steif, dass er es ebenfalls nicht konnte. Der Hausmeister steckte den Schlüssel mehrmals ins Schloss und zog ihn wieder heraus. Vielleicht war es zugefroren. Schliesslich brach der Schlüssel ab.

„Wir müssen endlich hinein", stöhnte Dawlat Karimov ungeduldig und stemmte seinen Körper mit seinem ganzen Gewicht gegen die dünnwandige Holztür. Er war zwar hochgewachsen, doch hatte er nicht Rahimovs athletische Figur. Deshalb schlug Rahimov vor, es selber zu probieren. Dreimal rammte er mit aller Kraft seine Schulter gegen die Tür, die dann endlich aus den Angeln flog. Die Jungen schauten ihn bewundernd an und nickten anerkennend. An den beschädigten Schulbänken und Stühlen vorbei und über die Glasscherben am Boden hinweg suchten sich Rahimov und die anderen einen Weg in den hinteren Bereich, bis sie den halb liegenden, halb sitzenden Schüler erreichten. Die Glühbirne des Kellerraums war vor Jahren durchgebrannt, und niemand hatte es als nötig angesehen, sie auszuwechseln. Deshalb mussten sie sich mit dem immer schwächer werdenden Schein ihrer chinesischen Handys begnügen. Malik lag in der Ecke an die Wand gelehnt. Der Lehrer sah ihn entsetzt an. Das schwache Licht ließ die Haut des Jungen aschfahl erscheinen. Seine Augen waren geschlossen. Für einen Augenblick glaubte er, dass der Junge... Doch da erkannte er, dass Malik, der mit der einen Hand die verletzte andere an sich gedrückt hielt, atmete. Mit leiser Stimme sagte er nahe beim Ohr des Jungen: „Malik. Malik, hörst du mich?"

Er war in einem Zustand, in welchem nicht festzustellen war, ob er noch bei Bewusstsein war.

Der Lehrer fasste seine eiskalten Hände an und fühlte geronnenes Blut.

„Er ist völlig unterkühlt. Seine Hand hat geblutet", sagte Rahimov mehr zu sich selbst, „wir müssen sofort den Krankenwagen rufen."

Dawlat Karimov hatte sich neben seinen Sohn gekniet. Das blanke Entsetzen spiegelte sich in seinen Augen.

„Oh Gott. Er wollte sich tatsächlich umbringen!", legte der Mann schockiert das Blut aus und dachte an die Worte von Maliks Mutter. Dovud nahm Parwis das Telefon mit dem Lämpchen aus der Hand und sagte: „Nein, Sie haben's nicht gecheckt. Er hat sich am Fensterglas geschnitten. Seht, hier an den Scherben sind Blutstropfen. Er hat sich nur verletzt."

Ismael wählte die Notrufnummer und schilderte dem Arzt die Lage. Bevor der Krankenwagen kam, brachte der Hausmeister mehrere Decken, die sie über den Jungen ausbreiteten. Keiner von ihnen murrte, weil für sie keine Decke übrig war, obwohl sie doch alle erbärmlich froren. Der Hausmeister bat sie in sein Räumchen, doch alle wollten bei Malik bleiben. Keinem war nach Reden zumute, und die halbe Stunde bis zum Eintreffen des Notarztes, erschien ihnen wie eine halbe Ewigkeit. Parwis und Ismael gingen zum Schultor, um den Krankenwagen zu lotsen.

Die Ärzte fanden in dieser tiefverschneiten Nacht den Weg auf der Hauptstraße nur mit äußerster Mühe. Sie ließen das Auto vor dem Tor stehen. Drei Männer in Weiß stiegen aus und brachten eine Trage zum Vorschein. Die beiden Jungen zeigten ihnen den Weg zum Keller. Die Sanitäter arbeiteten schnell. Geschickt luden sie den benommenen Patienten auf die Trage und stapften durch den hohen Schnee zurück bis zum Tor. Auf dem Fuß folgten ihnen vier Jungen und zwei Männer. Nachdem sie Malik im Wagen untergebracht hatten, fragte der Arzt: „Wer kommt mit uns ins Krankenhaus?"

Alle sahen einander an. Dawlat Karimov und Umed Rahimov erklärten sich sofort bereit mitzufahren, doch der Arzt winkte ab: „Nein, es kann nur
einer mit."

Parwis' Vater wollte „*ich*" sagen, erinnerte sich aber an die Ereignisse im Park und sagte niedergeschlagen zum Lehrer: „Umed, geh du bitte mit … Ich… ich fürchte, dass er mich nicht sehen will. Ich werde mich am Morgen melden."

Rahimov fiel ein Stein vom Herzen, weil der Mann von selbst darauf gekommen war. Er hatte nämlich die gleichen Überlegungen.

Als sie im Krankenhaus ankamen, bemühte sich das Personal, den unterkühlten Jungen behutsam aufzuwärmen. Sie mussten mit kaltem Wasser beginnen, da ihm ein zu schnelles Aufwärmen nur geschadet hätte. Den Lehrer hatte man in das beheizte Arbeitszimmer eines dienstfreien Arztes geführt, wo er nun saß, oder besser gesagt, lag. Seinen Oberkörper hatte er über den wuchtigen Tisch gebeugt und war eingeschlafen. Neben ihm stand ein leergetrunkener Teekrug. Er spürte weder das harte

Holz unter seinen Armen, noch den unbequemen Holzstuhl. Ungefähr eine halbe Stunde lang hatte er inständig zu Gott um Maliks Leben gefleht, doch dann war er von einem tiefen Schlaf übermannt worden.

Ungefähr um acht Uhr morgens stieß ihn eine stämmige Krankenschwester an.

„He, Sie", sagte die Mittfünzigerin mit tiefer Stimme, „der Junge wünscht Sie zu sehen."

Rahimov hob verwirrt den Kopf von seinen steifen Armen und blickte unsicher um sich. Seine feuchten Hosenbeine erinnerten ihn schlagartig daran, was geschehen war und wo er war. Er nahm die Mütze von seinem Schoß und stand auf. Alles tat ihm weh. Seine Schulter schien zu brennen. *„Gut, dass die Jungs nicht mitgekriegt haben, wie mir die Schulter beim Aufbrechen der Kellertür wehgetan hat!"*, dachte er und sann schmunzelnd über seinen heldenhaften Einsatz nach.

426

Mit gemischten Gefühlen ging der Lehrer in Maliks Krankenzimmer. Der Schüler lag auf einem mit weißen Leinentüchern bezogenen Bett. Er war mit mehreren Decken zugedeckt. Malik fixierte das Fenster auf der anderen Seite. Es hatte aufgehört zu schneien, und die Sonne versuchte, sich durch die Wolken einen Weg zur Erde zu erkämpfen. Als er die Schritte des Mannes hörte, wandte er den Kopf mit Mühe in die entsprechende Richtung. Maliks Gesicht hatte wieder eine gesunde Farbe angenommen.

„Hallo", sagte der Lehrer.

„Hallo", antwortete der Junge. Malik zeigte auf einen Stuhl neben seinem Bett. Rahimov fasste dies als Einladung auf, sich zu setzen und nahm Platz.

„Du wolltest mit mir sprechen." Die Art, wie Rahimov den Satz sagte, ließ offen, ob dies eine Frage oder eine Aussage sein sollte.

Maliks Zunge war schwer. „Sie haben mich gefunden", brachte der Junge hervor. Rahimov räusperte sich und sagte: „Glaub' mir, wenn Dovud und Ismael nicht bei uns gewesen wären, hätten wir dich nie gefunden."

„Hm." Der Lehrer sah Malik nachdenklich an. Er sah müde, aber gesund aus.

„Zuerst hatten wir eine falsche Fährte aufgenommen."

„Wo haben Sie mich gesucht?", wollte der Junge wissen.

„In der Bahorstraße, Hausnummer 5", antwortete der Mann und wartete gespannt Maliks Reaktion ab. Der Junge nickte wissend und vermutete: „Wahrscheinlich hat Ihnen Olam den Tipp gegeben. Er hat mich dort gesehen." Rahimov bestätigte es. Er kämmte mit der Hand seine von der aufwühlenden Nacht durcheinandergeratenen Haare nach hinten.

„Aber was hast du dort gewollt?" Malik überlegte erst, gab dann aber langsam zu: „Ich wollte meinen Ärger an irgendjemandem auslassen. Und als ich mir Brot gekauft hatte, da fiel mir plötzlich ein, dass die christliche Gemeinde ja ganz in der Nähe ist. Ich ging dorthin und wollte die Fensterscheiben einschlagen."

„Und warum hast du's nicht getan?", fragte der Lehrer. Malik rieb sich mit der gesunden Hand seinen Nacken und erklärte: „Als ich über die Mauer gesprungen und im Hof war, bin ich um das Haus geschlichen, um einen Stein oder ein Holz zu finden, das ich als Wurfgeschoss hätte verwenden können", immer noch gehorchte ihm seine Zunge nur widerwillig. Doch er zwang sich zu einer Erklärung: „Ich war so leise, dass ich nicht glaube, dass der Wächter mich hörte. An der letzten Ecke angekommen, fand ich einen Stapel Brennholz und such-

429

te mir ein geeignetes Scheit aus, doch ich weiss nicht, was mich dann doch davon abhielt. Irgendetwas hielt mich zurück", schilderte er, selbst verwundert über die Ereignisse, „dann fror ich so schrecklich, dass mir klar wurde, dass ich einen warmen Ort aufsuchen musste. Nach Hause gehen wollte ich nicht."

„Ich weiß. Dawlat Karimov hat mir alles erzählt", gab der Lehrer zu.

Nur schwach, aber mit dem alten rebellischen Gehabe, schnaubte Malik verächtlich: „*Mein Vater*?"

„Ja, dein Vater." Malik blickte zur Decke und starrte auf die nackte Glühbirne.

„Ich hätte dort sterben können", sagte der Schüler und lenkte somit das Gespräch in eine andere Richtung. „Ja, Malik, das hättest du. Der Raum war eiskalt", bestätigte der Mann ernst. „Wenn ich das Fenster wieder hätte schließen können, dann hätte mein Plan funktioniert. Aber es gab nichts, womit ich es hätte zumachen können." Rahimov zeigte auf die verletzte Hand unter der Bandage. „Und das da?" Der Blick des Jungen folgte dem Zeigefinger des Mannes. „Ach das. Mit meiner Körpergröße sollte man kleine Kellerfenster meiden", bekannte Malik und kaute auf seiner Lippe. Der Klassenlehrer sah dem Jungen prüfend in die Augen und fragte: „Aber mit Ismaels Größe hat es gut geklappt, nicht wahr?"

„Ja, mit Ismaels Größe ging's gut...", Malik unterbrach sich selbst und blickte den Mann nachdenklich an.

„... das hat er ja schon einmal bewiesen", beendete Umed Rahimov den Satz. Malik legte seine gesunde Hand auf den verletzten Arm. Offenbar schmerzte er ihn.

„Bei mir war es auch der linke Arm...", meinte der Lehrer gleichmütig.

„Sie wissen alles, Herr Rahimov. Es ist doch so, nicht wahr?", stellte der Junge ernst fest.

„Alles weiß ich nicht, nein, aber... aber ich weiß so viel über dich, wie zu wissen nötig ist", erwiderte der Mann und lehnte sich nach vorn.

„Alle meine Fehler meinen sie", sagte der Junge bitter.

„Nein, nicht nur deine Fehler. Nicht alles, was du tust, ist falsch. Ich weiß auch über deine Kämpfe Bescheid."

„Kämpfe? Welche Kämpfe?" Maliks Augenbrauen zogen sich gefährlich zusammen.

„Zum Beispiel kämpftest du damit, keinen Vater zu haben, und nun kämpfst du damit, einen zu haben."

Der Junge atmete tief durch und strich mit der rechten Hand die oberste Deckenschicht glatt. „Ach so, das…"

432

„Ja, das", wiederholte der Lehrer. „Wie kann ich... Sagen Sie mir, wie kann ich nach so vielen Jahren diesen Mann als meinen Vater akzeptieren?" In Maliks Stimme schwang weniger ein hilfloser, als mehr ein anklagender Unterton mit. Umed Rahimov besann sich und sagte nach kurzem Überlegen:
„Hast du Mühe damit, dass dein Vater nie nach dir gefragt hat?"
„Ja. Ja, doch!", bekannte der Junge. Seine Augen blitzten auf. Rahimov formte seine Augen zu Schlitzen, als er fragte: „Ich werde dir von einem Jugendlichen erzählen. Er wollte mit seinem Vater nichts mehr zu tun haben. Glaub' mir, sein Vater war ein guter Mann, ja sozusagen ein vollkommener Mann. Aber der Junge sagte, er brauche seinen Vater nicht."
„Blödmann", betitelte Malik den unbekannten Jugendlichen.

„Ja, wart's ab. Hör es dir bis zum Schluss an: Der junge Mann wollte die Welt sehen. Er hatte dem Vater sogar Geld abgeknöpft und verschwendete es bis zum letzten Cent."

„Selber schuld", beharrte der Junge, „wenn ich einen solchen Vater gehabt hätte, wäre ich nie vor ihm davongelaufen."

Das breite Grinsen im Gesicht des Lehrers verwirrte ihn.

„Warum lachen Sie ?", fragte der Schüler empört.

„Weißt du, Malik, du bist der Junge."

„Wie? Ich? Ich habe nie einen Vater gehabt", entgegnete er sofort. Rahimov schüttelte den Kopf.

„Es stimmt, dass du keinen Vater aus Fleisch und Blut hattest, der sich um dich kümmerte. Aber schau, in der Bibel wird Gott Vater, der Himmlische Vater, genannt. Er liebt uns und sucht uns. Die ganze Zeit geht Er dir nach und ruft dich, doch du hältst beide Ohren zu und rennst vor Ihm weg. Es ist die Geschichte von einem verlorenen Sohn, die ich dir gerade erzählt habe. Es ist ein biblisches Gleichnis zu deinem Leben."

Malik hörte schweigend zu.

„Bist du wirklich besser, als es dein leiblicher Vater war?", fragte Umed Rahimov milde, „auch du hast dich deiner Verantwortung entziehen wollen. Bis heute meinst du, dass du Gott nicht brauchst. Wie lange noch soll Gott zu dir reden?"

Malik hob die Hand und wollte etwas sagen, aber die Worte blieben ihm im Halse stecken. Er schüttelte nur hilflos den Kopf und blickte aus dem Fenster. Die Wut, die sich in all den Jahren aufgestaut hatte, die Unzufriedenheit mit der ganzen Welt, sein falsches Verhalten gegenüber seinen Schulkameraden, alles schien gegen ihn in den Zeugenstand zu treten. Er ließ seinen Kopf auf die Brust fallen.

„Was... was ist mit dem Jugendlichen aus Ihrer Geschichte geworden?", fragte Malik mit heiserer Stimme.

Rahimov hob den Kopf und wandte seine Augen zum Fenster. Die Wolken tanzten im Wind, doch schien die weiße Decke zu dicht, um der Sonne einen Blick auf die Erde zu gönnen.

„Der junge Mann geriet ihn große Schwierigkeiten. Und erst dann erinnerte er sich an seinen Vater und sagte sich, dass er zu ihm zurückkehren wolle.

Und das tat er auch. Das Interessante dabei ist aber, dass ihn sein Vater, als er ihn hat kommen sehen, mit weit ausgebreiteten Armen empfängt. Der Sohn bittet seinen Vater um Vergebung. Dann wird ein Freudenfest gefeiert."

„Ist das das Ende der Geschichte?", wollte Malik mit hochgezogenen Augenbrauen
wissen.

„Ja, das ist das Ende der Geschichte", bestätigte der Mann mit fester Stimme. „Mach
die Augen auf, Malik! Gott steht vor dir mit
weit ausgebreiteten Armen und wartet auf
dich. Übergib dein Leben ganz Jesus Christus, und du wirst von vorne beginnen können", sagte der Lehrer eindringlich.

Malik verstand, dass sein leiblicher Vater
wohl genau das erfahren hatte. Er hatte
gesehen, dass er Gott brauchte und war zu
Ihm zurückgekehrt. Doch dann erkannte er,
dass er nicht nur mit Gott ins Reine zu kommen hatte, sondern auch die Beziehung zu
seinem Sohn in Ordnung bringen musste.
*Vielleicht rief ihn Gott ja wirklich und wollte ihm ein
neues Leben schenken. Vielleicht würde es für ihn
doch noch Hoffnung geben.*

Malik hob seine Augen auf. Zeitgleich blickten er und der Lehrer hinaus. Die Sonne hatte die Wolkenmauer durchbrochen und schickte ihre herrlichen Strahlen direkt auf Maliks Bett. Das Zimmer wurde hell. Zum ersten Mal seit langem drang etwas Hoffnung in Maliks verhärtetes Herz.

Maliks leiblicher Vater hatte ihn nicht gewollte, während Gott, der Himmlische Vater, ihm wie einem verlorenen Sohn nachgegangen ist. Was war Maliks Reaktion darauf?

Anmerkungen der Autorin:

Was wahr ist, …
- dass eine Weltkarte tatsächlich eine nennenswerte Errungenschaft für die Schule war
dass Mobbing häufig mit einfacher Antipathie (= das Gegenteil von Sympathie) beginnt. Gewalt hat viele Gesichter und artet aus, wenn dem Täter freier Lauf gewährt wird
- Schlägereien und Streitereien im Schulalltag (oft auch mit Messerstechereien)
- Herr Bahromov (Name geändert)
- die leeren Drohungen des Schulleiters
- Rahimovs Rolle als einfühlsamer Berater und Erzähler biblischer Geschichten (mit dem kleinen Unterschied, dass die Person eine Frau [eine Geschichtslehrerin] ist)
- dass an unserer Schule von 1500 Schülern unsere wenigen Kinder und Teenager aus der Gemeinde die einzigen Christen waren/sind. Mutig standen/stehen sie zu ihrem Glauben

440

und haben sehr interessante Gespräche mit muslimischen Lehrkräften und Mitschülern

• die historischen Zusammenhänge zwischen dem Judentum und den Zarathustriern. Sie sind sogar so augenscheinlich, dass atheistische Wissenschaftler meinen zu sehen, dass das Judentum die Wurzel im Zoroastrismus hat; was gemäß der Bibel nicht sein kann – umgekehrt ist es hingegen sowohl biblisch wie auch geschichtlich stimmig und gut möglich

• dass es große Minderheiten von Juden und Deutschen in Tadschikistan gab, jetzt aber nur noch wenige dort leben

• dass wir oft von Menschen bestohlen wurden, denen wir (wie Olams Großvater) vollstes Vertrauen schenkten

• dass Parwis nicht wusste, dass er einen Halbbruder hatte. Anders als in der Geschichte wusste aber Malik, wer sein Vater war, zu welchem er ein sehr distanziertes Verhältnis hatte

- dass tadschikische Gastarbeiter sich manchmal in Russland bekehren und als Christen nach Tadschikistan zurückkehren
- dass viele Väter in Tadschikistan ihre Aufgabe gegenüber ihren Kindern als Erzieher, Berater und Mutmacher nicht wahrnehmen (wie leider auch in der Schweiz und Deutschland es viele verpassen)
- dass eine gute Vater-Sohn-Beziehung hilft, Gott als Vater zu verstehen und anzunehmen
- dass nur wenig Hoffnung ist, durch die Operationen, die im Westen 'gewöhnlich' sind, zu genesen
- dass wir öfters verrückte Abhau-Geschichten von Jugendlichen mitbekommen haben, wenn auch Maliks Erlebnis erfunden ist
- dass Gott nur nach unserem völligen Zerbruch etwas Neues in unserem Leben schaffen kann
- Olams Vater, der durch Drogen sein Leben kaputtmachte

442

Antworten auf Fragen mit Bibelzitaten und praktischen Tipps oder Denkanstößen:

Kapitel 1: Scherdil wählte den Weg, der ihm im Moment einfacher erschien. Es zeigt sich aber, dass es einfacher gewesen wäre, das Gespött zu ertragen, als Dinge zu tun, die er gar nicht tun wollte.

Wenn sie sagen: »...wir wollen dem Unschuldigen ohne Ursache nachstellen! Schließ dich uns auf gut Glück an...« Mein Sohn, geh nicht mit ihnen auf dem Weg, halte deinen Fuß zurück von ihrem Pfad!

Sprüche 1,11 + 14 + 15

➡ *Denke zuerst über die Folgen nach, bevor du dich für etwas entscheidest!*

Kapitel 2: Bei Malik hatte sich einiges ange-staut, worüber er mit niemandem reden wollte oder konnte. Würde er über die »Knoten« in seinem Leben mit einer Vertrauensperson re-den, ließe sich ein großer Teil seines Frustes abbauen. Es würde ihm auch helfen, gewisse Dinge, klarer zu sehen.

Öl und Räucherwerk erfreuen das Herz, so auch die süße Rede eines Freundes aus dem Rat seiner Seele.

Sprüche 27,9

➡ *Überlege, ob du jemanden kennst, dem du dich anvertrauen kannst! (wenn nicht, wirst du unter Kap. 21 einen wichtigen Tipp dazu lesen!)*

Kapitel 3: Olam isolierte sich ganz von seiner Umwelt und machte sich dadurch zum Außenseiter. So beraubte er sich selber der Hilfe, die er bräuchte.

Kummer drückt das Herz eines Mannes nieder, aber ein gutes Wort erfreut es.

Sprüche 12,25

➡ *Verstecke dich nicht in einem Schneckenhaus!*

Kapitel 4: Die Verantwortung trug die gesamte Gruppe, auch Ismael. Sich dahinter zu verstecken, dass man nur ausführt, was andere gesagt haben, gilt nicht – auch vor dem Staatsgesetz ist das so.

Wohl dem, der nicht wandelt nach dem Rat der Gottlosen. **Psalm 1,1**

➡ *Mitgegangen, mitgefangen! Denke nach, ob eine Sache jemandem schadet, bevor du mitmachst!*

Kapitel 5: Umed Rahimov hatte als Klassenlehrer für Ordnung zu sorgen. Darum gab es
keinen Grund, sich über seine Zurechtweisung
aufzuregen. Persönliche Rache ist grundsätz-
lich falsch, und in diesem Fall war der Anlass
banal im Vergleich zur Folge der Rache.
**Alle Züchtigung scheint uns für den Au-
genblick nicht zur Freude, sondern zur
Traurigkeit zu dienen; danach aber gibt
sie eine friedsame Frucht der Gerechtig-
keit denen, die durch sie geübt sind.**

Hebräer 12,11

➡ *Wenn dich jemand zurechtweist, überprüfe dein
Tun, bevor du den anderen in Frage stellst.*

Kapitel 6: Ismaels Mutter hatte in der Vergangenheit zu wenig Zeit für ihren Sohn gehabt, was seine Reserviertheit ihr gegenüber erklärt. Trotzdem löste sein Verhalten das Problem nicht, und er hatte kein Recht, so patzig zu reagieren.

Du sollst deinen Vater und deine Mutter ehren.

2. Mose 20,12a

➡ *Bemühe dich um einen freundlichen Ton deinen Eltern gegenüber.*

Kapitel 7: Zwar kann eine Absicht sogar ehrenhaft sein, doch wird Schlechtes nicht einfach gut, weil es für eine gute Sache eingesetzt wird. Bei den Jungen waren nicht einmal die Absichten gut: Malik und Dovud logen nur, um der Strafe zu entgehen. Olam stahl aus Stolz. **Wer lauter ist, der handelt aufrichtig.**

Sprüche 21,8

➡ *Wenn der Weg, der zum Ziel führt, nicht in Ordnung ist, dann vergiss es.*

Kapitel 8: Ein Christ ist jemand, der glaubt und bekennt, dass Jesus Christus der Sohn Gottes ist, der für seine Schuld am Kreuz gestorben und nach drei Tagen auferstanden ist. Er weiss sich für den Himmel gerettet und will seinem Retter ähnlicher werden, indem er sich an die Bibel hält und sein Leben danach ausrichtet.

Denn wenn du mit deinem Mund Jesus als den Herrn bekennst und in deinem Herzen glaubst, dass Gott ihn aus den Toten auferweckt hat, so wirst du gerettet werden. **Römer 10,9**

➡ *Denke nach: Was bin ich? An wen oder was glaube ich?*

Kapitel 9: Malik ist selbstsüchtig und nutzt Scherdil aus. Er ist gemein zu Scherdil und stellt sich selber nicht in Frage. Solches Verhalten hat immer schlechte Folgen für einen, früher oder später, direkt oder indirekt.

Und wie ihr wollt, dass euch die Leute behandeln sollen, so behandelt auch ihr sie gleicherweise!

Lukas 6,31

➡ *Überlege, wie du mit anderen umgehst.*

Kapitel 10: Ob aus Stolz, Angst oder Unwillen – Parwis wollte ganz einfach nicht auf sein Gewissen hören. Der Preis war ihm zu hoch.

Daher übe ich mich darin, allezeit ein unverletztes Gewissen zu haben gegenüber Gott und den Menschen.

Apostelgeschichte 24,16

⟹ *Frage dich*: *Was tue ich, wenn ich ein schlechtes Gewissen habe?*

452

Kapitel 11: Die Bibel selbst erhebt den Anspruch, Gottes Wort zu sein. Der Lehrer glaubte dies und nahm sie in allem beim Wort. Sie war der Maßstab für sein Leben.

Und so halten wir nun fest an dem völlig gewissen prophetischen Wort, und ihr tut gut daran, darauf zu achten als auf ein Licht, das an einem dunklen Ort scheint, bis der Tag anbricht und der Morgenstern aufgeht in euren Herzen... Denn niemals wurde eine Weissagung durch menschlichen Willen hervorgebracht, sondern vom Heiligen Geist getrieben haben die heiligen Menschen Gottes geredet.

2. Petrus 1,19+21

➡ *Frage dich: Was ist mein Maßstab, an dem ich mein Leben ausrichte?*

Kapitel 12: Weil wir Menschen von Geburt an Sünder sind und uns nicht durch gute Taten den Himmel verdienen können. Es ist allein Gottes Gnade, die dem Sünder vergibt.

Denn aus Gnade seid ihr errettet durch den Glauben, und das nicht aus euch – Gottes Gabe ist es; nicht aus Werken, damit niemand sich rühme.

Epheser 2,8+9

➡ *Überlege, auf welcher Seite du stehst.*

454

Kapitel 13: Weil Parwis wusste, dass er dadurch seine Freunde und seinen Ruf, den er in der Gruppe genoß, verlor. Es braucht Mut, gegen den Strom zu schwimmen, aber es lohnt sich.

Seid mannhaft (im Sinne von mutig, Anm. der Autorin), seid stark!

1. Korinther 16,13b

➡ *Passe dich nicht einfach den anderen an. Wage es, anders zu sein.*

Kapitel 14: Scherdil hatte erkannt, dass er ein Sünder ist und Gottes Vergebung braucht. Das ist der erste Schritt, um Christ zu werden. **Wenn wir aber unsere Sünden bekennen, so ist er treu und gerecht, dass er uns die Sünden vergibt und uns reinigt von aller Ungerechtigkeit.** 1. Johannes 1,9

➡ *Denke darüber nach, was du alles getan hast, was nicht in Ordnung war. Frage dich: Was mache ich mit meinem Schuldenberg?*

Kapitel 15: Dovud hatte sich mit der Clique die falschen Freunde ausgewählt. Der schlechte Einfluss blieb nicht ohne Folgen und veränderte auch ihn zum Negativen, ganz nach der Redensart: „Sag mir, wer deine Freunde sind, und ich sage dir, wer du bist."

Lasst euch nicht irreführen: Schlechter Umgang verdirbt gute Sitten!

1. Korinther 15,33

➡ *Wähle deine Freunde wohlüberlegt aus.*

Kapitel 16: Es können nicht alle Religionen zum Ziel führen, weil sie sich widersprechen. Während der Atheismus die Existenz eines Gottes verneint, liegen Welten zwischen der Vorstellung über Allah, wie der Koran ihn beschreibt, und dem Gott der Bibel. Die Bibel lehrt kompromisslos:

Jesus spricht zu ihm: Ich bin der Weg und die Wahrheit und das Leben; niemand kommt zum Vater als nur durch mich!

Johannes 14,6

➡ *Beginne, die Bibel zu lesen.*

Kapitel 17: Weihnachten soll an die Geburt Jesu Christi erinnern. Obwohl es in der Bibel keine ausdrückliche Anweisung gibt, dieses Ereignis an einem bestimmten Jahrestag zu feiern, wird »das Fest der Liebe« in christlichen Ländern mit viel Trara zelebriert. Dabei wird aber oft vergessen, dass der Inhalt des Festes nicht unsere guten Taten und Geschenke sind, sondern die Liebe, die Gott uns gezeigt hat.

Darin ist die Liebe Gottes zu uns geoffenbart worden, dass Gott seinen eingeborenen Sohn in die Welt gesandt hat, damit wir durch ihn leben sollen.

1. Johannes 4,9

➡ *Denke über den Sinn von Weihnachten nach.*

Kapitel 18: Er begann, das Ganze zu hinter-
fragen. Während er vorher alles einfach als
banales Spiel abtat, fing er an, zu überlegen,
ob ihm das viele Computerspielen nicht doch
allmählich schadete.

**Ich will mich von nichts beherrschen las-
sen!**

1. Korinther 6,12b

➡ *Überlege: Wie gehst du mit dem Medium Computer um? Wie viele Stunden pro Tag oder Woche
sitzt du, nur so zum Spaß, vor dem Computer?*

Kapitel 19: Auch Dawlat Karimov musste eine alte Sache ins Reine bringen. Er war an seinem Sohn, den er all die Jahre nicht anerkannt hatte, schuldig geworden.

Bekennt einander die Übertretungen.

Jakobus 5,16a

➡ *Wenn du Jesus Christus als deinen Herrn und Heiland bekennst, bemühe dich, deine Fehler zuzugeben und die Betroffenen um Entschuldigung zu bitten.*

Kapitel 20: Olam könnte seine Umstände sehr wohl ändern, wenn er seine Diebstähle bekennen und eine Veränderung in Angriff nehmen würde. Ein glückliches Leben heisst nicht ein Leben ohne Schwierigkeiten von aussen. Wahres Leben kann man nur in der Beziehung zu Jesus Christus haben.

Wohl dem Menschen, dessen Stärke in dir (= Gott) liegt, wohl denen, in deren Herzen gebahnte Wege sind! Psalm 84,6

➡ *Triff deine Entscheidung: Was machst du mit deinem Leben? Willst du Jesus Christus als deinen Herrn und Heiland annehmen?*

Kapitel 21: Sie zeigten damit, dass Malik ihnen nicht egal war. Ihre Sorge um ihn war vorbildlich.

Ein Freund liebt zu jeder Zeit, und als Bruder für die Not wird er geboren.

Sprüche 17,17

➡ *Jesus Christus ist der beste und treueste Freund, den du dir vorstellen kannst. Er kümmert sich um dich, gerade auch, wenn du in Schwierigkeiten bist. Darum bete zu Ihm und sage Ihm alles, was dich beschäftigt.*

Kapitel 22: Malik wollte sich von Gott nicht finden lassen. Erst die Geschichte vom verlorenen Sohn ließ ihn nachdenklich werden.

Und er machte sich auf und ging zu seinem Vater. Als er aber noch fern war, sah ihn sein Vater und hatte Erbarmen; und er lief, fiel ihm um den Hals und küsste ihn.

Lukas 15,20

➡ *Frage dich: Bin ich noch in der Fremde oder bin ich zu meinem Himmlischen Vater zurückgekehrt?*